# Noches de terciopelo

Carol Petit

# Noches de terciopelo

Planeta

Una licencia de Atresmedia Corporación para Editorial Planeta

*Noches de terciopelo*, novela creada por Carol Petit, basada en *Velvet*, una serie de televisión creada por Ramón Campos y Gema R. Neira, producida por Bambú para Atresmedia Televisión


Av. Diagonal, 662-664, 08034 Barcelona
www.editorial.planeta.es
www.planetadelibros.com

Primera edición: octubre de 2016
Quinta impresión: enero de 2017
Depósito legal: B. 15.741-2016
ISBN: 978-84-08-15976-6
Preimpresión: J. A. Diseño Editorial, S. L.
Impresión: Unigraf
Printed in Spain - Impreso en España

El papel utilizado para la impresión de este libro es cien por cien libre de cloro y está calificado como **papel ecológico**

Porque si volviera atrás caería una y mil veces,
a sabiendas del sufrimiento vivido.
A mi mejor amante y maestro: Alberto Márquez.

ADELE LAVIGNE

Asentí con la cabeza y acepté por tanto que me vendara los ojos. Él, sin hacer ningún gesto, extendió la banda de tela entre sus manos y se colocó justo delante de mí para cubrirlos. Enseguida dejé de ver todo lo que estaba a mi alrededor, sentí el aroma de su cuerpo, la fuerza de sus brazos, que ahora me envolvían casi sin tocarme, y su respiración profunda y sosegada. Todo parecía bajo control. Bajo su control.

# CAPÍTULO 1

El 7 de noviembre de 1964 no me tocaba a mí quedarme de noche en los almacenes Bergdorf, pero Julia celebraba el cuarenta cumpleaños de su marido y quería sorprenderlo con algo especial. Siempre me hablaba de lo importante que era, después de veinte años de matrimonio, que siguiera funcionando la complicidad en la intimidad. Julia solía darme detalles de su relación, insistía en que habría sido un regalo para ella saber todo aquello a los veinte años y yo escuchaba atentamente, porque estaba segura de que algún día aquellas lecciones me podrían valer.

Aún recuerdo el frío de aquella noche. Habían anunciado tormenta, así que a pesar de ser sábado, decidí no hacer ningún plan después del trabajo. Thomas, sin embargo, al igual que muchas otras noches de guardia, apareció por sorpresa en los almacenes con la idea de que lo acompañara al emblemático autocine de Camden. Al parecer esa noche proyectarían una sesión doble de Errol Flynn que incluía *El capitán Blood,* la primera película que habíamos tenido ocasión de ver juntos.

Thomas trabajaba en la empresa de mensajería que nos servía desde hacía un par de años y se había convertido en mi mejor amigo. Era solo dos años mayor que yo y desde el primer día se hizo cargo de mi carácter introvertido; solamente con él y con Julia lograba ser yo misma. Aunque nunca se me había declarado abiertamente, le descubría una y otra vez observándome de tal modo que podía imaginarme lo que sentía por mí. Yo no le correspondía o, por lo menos, así lo sentía en aquel momento. A veces después de salir juntos alguna noche, con alguna copa de más, fantaseaba con la idea de que quizá en alguna ocasión me dejase llevar y pasase algo entre nosotros..., pero cuando la luz del día me volvía a dar la perspectiva suficiente, me resultaba imposible imaginarme a su lado compartiendo algo más que una gran amistad.

Aquella noche me costó convencerle de que se fuera sin mí. Thomas, además de muy perseverante, era un romántico empedernido y todo lo que fuera celebrar conmemoraciones de días especiales para él era sagrado. Estaba muy concentrada en el recuento de los nuevos pedidos y no quería perder el hilo, así que intentando no herir su sensibilidad, le expliqué que esa noche estaba cubriendo a Julia y que no le podía fallar. Sé que le hubiera gustado insistir una vez más antes de marcharse, pero cerré la puerta trasera a tiempo y le dediqué un «¡Disfruta por los dos!» en voz alta, de modo que no tuvo ocasión de repetir la propuesta. Me quedé con la sonrisa en la boca dibujada un buen rato, pues estaba segura de que se había marchado frustrado por mi actitud tajante.

Retomé mis tareas y trabajé concentrada a solas cerca de dos horas. Cuando me quise dar cuenta ya eran las nueve de la noche y sentí los almacenes más solitarios que nunca. En otras ocasiones, se quedaba alguna compañera de otro departamento en alguna de las plantas superiores, pero esta vez no oía a nadie a mi alrededor.

En ese silencio sepulcral me di cuenta de que había empezado a llover de forma abundante y al ser consciente de mi soledad en aquel edificio tan grande sentí un escalofrío. Recorrí con la mirada la estancia en la que me encontraba: las sombras que generaba la tenue luz con la que trabajaba convertían la sede de Bergdorf Goodman en un lugar inquietante.

Estaba concentrada tratando de adivinar qué sería uno de los bultos oscuros que vislumbraba en la oscuridad y simulaba una especie de jorobado cuando oí unos golpes en uno de los escaparates de la tienda. Me volví de inmediato hacia el exterior. Mi corazón se disparó y un relámpago iluminó la oscura noche descubriendo la figura de un hombre en la puerta principal. Sin poder contenerme grité.

Me llevé la mano al pecho y traté de controlar mi respiración. Los golpes volvieron a sonar y, sin saber muy bien por qué, me acerqué hacia la entrada. Encendí la luz exterior para ver a ese hombre con más claridad.

Sus facciones eran angulosas. Su porte, semejante al de un actor. Su mirada oscura no dejaba de observarme desde el otro lado del cristal. No sé cuánto tiempo podía llevar ahí…, pero permanecía quieto, sereno, como si nada le apurase. No conseguí descubrir ningún detalle de su rostro, que quedaba recortado como una sombra al contraluz.

Mi respiración seguía agitada por el sobresalto. El hombre vestía un elegante traje oscuro bajo su abrigo. Se había levantado las solapas, posiblemente para abrigarse de la incesante tormenta. Llevaba un sombrero que le otorgaba carácter al tiempo que le daba un aire de *gentleman* clásico.

Por un momento me pareció que sonreía, pero ya a la luz, confirmé que la expresión de su rostro era seria. No le había visto jamás en los almacenes, pero enseguida me sentí atraída por él.

Sabía que estaría cometiendo una grave imprudencia si le abría la puerta a aquel hombre que tenía una clara intención de entrar en los almacenes. En los últimos tiempos la zona había registrado numerosos robos y yo me encontraba sola en el local. El hombre hizo un gesto con las manos, indicándome que por favor le dejara pasar. La situación resultaba tan extraña que llegué a dudar de que fuera real, pero un nuevo trueno retumbó en todo el edificio y me hizo reaccionar.

Di un paso adelante sin pensarlo y cuando volví a detenerme ya estaba justo frente a él. La atracción y el misterio estaban resultando mucho más fuertes que el sentido común. Algo me empujaba hacia ese desconocido. Quería descubrir su rostro, pero, sobre todo, saber qué buscaba alguien como él a esas horas de la noche en los almacenes Goodman.

Sin tomar conciencia de los peligros que entrañaba abrir esa puerta, giré dos veces la llave y me asomé. En la calle estaba diluviando y el cielo volvía a iluminarse, una y otra vez, apoderándose de la oscuridad de la noche. Al abrir la puerta, él intentó resguardarse y se acercó aún más a mí. No me dirigió la palabra, pero tampoco dejó de mirarme. Tanto que llegué a sentirme violenta.

Tendría unos treinta y cinco años. Su pelo era negro, al igual que sus ojos, y el calor de su aliento en el frío de la noche me resultó excitante. Yo misma me asusté al descubrirme mirándole la boca, así que traté de disimular en cuanto fui consciente de ello y retiré mi mirada para dirigirme a él:

—¿Le puedo ayudar en algo? —le pregunté sin poder evitar otra mirada fugaz.

En vez de contestarme, él miró al cielo como para constatar que seguía lloviendo y volvió a clavar sus ojos en mí. Yo seguía hipnotizada, era tan sumamente masculino que parecía que el agua no le calase... De forma instintiva di un paso atrás y lo invité a entrar.

Al hacerlo, pasó tan cerca de mí que con su brazo izquierdo rozó uno de mis pechos y me provocó una reacción tan íntima que me sonrojé. Por aquel entonces era absolutamente inexperta en el terreno sexual y sentir que mi cuerpo reaccionaba de un modo tan instintivo al roce de un extraño me turbó, así que traté de mantener una cierta distancia y esperé en la puerta a qué él mismo eligiera adónde encaminarse dentro de los almacenes.

Se dirigió al interior con seguridad, parecía que esa no fuera su primera vez allí, y cuando se encontró frente a los tejidos de importación se detuvo y me miró. Yo seguía cerca de la puerta mirándolo sobrecogida, desconcertada.... Debió darse cuenta de cómo me sentía, porque enseguida reaccionó dando unos pasos hacia mí, se quitó el sombrero y me tendió su mano con el ánimo de relajar el ambiente.

—Disculpe, no me he presentado. Soy Alberto Márquez y tengo un atelier en la ciudad. Habitualmente trabajo con mi propia mercancía, pero hoy he tenido un problema en la aduana y necesito su ayuda.

Su voz sonó como un ruego profundo. Como si aquello que buscaba fuera algo realmente importante para él. Iba a acceder a ayudarlo, pero el sentido de la responsabilidad frente a Bergdorf Goodman pudo más que la fascinación que ese hombre estaba provocando en mí.

—Me tiene que disculpar, señor Márquez, pero no puedo ayudarle. El establecimiento se encuentra cerrado y yo soy una simple empleada —comenté.

Mientras acababa la frase, don Alberto se acercó a mí, miró a un lado y a otro para comprobar que estábamos solos y después me susurró al oído:

—Una simple empleada no trabaja hasta estas horas. Usted está tan comprometida con sus deberes como lo estoy yo con los míos.

Su cálido aliento en mi cuello me sedujo aún más y aunque traté de mantener el control de la situación, debió sentir la debilidad de mi voluntad porque no se dio por vencido. Me cogió la mano con delicadeza e insistió:

—Ayúdeme esta noche, señorita Lavigne, y sabré recompensarla.

Me quedé paralizada. Oír mi nombre con la musicalidad de ese acento tan particular, que a esas alturas era incapaz de identificar, y el hecho de que se hubiera detenido en mi placa identificativa para tratar de generar algo más de intimidad contribuyeron a que me ganase por momentos.

Aparté bruscamente mi mano de la suya, tratando de romper el embrujo al que me estaba sometiendo, y me dirigí con paso firme al mostrador, en el que él mismo se había detenido antes.

Quise protegerme y, a partir de ese momento, evité mirarlo nuevamente. Me centré en el género que tenía ante mí y elegí las mejores piezas de seda oriental para mostrárselas. Según me indicó, era lo que venía buscando. Quería que fuera suave al tacto, pero firme en su comportamiento, y para comprobarlo acarició el tejido con una de sus manos. Lo hizo con la misma delicadeza que dedicaría a la piel de una mujer. Su mano era tan vigorosa que convertía la seda en un tejido aún más delicado de lo que ya era. Cuando encontró lo que buscaba, extrajo de uno de los rollos la escasa tira de seda que quedaba y la arrancó enérgicamente del tubo, la lanzó al aire y mientras caía, la cogió con una mano por cada extremo y la anudó. Luego relajó la tensión hasta dejar la pieza libre y el nudo se deshizo. Cayó tan suavemente en el mostrador que me quedé hipnotizada. Parecía que la seda se hubiera rendido a su tacto.

—Esto es lo que estaba buscando —dijo en tono firme.

Desperté de mi abstracción y le serví con rapidez el género, con el ánimo de que pudiera marcharse cuanto antes y así acabar con esa arriesgada venta a puertas cerradas, que había consentido sin saber por qué. Cuando ya me había pagado, levantó mi rostro poniendo su dedo índice en mi mentón y me obligó a mirarle de nuevo.

—Gracias, señorita Lavigne.

No fui capaz de articular palabra. Él tampoco esperaba que le respondiera, porque cogió su pedido con delicadeza y se marchó. Tardé en reaccionar unos segundos, pero en cuanto fui consciente de que ya no estaba, me acerqué corriendo a la puerta y la cerré con fuerza, tratando de asegurarme de que la nueva experiencia vivida acababa allí mismo.

Después fui incapaz de retomar mis tareas. Casi había organizado ya todos los tejidos antes de la visita inesperada, pero ante la posibilidad de que el señor Márquez pudiera volver, recogí mis cosas apurada, apagué todas las luces y me marché.

Abandoné el edificio por la parte trasera, reservada a los empleados, la misma por la que había salido Thomas hacía unas horas. Ya en la calle comprobé que seguía lloviendo a cántaros, pero no me importó mojarme. Comencé a caminar bajo la lluvia y cuando vi a lo lejos el autobús que debía tomar para ir a casa, no hice ningún esfuerzo por llegar a tiempo a la parada. Continué caminando, mojándome, tratando de borrar con esa agua cualquier resto del recuerdo de aquel hombre que me había hecho estremecer, cualquier rastro del deseo irrefrenable que había sentido por primera vez.

## CAPÍTULO 2

Habían pasado dos semanas desde nuestro encuentro y seguía pensando en aquel hombre cada noche. Provoqué todas las situaciones posibles para tener que quedarme a trabajar después de la jornada con el deseo de encontrarlo de nuevo. Alargué las horas de forma intencionada esperando que una noche cualquiera volviese a suceder..., pero pasaron dos semanas sin novedades y poco a poco lo fui dando por perdido.

Nunca fui capaz de reconocerme como una mujer hermosa; sin embargo, desde aquel día me tomaba especial interés por arreglarme cada mañana para estar más favorecida. Debía ser algo evidente, porque Julia no tardó en preguntarme por Thomas. Siempre había advertido que hacíamos una pareja estupenda y esperaba el momento en el que le confirmase que ya éramos algo más que amigos.

Pero las sospechas de Julia no estaban muy bien encaminadas. Esas dos semanas fueron las dos semanas más distantes entre nosotros que hasta entonces habíamos compartido. Sin poder explicarme por qué, aquel encuentro fortuito con ese hombre me hacía sentir culpable. Como si hubiera engañado a Thomas con otro, a pesar de ser solo amigos.

Él sabía que le ocultaba algo, pero nunca se atrevió a preguntarme de qué se trataba. Thomas sabía que necesitaba preservar un espacio privado al que nadie más que yo pudiera tener acceso. Un rincón íntimo que solo me perteneciese a mí, y así lo respetaba. Aunque en esa ocasión ese rincón privado era menos mío que nunca. Ahora le pertenecía a ese misterioso hombre y eso me perturbaba.

Decidí poner punto y final a esa fantasía, y con la entrega de la nueva mercancía que recibimos por la tarde, le propuse a Thomas recuperar nuestra costumbre de fin de semana y salir a tomar algo después de trabajar. No me dejó acabar la frase y ya estaba cogiéndome en volandas delante de todo el mundo.

No había nada que le gustara más a Thomas que verme sonrojada. Siempre he sido una persona muy tímida, con un gran sentido del ridículo, así que para un chico extrovertido como él resultaba incomprensible. Su espontaneidad y energía le daban un mayor atractivo a su personalidad. Tenía la habilidad de encontrar siempre el lado positivo de las cosas y eso es precisamente lo que necesitaba yo ese día. Estar con alguien que me recordara lo afortunada y especial que era, por mucho que yo no lo sintiera así.

Quedamos en vernos a las siete en el local de Bobby, un amigo suyo que había dejado su trabajo en el aeropuerto para montar un bar. Un local muy concurrido en el que la decoración evidenciaba el amor que Bobby sentía por la aviación. Solíamos quedar allí porque si me retrasaba en la salida de los almacenes, sabía que él estaría acompañado hasta mi llegada. Además, ponían unos magníficos cócteles y muy buena música.

La jornada debía estar a punto de terminar cuando Julia vino a buscarme apurada y se abalanzó sobre mí. Con los nervios no alcanzaba a explicarse bien, pero mientras me arreglaba el uniforme y el pelo, como si se tratara de mi madre, repetía de manera inquieta que «venían». Llegó a contagiarme su agitación, incluso sin saber a qué se refería. Julia se colocó delante de su mostrador, tal y como solíamos hacer siempre que recibíamos una visita importante, y yo, imitando el comportamiento del resto de las chicas, me situé en mi posición.

En el último momento Julia se giró y me advirtió que llevaba las gafas puestas. Negué con la cabeza para que no insistiera con eso, y entonces ella misma se situó frente a mí en dos zancadas, me retiró las gafas y las guardó bajo el mostrador. Estaba empeñada en que no trabajase con ellas puestas de cara al público. Decía que estaba tratando de ocultarme tras esa montura con cristales y que tenía una mirada preciosa. Yo le explicaba que las utilizaba desde que era cría. Se trataba de una necesidad y no de una cuestión estética.

Todas las dependientas estábamos a la espera de la visita, en perfecta formación delante de cada uno de los mostradores. Ya no quedaban casi clientes en el establecimiento, era prácticamente la hora de cerrar, pero ninguna abandonamos nuestro puesto. El silencio de la planta reinó durante unos segundos, hasta que la profunda voz del señor Goodman resonó al fondo del establecimiento mientras se iba acercando a nosotras.

Cuando estuvo a una distancia bastante próxima, a pesar de no llevar las gafas puestas descubrí que venía acompañado de una sola persona con la que hablaba animosamente. Estaba tratando de impresionarla. Siempre que recibía una visita de este tipo se comportaba igual. Su modo de andar, la rigidez de su espalda, el tono de sus palabras... Todo cambiaba con el fin de seducir a su potencial cliente.

Siguieron caminando sin detenerse y cuando los tuve a unos tres metros de distancia, descubrí que esa persona que lo acompañaba no era otra que don Alberto Márquez. El hombre al que llevaba esperando tanto tiempo.

Las piernas empezaron a temblarme y el pulso se me disparó. Conforme el señor Goodman se acercaba, me fui poniendo cada vez más nerviosa. Estaba tratando de controlarme, pero de pronto temí que fuera un buen amigo del dueño de los almacenes y que hubiera compartido con él lo ocurrido hacía dos semanas, cuando una de sus empleadas (yo) le había abierto las puertas del establecimiento a un desconocido (él), dándole acceso al interior de su negocio sin consentimiento alguno.

Presa de mis miedos, busqué a Julia con la mirada, pero la distancia no me permitió comunicarme con ella como hubiera deseado. Entonces vi que el señor Goodman me apuntaba con el dedo y el resto de las chicas se volvían a mirarme. Me esperaba lo peor. Le había visto humillar a muchas compañeras para demostrar su autoridad frente a sus clientes. También sabía que algún día me tocaría a mí e incluso me había preparado para ello, cualquier día podría ser, cualquier día… menos ese.

—Aquí está la señorita Lavigne, sin duda alguna una de nuestras mejores empleadas —dijo el señor Goodman dejándome impactada.

Era lo último que podía esperarme, así que traté de ser amable y sonreí. Habría jurado que el dueño de los almacenes no conocía ni mi nombre y ahora parecía que lo atendía personalmente cada mañana.

—Señorita Lavigne, ¿sería tan amable de atender al señor Márquez? Es su primera vez en los almacenes Goodman y tiene unas referencias magníficas suyas —dijo el señor Goodman.

¿Su primera vez en los almacenes…? Así descubrí que el señor Goodman y él no eran amigos y que, por algún motivo, el señor Márquez prefería mantener en secreto nuestro particular encuentro.

—Por supuesto, señor Goodman —contesté.

Evité mirar al señor Márquez, para no descontrolarme. Hasta el momento había conseguido hacerme con la situación, así que me dirigí de nuevo al señor Goodman y le pregunté qué es lo que estaba buscando el caballero. Me explicó que quería una seda y me dio una referencia concreta apuntada en un papel. El corazón se me desbocó de inmediato. Seguro que el código que contenía esa nota era el mismo que yo le había apuntado en el recibí que le entregué con la mercancía que se había llevado hacía dos semanas, pero sin mis gafas no alcanzaba a ver ninguno de los números allí escritos.

Disimulé mi confusión como pude y me dirigí al mostrador situado justo detrás de mí. El de los tejidos de importación. Durante los últimos días habíamos recibido mucho género de fiesta, dada la proximidad de las Navidades, y había tenido que reorganizar el expositor, así que aunque tenía una ligera idea de dónde podría encontrarse la pieza que buscaba, concentré toda mi atención en el sentido del tacto para dar con ella. Estaba de espaldas a ambos, así que cerré los ojos para aguzar mi sensibilidad y, sin que se notara lo que estaba haciendo, comencé a acariciar las piezas por su parte interior.

Me jugaba todo en esa venta y lo hacía por partida doble. El señor Goodman no me quitaba el ojo de encima y frente al señor Márquez no quería cometer un error, ahora que por fin había vuelto deseaba causarle una excelente impresión.

Recorrí con mis manos cada una de las piezas que se situaban en el entorno en el que almacenábamos las sedas. Comencé por la parte superior y poco a poco fui descendiendo. Atrás quedaban las organzas, las delicadas gasas, el sedoso satén egipcio y pronto reconocí el tacto de las sedas.

En ese momento abrí los ojos para orientarme en los tonos. Todos los tejidos se almacenaban por colores partiendo de los más claros y luminosos hasta llegar a los más oscuros y elegantes. Recorrí con velocidad los amarillos, naranjas y rosados, los verdes y morados, y me situé frente a los azules. A partir de ahí, la elección se complicaba según avanzaba por la gama que iba de los marinos hacia los grises y los negros. Hice recuento mental de las piezas siguiendo los albaranes que había manejado esos días y localicé las cuatro sedas negras que podían corresponderse con la que don Alberto estaba buscando.

Entre ellas había pequeños matices que solo un gran profesional lograría detectar al tacto, pero dadas las circunstancias no tenía otro remedio que hacer mi propia apuesta. Cerré de nuevo los ojos, volví a palpar el interior de las piezas, dudé entre dos de ellas y después de valorarlas apenas unos segundos, me decanté por la segunda. Iba a extraer el rollo cuando algo dentro de mí me empujó a dejarlo y presentar el que acababa de descartar.

La suerte estaba echada. Extendí la pieza sobre la mesa y al abrirla recordé la ceremoniosa manipulación a la que el señor Márquez había sometido a aquel tejido. Sin duda alguna, la pieza elegida era la seda que estaba buscando. No pude evitarlo y sonreí. Por primera vez como dependienta de Bergdorf me sentí orgullosa de lo que acababa de conseguir.

El señor Goodman le regaló la pieza completa y alabó su visita una y otra vez. Le felicitó por sus exclusivos modelos e incluso bromeó con algo referido a su enigmático atelier: Silk.

En cuanto escuché el nombre del atelier mi cuerpo se erizó por completo. Ese hombre que me había cautivado, con el que soñaba desde hacía dos semanas, era el empresario español que en tan solo año y medio en Nueva York había logrado posicionarse como el número uno dentro del mercado de la alta costura. Me sentí estúpida, cómo no lo había imaginado…

Aquel carismático empresario dirigía un exclusivo taller de moda del que todo el mundo hablaba y al que solo unas elegidas tenían acceso. Un atelier lleno de secretos, donde las mujeres que tenían oportunidad de contratar sus servicios se convertían en el centro de todas las miradas de la sociedad. Un símbolo de exclusividad al que no se accedía solo pagando una importante cantidad de dinero. Él decidía quién, cuándo y cómo tendría cita en su privilegiado reducto.

Las citas, según decían, se producían por la noche. Las recibía él mismo a solas, y el género con el que confeccionaba sus modelos procedía de los mejores talleres de Asia y Europa. Cualquier magnate no era nadie si no conseguía que don Alberto Márquez accediera a vestir a su mujer, aunque fuera tan solo por una noche.

Ahora entendía el comportamiento del señor Goodman: tener como cliente a don Alberto Márquez sería la mejor promoción para sus almacenes y su círculo de amistades.

Sin salir de mi asombro, no pude apartar mi mirada de él. El señor Márquez, sin embargo, siguió comportándose como si no me conociera. Agradeció al señor Goodman todas las atenciones y se marchó. En cuanto se dio la vuelta, busqué con apuro mis gafas debajo del mostrador, pero solo alcancé a verle la espalda justo antes de que saliera. Las chicas hicieron un corrillo para comentar impresionadas lo que acababa de pasar: en Bergdorf recibíamos habitualmente a clientela con un alto poder adquisitivo, pero nada similar a lo que él convocaba en su atelier.

Julia vino a abrazarme como si acabara de conseguir el galardón más importante que la empresa entrega a sus mejores empleados en Navidad. Yo, por el contrario, me sentía tan pequeña, tan estúpida..., consciente de que acababa de abrirse entre nosotros un abismo infranqueable, y eso solo me provocaba ganas de llorar.

Estaba ausente, asimilando la noticia, cuando me di cuenta de que Julia llevaba un buen rato hablándome. La miré pero no fui capaz de articular palabra y me marché corriendo a las taquillas buscando un momento de soledad.

Allí, entre las taquillas que custodiaban nuestros enseres personales, escondida tras la puerta metálica, no pude contenerme más y me eché a llorar desconsoladamente. ¿Cómo pude creer que aquel hombre que se había cruzado en mi destino algún día volvería a buscarme?, ¿cómo no me imaginé que aquel tipo no era un hombre cualquiera, que esa atracción desmedida no tendría un recorrido más allá?

Mientras lloraba, Julia se acercó a mí silenciosa y colocó una mano en mi hombro. Yo me volví, nos miramos y me abracé a ella como una niña. Julia me acarició el pelo tratando de calmarme y poco a poco fui recuperando la serenidad.

No sabía por dónde empezar. Julia no me pidió explicaciones, pero yo me sentía en la obligación de dárselas. Nunca antes me había comportado de un modo igual y su mirada estaba tan confundida como la mía. Así que me armé de valor y le conté lo ocurrido con don Alberto Márquez dos semanas atrás, cuando aún ignoraba quién era él. Julia no decía nada, se limitaba a escuchar. No le conté lo atraída que me sentía por él, aunque ella misma sacó sus propias conclusiones. Aquellas lágrimas no podían surgir de un simple encuentro con un cliente.

—¿Así que de eso se trataba? —dijo.

No me atreví a negarlo. Me limité a bajar la mirada avergonzada.

—Yo que pensaba que nuestro querido Thomas... —Y no completó la frase.

Tras una pausa, Julia suspiró profundamente y me habló con serenidad y orgullo:

—Adele, no tienes nada de lo que avergonzarte. Don Alberto Márquez es uno de los hombres más deseados del momento y hoy ha vuelto por ti.

Busqué su mirada para descartar que estuviera bromeando y ella continuó con su discurso:

—Ese hombre no se relaciona con nadie. Su atelier representa el enigma más grande de la moda en Nueva York. Tiene su propia red de proveedores y en este año y medio de trabajo en la ciudad jamás ha venido por aquí. Una vez puede quedarse sin género, pero dos en la misma semana... NO. Don Alberto no ha venido a por sedas, don Alberto ha vuelto por ti.

Un escalofrío recorrió mi cuerpo entero. Me puse nerviosa al pensar que Julia pudiera estar en lo cierto. Llevaba dos semanas deseando volver a coincidir con él, y ahora que sabía quién era todo resultaba más emocionante aún. Pensar que Julia pudiera estar en lo cierto casi me revolvía más que el hecho de saber que resultaba inalcanzable para mí.

Había sido un día largo. Miré el reloj y recordé mi cita con Thomas. Le pedí a Julia que se acercara conmigo a tomar algo al bar de Bobby, pero enseguida se disculpó. No podía venir. Julia y yo nos encontrábamos en momentos muy distintos de la vida, su familia era su máxima prioridad y, aunque creía que si insistía conseguiría que me acompañara, en el fondo sabía que al final de la jornada alguien la esperaba en casa, y no quise forzarla. La quería como a nadie allí, era lo más cercano a una familia que tenía en Nueva York y su voz sonaba a menudo como la voz de mi conciencia. Ahora que había compartido con ella mi gran secreto, me sentía mucho mejor, más liberada.

Nos abrigamos y salimos de los almacenes. La acompañé hasta su parada de autobús y después me dirigí andando a ver a Thomas.

## CAPÍTULO 3

Era una noche fría, pero después de una larga jornada encerrada en los almacenes agradecía sentir el fresco en la cara. Me devolvía a la realidad.

El bar de Bobby estaba tan solo a dos manzanas, así que cuando quedábamos después del trabajo solía ir andando. No era la única que lo hacía, la gente caminaba abrigada con cierto apuro, aunque también se subía y bajaba en las paradas de autobuses o tomaban un taxi para dirigirse a algún lugar. Cuando caminaba sola, muchas veces me preguntaba qué sería de la vida de los demás en ese mismo momento. Para mí aquella tarde no había sido una tarde cualquiera; sin embargo, el resto del mundo parecía moverse bajo una mecánica rutinaria.

Estaba abstraída en mis pensamientos, tratando de averiguar adónde se dirigiría una mujer que acababa de salir de un portal señorial, vestida con un traje negro de noche y sus hombros cubiertos por una pequeña estola blanca de piel de zorro, cuando un coche oscuro frenó muy cerca de mí. Como acto reflejo, volví el rostro para mirar el vehículo que se acababa de detener, pero no alcancé a distinguir nada. Sus cristales tintados no me permitieron ver el interior, únicamente me devolvieron el reflejo de mí misma y seguí caminando como si nada.

La elegante mujer se subió a un coche oscuro que la esperaba unos metros más adelante. Un chófer cerró su puerta y se perdió entre el tráfico de la ciudad, que aún seguía muy despierta a esas horas de la noche.

El frío cada vez era más intenso. Con una mano cerré las solapas de mi abrigo para evitar que el aire se me colara por el escote y apuré el paso evitando más distracciones. Entonces me pareció escuchar que alguien me llamaba.

—Señorita Lavigne...

Nada más percibir ese melódico acento de nuevo mi corazón empezó a latir de forma descontrolada. Me detuve, pero no me di la vuelta. Llevaba todo el camino relacionando de algún modo mi entorno con el encuentro de esa tarde con el señor Márquez y era muy posible que mi subconsciente me estuviera jugando una mala pasada. Así que al no escuchar mi nombre de nuevo, retomé el paso y me dirigí a mi destino apresurada. No había avanzado metro y medio cuando volví a escuchar aquella voz, si cabe aún más cerca de mí. Sonaba como aquel ruego tan sugerente que me había conquistado la primera noche que don Alberto y yo nos conocimos en Bergdorf Goodman.

—Señorita Lavigne, por favor…

Me volví a detener y temerosa me di la vuelta muy despacio. Mientras me giraba, pensaba lo ridículo que sería no encontrar a nadie detrás de mí. Lo estúpida que me sentiría de nuevo si estuviera fantaseando con su voz, pero al completar el giro allí lo encontré. Frente a mí. En silencio, mirándome con aquellos ojos oscuros y penetrantes.

Estaba arrebatador con un abrigo de corte clásico, llevaba guantes y un sombrero oscuro similar al de aquella noche. Respiraba algo agitado, seguramente por el esfuerzo de bajar del coche con cierto apuro para tratar de alcanzarme. Su aliento cálido contra el frío de la noche volvía a provocar ese vaho que le hacía aún más irresistible.

Me quedé quieta. Hipnotizada por el movimiento de ese vapor tan cerca de su boca… Era incapaz de imaginarme qué hacía don Alberto allí, por qué me estaba siguiendo y cómo me había encontrado. Ya hacía más de una hora que había abandonado los almacenes.

Al ver mi cara de desconcierto, don Alberto relajó la expresión pero no llegó a sonreír. El enigma seguía presente en su mirada, que no despegó de mis ojos conforme se acercaba caminando hacia mí.

—Señorita Lavigne, perdone que la moleste a estas horas, pero me gustaría poder invitarla a cenar —dijo.

Yo creí no haberle entendido bien, así que me comporté como si aún estuviera trabajando.

—Disculpe, señor Márquez, ¿en qué podría ayudarle?

—Me gustaría poder invitarla a cenar esta noche, si no tiene inconveniente. —Se hizo un silencio incómodo—. Tengo algo que proponerle y me gustaría no tener que hacerlo aquí —dijo mientras hacía un gesto con sus brazos mostrando el entorno y la gente que aún caminaba por la calle.

De nuevo me fijé en todas esas personas que seguían andando como si nada estuviera ocurriendo en ese preciso instante. Todos atendían su rutina sin detenerse en lo que me estaba sucediendo allí mismo. Mi vida estaba a punto de cambiar por completo y el resto, sin embargo, parecía no enterarse.

Después de recorrer con la mirada el entorno, volví a fijarme en él, que seguía inmóvil pendiente de mi respuesta. Su presencia y su propuesta resultaron tan inesperadas que me tomé un tiempo para decidirme. Él, sin embargo, parecía dispuesto a emplear todo el tiempo que hiciera falta, porque no mostró ni un gesto de apuro. Mientras mi cabeza trataba de ordenar la información, volví a darme cuenta de lo increíblemente guapo que era, y atraída por un magnetismo inexplicable accedí a cenar con él.

Lo seguí en dirección al coche, su caminar era firme y su espalda robusta, se movía de forma varonil. Un chófer estaba esperando discretamente unos pasos por detrás del coche. Antes de que alcanzásemos la puerta trasera, avanzó y nos invitó a pasar, tal y como acababa de comportarse el conductor que recibió a aquella elegante mujer vestida de largo. Me sentía extraña, nunca antes me habían recibido como si fuera una señorita de clase alta. Le di las gracias al pasar y el conductor me hizo un gesto amable, como si fuera consciente de lo nuevo que estaba resultando aquello para mí.

Mientras don Alberto accedía por la otra puerta, tuve ocasión de recorrer con la mirada el impresionante interior. Nunca había estado en un coche tan exclusivo. No sabía nada de vehículos, pero la amplitud, la textura de la tapicería, la comodidad de los asientos y la reconfortante temperatura hacían de aquel interior un lugar soñado.

Cuando don Alberto cerró su puerta y me miró, traté de comportarme con naturalidad, aunque estoy segura de que pudo detectar que estaba muy impresionada. Como correspondía a una simple dependienta de unos grandes almacenes. Sin embargo, no hizo alusión a nada parecido. Sacó una botella de champán y dos copas de cristal. Me cedió una, descorchó la botella con habilidad y las sirvió.

—Por el futuro —brindó.

Estaba segura de que él también podía oír el latido de mi corazón. Golpeaba mi pecho con tanta fuerza que me parecía imposible poder ocultarlo. Me bebí la copa casi de un trago y me volvió a servir otra.

Aquel espacio tan reducido hacía muy violenta la situación, por lo menos para mí. Me faltaba algo de aire, deseaba sentir de nuevo el frío de la calle para asegurarme de que no se trataba de un sueño, pero después de recorrer unos cuantos kilómetros el coche se detuvo y frente a mi puerta descubrí un grandioso edificio. El chófer se bajó y yo miré nerviosa a don Alberto, no llevaba una ropa adecuada para una cita como la que se intuía tras aquella deslumbrante fachada. Necesitaba cambiarme y, aunque estaba segura de que en mi armario no encontraría nada perfectamente apropiado, por lo menos tendría ocasión de buscar algo más elegante que lo que llevaba puesto.

—No vengo con la ropa adecuada para entrar ahí —le dije.

Sin embargo, él abrió la puerta de su lado.

—No se preocupe por nada, señorita Lavigne. Lo tengo todo previsto.

No sabía a qué se refería exactamente con tenerlo todo previsto, pero fuera lo que fuera ya era tarde para arrepentirme. Don Alberto se apeó sin darme ocasión a una réplica y cerró la puerta con fuerza. Yo miré al exterior y el chófer muy amablemente me tendió la mano para ayudarme a salir. Ya no había marcha atrás.

Don Alberto le indicó hacia qué hora podría pasar a recogernos y el conductor se despidió de nosotros y se marchó. El señor Márquez me ofreció su brazo y tímidamente me apoyé en él. Después de dos semanas soñando con este reencuentro, por fin entrábamos en contacto físico. Tan cerca de él, percibí de nuevo ese aroma varonil y embriagador de su perfume. Su brazo era fuerte y su paso firme. Me dejé llevar sin resistencia alguna. Desconocía qué era lo que me esperaba al otro lado de esa lujosa entrada, pero había decidido dejarme llevar.

Nada más cruzar el umbral, una mujer nos estaba esperando con una amplia sonrisa. Él le hizo un pequeño gesto y ella enseguida me pidió que la acompañara. Yo estaba torpe y nerviosa. Recorrí varios pasillos siguiéndola sin decir ni mu. No sabía adónde me dirigía, ni qué era lo que me esperaba después, pero tampoco me atrevía a preguntar, por si tuviera que dar yo misma alguna explicación de qué era lo que estaba haciendo allí y por qué acompañaba a don Alberto Márquez..., así que traté de relajarme en vano y continué caminando tras ella.

Al llegar al final de uno de esos lujosos pasillos, la mujer se detuvo frente a una puerta enorme de doble hoja. Cogió los pomos con ambas manos y la abrió. Al otro lado descubrí un hermosísimo salón en el que estaba preparado un tocador y un biombo frente a un espejo descomunal. El marco parecía del siglo pasado. Me recordó a algunas piezas que había tenido oportunidad de ver en un viaje a Francia cuando fui a visitar a mi familia materna. No fui capaz de articular palabra, estaba demasiado impresionada por todo lo que me estaba pasando.

La encantadora mujer me guio hasta un lugar del

salón donde se exponían tres vestidos de noche de alta costura y me sugirió que eligiera uno de ellos para la cena.

—¿Para mí? —pregunté intentando salir de mi asombro.

—El señor Márquez ha considerado que quizá se sintiera más cómoda si llevase puesto alguno de estos vestidos durante la cena en el Gran Salón. Pero, por supuesto, no se trata de una obligación.

Me acerqué a ellos hipnotizada por la delicadeza de aquellos tejidos y las sinuosas formas de su diseño. Nunca había tenido ocasión de tocar con mis propias manos un vestido de esa categoría. En el interior de cada uno de ellos aparecía bordado con hilo granate la palabra *Silk*. Frente a mí, se encontraban tres grandes diseños de don Alberto Márquez. No me lo podía creer.

Tuve que llevarme las manos a los ojos para tratar de contener la emoción. Aún no sabía qué era lo que me hacía tan especial para merecer una invitación como esa. Traté de no demorarme demasiado y enseguida me decanté por el que creí que me sentaría mejor. Con él en las manos, me dirigí al biombo y coloqué el vestido con suma delicadeza sobre un sillón aterciopelado que se encontraba tras él.

La mujer me dejó a solas para que pudiera vestirme, pero antes de marcharse me advirtió de que volvería en unos minutos para ofrecerme cualquier ayuda que pudiera necesitar.

Cuando ya no hubo nadie en el salón, volví a mirar el vestido incrédula y tras unos segundos me descalcé con cuidado para empezar a cambiarme. Entonces reparé en algo que hasta ese instante no había tenido ocasión de apreciar y es que, tras el biombo, se encontraba una pequeña mesa auxiliar sobre la que yacía la lencería más delicada que jamás había visto. Había tres piezas preparadas. Todas ellas combinaban un fino y elegante tejido con una propuesta descarada y provocadora. Cogí una de ellas y al deslizarse por mis dedos, el vello de todo mi cuerpo se erizó. Nunca había tenido algo similar entre mis manos. Hasta ese momento, mi ropa interior siempre había respondido a criterios de comodidad y sencillez.

Acerqué mi rostro a aquella exclusiva lencería, para sentir en mi mejilla la suavidad de ese tejido nuevo para mí. Se asemejaba a una seda, pero las transparencias que contenía me recordaban a las gasas más finas, con las que solo los grandes diseñadores trabajan.

Teniendo esa prenda tan cerca de mí, me pregunté si habría sido el propio señor Márquez quien había elegido la lencería. Aquella mujer me había dicho que él mismo se había encargado de los vestidos de noche, pero me parecía más revelador descubrir quién se había encargado de la ropa más íntima y si las propias manos de don Alberto ya habían estado en contacto con esas braguitas que ahora se encontraban entre las mías.

Presa nuevamente de su embrujo, deseé verme frente al espejo tal y como él quizá me hubiera imaginado. Me quité el vestido que llevaba puesto y lo dejé sobre una de las butacas más cercanas. Después continué desnudándome y me quité la ropa interior con todos los temores de alguien que todavía no ha perdido la virginidad. No sabía a qué me estaba comprometiendo vistiéndome aquellas prendas, quizá supondría la aceptación de algo más que una cena...

Escogí una de las braguitas y al pasar aquel suave tejido entre mis piernas, mientras me las colocaba, imaginé sus vigorosas manos acariciando mis muslos, tal y como hacía ahora esa delicada prenda. No alcanzaba a dominar mis pensamientos ni mis impulsos, ese hormigueo que provocaba aquella seda al roce con mi cuerpo era como sentir el suave tacto de las yemas de sus dedos o sus carnosos labios envolviendo todo mi cuerpo.

Frente al espejo no me reconocí. Imaginé que era otra mujer o, al menos, que podría ser otra mujer, más sofisticada, más sensual, más atrevida. Me toqué con delicadeza el pecho que él mismo había rozado al entrar en los almacenes y deseé que volviera a ocurrir, que entrara en aquel salón y me encontrara así: semidesnuda, dejando a la vista la intimidad de mi cuerpo, y me hiciera el amor de forma apasionada. Dejando de ser la joven que era, para convertirme por fin en mujer.

El ruido de la puerta al abrirse me sobresaltó y, sin poder contenerme, emití un pequeño grito. La encantadora mujer que me estaba atendiendo me acababa de sorprender en ropa interior frente al espejo y me sentí avergonzada. No hizo ningún comentario, pero yo traté de esconderme tras el biombo. Me cubrí el rostro con las manos e intenté alejar de mi conciencia la fantasía que acababa de tener.

Después de un rato sin dar señal alguna, la mujer volvió a ofrecerme muy amablemente su ayuda y me indicó que el señor Márquez ya estaba listo, que me esperaba.

Por fin reaccioné. Me vestí tan rápido como pude y salí de mi escondite. Le pedí que me ayudara a abrocharme la botonadura trasera y así lo hizo. No había superado el mal trago aún, pero para marcharme de allí cuanto antes necesitaba acabar de vestirme.

Ya estaba casi lista, solo me faltaban los zapatos, y fue en ese preciso instante cuando alguien llamó a la puerta. La mujer fue hasta ella y la abrió. Un empleado del hotel entró empujando una especie de carro para el transporte de maletas que, en vez de contener equipaje, venía cargado de zapatos de toda clase. Traté de encontrar en sus rostros el menor gesto que pudiera explicarme si esto era algo que el señor Márquez hacía muy habitualmente y que por eso todos ellos controlaban a la perfección, o si se trataba de una ocasión puntual que llevaban tiempo preparando.

Ninguno de sus rostros dio respuesta a mis preguntas. Ambos se comportaban como si fuera su tarea normal. La mujer quiso confirmar que no se habían confundido de número y cuando le dije que calzaba un 6, en su rostro se dibujó una amplia sonrisa y me hizo un gesto con el brazo para que eligiera de entre todos aquellos modelos el par de zapatos que más me gustara.

El vestido que llevaba puesto era de chifón rosa pálido con bordados en cuentas de porcelana y pequeños cristales. Los hilos de crepé con los que había sido confeccionado el tejido le otorgaban a la tela una cierta elasticidad, lo que permitía que se adaptara perfectamente a mi figura. El escote era palabra de honor y, en su parte superior, un pequeño drapeado de unos cinco centímetros ajustaba la pieza al pecho de tal modo que no había posibilidad de que se pudiera ir desencajando. La ligereza del tejido y su textura sedosa le daban la armonía perfecta para una noche como esa, en la que pretendía estar a la altura de la inesperada invitación, pero sintiéndome cómoda sin llamar en exceso la atención.

El modelo estaba confeccionado en dos capas del mismo tejido y color, rematadas en su parte inferior por una gran tira bordada en los mismos tonos. La capa interior del vestido llegaba hasta el suelo y la superior se acortaba en la parte frontal, de forma que al ver el modelo de frente, se mostraban las dos tiras bordadas pertenecientes a ambas capas, pero, por detrás, el largo de la capa superior descendía cubriendo por completo la de debajo y el vestido se presentaba como una sola pieza con un único remate final.

Busqué entre los zapatos propuestos un tono similar al propio vestido que lucía y siguiendo la gama de colores por intensidad, tal y como venían presentados, los encontré. Habían sido forrados con la misma tela que el vestido. Los había con tacones de distinta altura y me pareció apropiado elegir los menos sofisticados. El tacón medía unos cuatro centímetros. Suficiente para elevarme un poco sin que el vestido dejara de rozar sutilmente el suelo. Mis pies quedaban del todo ocultos, solo mientras caminara podría apreciarse una breve punta del calzado.

Me miré de nuevo al espejo sumida en mis pensamientos, y la mujer que me observaba desde unos pasos más atrás se dirigió nuevamente a mí:

—Está usted verdaderamente hermosa.

—Gracias —contesté—. Nunca he estado aquí —confesé temerosa— y no sé si estoy a la altura de las mujeres que pueda haber dentro cenando.

La mujer me sonrió y dio un paso para acercarse a mí.

—Por supuesto que está a la altura del Gran Salón.

Después me observó unos segundos más y se retiró. Vi cómo se acercaba a una cómoda antigua de la que extrajo unos maravillosos guantes largos de color blanco. Después cerró el cajón y se acercó a mí de nuevo. Me tendió los guantes.

—Estoy segura de que los lucirá tanto como el propio vestido.

Le agradecí de nuevo sus atenciones y, con suave delicadeza, me coloqué los guantes, que sobrepasaban en unos centímetros la altura de mis codos. Estaba francamente elegante. No podía reconocerme. Jamás había imaginado que algún día llegaría a vestirme así.

# CAPÍTULO 4

Las puertas del Gran Salón se abrieron y en su interior descubrí un ambiente cálido y sosegado. Las mesas se encontraban en penumbra y cada una de ellas podía mantener un grado muy elevado de privacidad con respecto al resto. El ambiente era íntimo y parecía que los comensales disfrutasen de una romántica velada.

La decoración se asemejaba a la de un gran palacio o, por lo menos, así los imaginaba yo. Las paredes y los techos, muy altos, estaban ornamentados hasta el último centímetro. Los tonos predominantes de la estancia eran el dorado y el marfil, aunque el toque de color más destacado lo ponían las caídas de color granate que acompañaban a las cortinas blancas y que permanecían recogidas a ambos lados de los grandes ventanales.

Había candelabros en todas las paredes y del techo colgaban grandes lámparas de araña que, a pesar de sus dimensiones, apenas alumbraban la estancia proporcionando un ambiente mágico a la noche.

Todas las mesas estaban elegantemente vestidas con mantelerías blancas bordadas en blanco que propiciaban un aspecto impoluto al comedor. Las servilletas estaban perfectamente colocadas sobre una vajilla de porcelana también de color blanco, adornada con unas discretas flores doradas. Cada comensal disponía de una cantidad exagerada de copas y cubiertos que me devolvieron a realidad. No estaba acostumbrada a moverme en ese ambiente o, más bien, nunca me había enfrentado a una cena en un lugar tan exclusivo como aquel y temí no saber desenvolverme.

El *maître* se acercó a mí nada más verme entrar. Me recibió como a una gran dama y, sin preguntarme quién era, me pidió que por favor lo acompañara. Lo seguí sin hacer preguntas, todo aquella noche se movía ajeno a mi voluntad.

Recorrimos el comedor sin enturbiar la intimidad de las mesas, los pasillos que se formaban entre ellas eran tan anchos que sus ocupantes habrían tenido que elevar la voz si hubieran querido establecer una comunicación entre ellos.

Todas las mujeres iban elegantemente vestidas, adornadas con joyas que confirmaban su elevado poder adquisitivo. Comían con refinado gusto y sus maneras eran finas y delicadas. Conforme fuimos recorriendo el espacio algunas de ellas entraron en contacto con mi mirada y, a pesar de ser yo la que estaba tan impresionada, muchas de ellas no dejaron de observarme. No sabía valorar si estaban reconociendo en mí a una pobre chica fuera de lugar o si admiraban mi vestido. Algunas miradas resultaban tan exageradas que llegué a temer que llevara algo abierto o mal colocado.

Traté de comprobar que todo estaba en orden y al levantar la vista de nuevo, descubrí a don Alberto Márquez frente a mí. Esperaba sentado en una de las mesas más retiradas y no me quitó los ojos de encima hasta que llegué a su altura.

Don Alberto se puso de pie para recibirme, y noté cómo recorría toda mi figura valorando cada detalle de mi vestuario. Hacía un instante, a solas frente aquel gran espejo en el salón donde me vestí, creí haber superado todos mis miedos escondida en esa nueva piel de mujer de alta sociedad, pero frente a ese selecto ambiente que tanto me observaba y, sobre todo, frente a él, volví a sentirme débil e insegura.

—Exactamente así la había imaginado esta noche, señorita Lavigne —me dijo sin retirar su profunda mirada de mis ojos.

Había fantaseado conmigo, me había imaginado así vestida..., ¿y qué había de la ropa interior? Antes de que pudiera desvanecerme, me apoyé con disimulo en la mesa como si fuera a tomar asiento. Entonces él se situó detrás de mí y me acercó la silla galante. Tenerle a mi espalda me puso aún más nerviosa y al girar el rostro hacia él, mi nariz rozó su mejilla y al instante volví a mirar al frente ruborizada.

El sumiller, al vernos acomodados, se acercó de nuevo y nos sirvió una copa de champán a cada uno. Nunca había bebido tanto champán como aquella noche. Poco a poco empecé a sentirme distinta, más relajada y desinhibida. Me quedé embobada mirando la copa, las burbujas se movían vibrantes y formaban hileras que llegaban hasta la superficie como si fueran pequeñas agujas. Me abstraje por completo de la conversación que estableció el sumiller en torno a la añada y la bodega propietaria del espumoso. Después se fue y don Alberto se dirigió a mí de forma repentina:

—Quiero que trabaje para mí, señorita Lavigne.

Desvié mi atención de la copa y traté de confirmar si aquello que acababa de escuchar era cierto. Era muy posible que el alcohol me estuviera afectando y empezase a distorsionar la realidad, así que esperé a que se pronunciara de nuevo.

—Sé que usted es la persona que llevo tanto tiempo buscando. Lo sé desde el primer momento en que la vi —dijo rotundo.

Sentí que se me secaba la boca y me bebí otra copa que acababan de servirme. Él me dio tiempo para reaccionar, pero yo no le contesté.

—La necesito a mi lado para crecer, señorita Lavigne, y me gustaría que se incorporase cuanto antes.

Después de un tercer intento era evidente que la propuesta era real y no fruto de mi imaginación; sin embargo, yo seguía sin entender qué me hacía tan especial frente al resto. Por qué me llegaba a mí esa oportunidad…, yo que siempre había vivido a la sombra de mis compañeras.

—¿Qué me dice? —preguntó al ver que seguía sin decir una palabra.

Posiblemente cualquier otra chica en mi lugar hubiera saltado de alegría o gritado con gran entusiasmo. Yo sentía vértigo, la presión de no cumplir las expectativas, el miedo a equivocarme frente a un grande de la moda.

—Lo siento…, pero yo no…, yo no soy la persona que busca —concluí.

Don Alberto se echó hacia atrás y una especie de sonrisa se dibujó en su rostro. No sabía qué es lo que le provocaba ese relajo, pero para mí todo estaba resultando muy embarazoso.

—Llevo tiempo observándola. Sé cómo trabaja y con qué sensibilidad manipula los tejidos más delicados. Créame, sí es la persona que busco —dijo muy seguro de sí mismo.

Cada vez estaba más nerviosa. No sabía a qué se refería cuando decía que llevaba tiempo observándome… No era consciente de haberme cruzado con él en mi vida, más que aquella noche que le atendí a solas y hoy con el señor Goodman presente.

—Hace muchos años tuve la oportunidad de trabajar en España con una mujer que tenía su misma sensibilidad. —Hizo un señalado silencio—. Desde entonces, no he conocido a nadie igual.

Una sombra se apoderó de su rostro cuando terminó de hablar, como si aquello que contase trascendiera mucho más allá de una historia sobre una chica talentosa. Se bebió la copa de un trago, miró hacia la ventana, respiró profundamente y después volvió al tema de conversación:

—No puede decirme que no.

El rostro de Julia se me representó en ese momento. Precisamente ella me había advertido aquella tarde que don Alberto Márquez no había venido a por unas telas, sino que había vuelto por mí, y yo no la creí. En realidad, era un modo de protegerme por si aquello no ocurría, pero ahora que estaba pasando el corazón empezó a latirme con más fuerza y deseé que ella estuviera allí. A mi lado. Todo sería más fácil, sabía que me incitaría a aceptar, que no me daría la oportunidad de darle tantas vueltas, me diría que estaba más que preparada, así que a pesar de mis infinitos miedos y dudas, me dejé llevar por la voz de mi conciencia.

—Está bien. Lo haré —dije.

En su boca se dibujó una media sonrisa de satisfacción que, en cualquier caso, podría confundirse con algo de chulería, pero enseguida me hizo partícipe de la celebración y la tensión entre nosotros se relajó.

—Por nuestro futuro, entonces —concluyó.

Intenté no mantener demasiado tiempo la copa en alto. Mis manos habían comenzado a temblar. Agradecí que no hubiera esperado al final de la cena para contarme de qué trataba esa cita repentina, pero ahora que nos quedaba una velada por compartir no sabía de qué modo actuar. Acababa de convertirme en su empleada, y aunque no empezara mi trabajo ya, debería disimular aún más las intenciones y deseos que sentía hacia él.

La cena resultó exquisita y, mientras cada bocado resultaba una novedad gastronómica para mí, don Alberto me habló del atelier y del tipo de clienta para la que solía trabajar. Todas ellas eran mujeres ricas de esposos influyentes, a las que solo atendía para un único evento u ocasión. Era tanta la demanda que se había propuesto ofrecer sus servicios a nuevas clientas antes que repetir con aquellas a las que ya había atendido. O al menos eso es lo que me explicó entonces, yo más tarde sacaría mis propias conclusiones…

Se apoyaba en que aquella limitación le haría más valioso en un futuro y, además, provocaba que las mujeres estuvieran entregadas de pleno a esa «única cita» con él.

Cada diseño nuevo en Silk implicaba dos pruebas previas. Una se desarrollaba en la sala del taller y otra en el *showroom*. Por lo visto, lo que él ofrecía era una «sesión completa» en la que se ocupaba no solo de su vestido, sino de todo aquello que la haría única la noche que luciera su modelo.

Su relato sonaba misterioso, permanentemente parecía que se reservaba información, que ocultaba detalles, y por eso su propuesta cada vez resultaba más apasionante. Estaba deseando visitar aquel lugar, ser testigo del proceso con mis propios ojos y descubrir los secretos que allí escondía.

Estaba escuchando atentamente cada explicación que me daba sobre su protocolo de trabajo cuando percibí que don Alberto Márquez cambiaba su tono de voz y que su mirada se volvía cada vez más oscura.

—Soy una persona muy exigente, señorita Lavigne. Busco la perfección en todo lo que hago y nunca he contado con un asistente en el atelier, porque me gusta trabajar solo. Esta será una experiencia nueva para los dos.

Sospeché que él mismo se estaba arrepintiendo de su propia decisión porque a continuación comenzó a definir numerosos límites:

—No debemos mezclar asuntos personales con profesionales, por eso desde ahora mismo debe saber que no seremos amigos. No quisiera que nada confundiera los términos de nuestra relación. Para tener éxito debemos protegernos el uno del otro —dijo.

Me hubiera limitado a asentir y acatar, pero el alcohol me permitió ser algo más resuelta y le trasladé mis dudas:

—No sé si le estoy entendiendo —le comenté algo confusa y esperé su respuesta.

—Es una mujer especial y eso la hace atractiva, pero llevo muchos años buscando mi lugar y ahora que lo he encontrado no quisiera que nada ni nadie cambiara mi rumbo. Si hoy apuesto por usted es para crecer —dijo.

En un primer momento me desconcertó que hiciera esas declaraciones. Quizá resultaba demasiado evidente la atracción tan grande que sentía hacia él, pero en aquella cena, una vez que dije que sí aceptaba el trabajo, entendía también que de algún modo apostaba por mi carrera profesional y no por mis sentimientos hacia él. Permanecí tan seria y concentrada que por un momento me olvidé de que estaba allí.

—¿Alguna duda, señorita Lavigne?

Negué con la cabeza, a partir de ahora nunca más aspiraría a estar con él, sino a algo mucho más grande: a ser como él.

Don Alberto continuó hablando de los horarios, del ritmo de trabajo, de la intimidad que seguiría manteniendo con sus clientas. No quería que nadie supiera que yo trabajaba allí con él, ni siquiera su equipo de taller. Ellos cumplían su jornada desde muy temprano hasta las tres de la tarde, hora en la que llegaría yo, que desarrollaría mis tareas mano a mano junto a él.

—Siempre a las diez, ni un minuto después, se marchará —comentó.

—¿Y si necesita algo o no hubiera terminado?

—Entonces me ocuparé yo de ello. A partir de las diez, hágase a la idea de que Silk no existe.

Todo resultaba demasiado misterioso como para no preguntar nada más; sin embargo, cuando lo hice la respuesta que obtuve provocó una confusión mayor en mí:

—Señorita Adele, hay aspectos del atelier que es mejor que nunca llegue a conocer.

Me quedé mirando la dura expresión de su rostro. Ese oscuro Alberto se asomaba por segunda vez.

# CAPÍTULO 5

Acabamos de cenar y salimos del comedor. En la puerta nos esperaba la misma mujer que nos había recibido al llegar, para ofrecernos algo de abrigo. Un caballero ayudó a don Alberto a ponerse el suyo, mientras ella se ocupó de mí.

Me tendió una capa oscura que se anudaba únicamente en el cuello con un adorno de pasamanería. Tenía unos ojales grandes para poder meter las manos, de manera que una vez puesta llegaba a cubrir entero el vestido. Conseguí preguntarle discretamente por el resto de mis pertenencias y me dijo que don Alberto Márquez había ordenado su entrega a mi atención al día siguiente en los almacenes Bergdorf Goodman. Le di las gracias y don Alberto reclamó mi atención. El coche nos estaba esperando.

Llegamos al exterior del edificio y frente a nosotros, descendían las grandiosas escaleras que habíamos recorrido para entrar. El señor Márquez me ofreció de nuevo su brazo como apoyo, pero sabiendo que pronto ejercería de asistente para él y conociendo los límites que él mismo quería establecer entre ambos, preferí tomar distancia y evitar un nuevo contacto físico. Le agradecí su ofrecimiento con un gesto, me mantuve a cierta distancia y comencé a descender sola la escalinata.

El recorrido no fue sencillo, dadas las complicaciones de llevar un vestido largo: trataba de mantenerlo sujeto hacia arriba, evitando que ni siquiera rozase mis pies. Muy pronto me situé a tan solo metro y medio de la entrada de vehículos, donde aguardaba nuestro chófer. Solo cinco peldaños más debía recorrer para llegar hasta él cuando la capa interior de mi vestido se deslizó y se enredó en uno de mis pies. Traté de moverlo para evitar el problema pero el traspié me impulsó hacia delante. Don Alberto, que iba muy pendiente de mi descenso, en cuanto vio que me caía dio una zancada y tendió sus brazos para recogerme en el aire.

La agitación del traspié disparó el bombeo de mi corazón, que quizá se había intensificado por el hecho de encontrarme recostada entre sus brazos. No podía quitarle los ojos de encima. Recobré el aliento, pero mi respiración podía oírse agitada, como si fueran suaves gemidos. Me di cuenta de ello cuando don Alberto se quedó mirando mi boca mientras yo trataba de recuperarme. Era tanta la proximidad y la tensión entre los dos que pensé que me besaría. No me retiré, en el fondo deseaba que sucediera, que diera ese primer paso y que fuera él mismo quien rompiera sus propias reglas. Seguía entre sus brazos con la mirada clavada en él, esperando ese gran momento, cuando tomó un poco de distancia en silencio. Se incorporó, aún conmigo entre sus brazos, y me ayudó a ponerme en pie.

—¿Está bien, señorita Lavigne?

Yo asentí con la cabeza y me incorporé ruborizada. No me había hecho daño, pero me hubiera quedado allí abrazada la noche entera. Sin duda alguna, el pacto de distancia que debería asumir ahora que sería mi jefe me iba a costar mucho más de lo que imaginaba.

El chófer, sensible al incidente, acercó el vehículo a nuestro lado para evitar que tuviéramos que ir hasta él. Nos cedió el paso y don Alberto se dirigió al otro lado para subirse al coche. Yo di un par de pasos y supe que en la caída me había lastimado un tobillo. Me resentí al apoyarme en él, pero traté de disimular. Ya con los dos dentro, el chófer arrancó sin indicación alguna y el señor Márquez se agachó y con extrema delicadeza tomó mi pie entre sus manos.

—Déjeme que le eche un vistazo —dijo.

Y para poder colocarse justo frente a mí, me cogió por las caderas y me desplazó de modo que apoyara mi espalda en la puerta del vehículo. Nunca le había tenido tan cerca. Su cuello, su lóbulo de la oreja, cada rincón de su cuerpo me resultaba excitante.

Una vez que estuve colocada, se retiró hacia atrás, dejando distancia suficiente para que pudiera estirar la pierna a lo largo del asiento. Me miró como si me estuviera pidiendo permiso y, sin detener su movimiento, retiró mi vestido hasta la altura de mi rodilla.

Me sentí tan azorada que miré al conductor para confirmar que no estaba pendiente de nosotros.

Me descalzó con tanto mimo que parecía que llevase zapatos de cristal. Tenía las uñas del pie pintadas de color rojo, era algo que hacía desde niña imitando el comportamiento de mi madre.

Don Alberto empezó a masajearme la planta y los dedos del pie hasta que manipuló mi tobillo para comprobar su estado. Con uno de los movimientos gemí de forma instintiva por el dolor. Él me miró como un resorte. Acabábamos de entrar en el coche y el ambiente ya estaba cargado, tanto que los cristales comenzaron a empañarse.

—Perdone. Quería comprobar que la lesión no fuera importante —explicó.

Luego dejó mi pierna extendida a lo largo del asiento y apoyó mi pie en su regazo. Poco a poco me fui escurriendo hacia abajo y, en un intento de recuperar la posición, hice fuerza con las manos en el asiento. En ese movimiento, desplacé el pie de tal modo que mi empeine rozó su entrepierna y sentí una punzada en el vientre. Me miró con gesto desafiante, como tratando de descubrir si el roce había sido intencionado.

La oscuridad del coche protegió mi sonrojo y, con sumo cuidado, retiré el pie de su regazo y me cubrí la pierna con el vestido. Me agaché hacia delante y comencé a buscar mi zapato por el suelo, pero don Alberto se agachó también y vino a mi encuentro con el zapato entre sus manos. No recordaba que fuera él quien lo custodiaba. Allí agachados, muy cerca el uno del otro, nos volvimos a mirar y, cuando pensé de nuevo que ahora sí sucedería algo entre nosotros, me colocó el zapato con sumo cuidado y se distanció.

—He disfrutado mucho de la velada, señorita Lavigne —dijo.

Entendí que se estaba despidiendo, así que me incorporé y oteé el exterior. El coche se había detenido. Estábamos frente a mi casa. Lo miré buscando una respuesta. ¿Por qué sabía dónde vivía?, ¿por qué conocía mi talla de ropa y mi número de calzado?, ¿desde cuándo me espiaba?... Titubeé. No sabía por dónde empezar el interrogatorio y, como si pudiera leer mi pensamiento, él se adelantó a hablar antes de que yo dijera nada:

—Señorita Lavigne, soy muy perseverante y cuando quiero algo, lo consigo. Tendrá ocasión de comprobarlo. —Y tras ese comentario, el chófer que ya se había bajado del vehículo, abrió mi puerta y me invitó a salir.

No fui capaz de articular palabra. Me bajé del coche y don Alberto detrás de mí para despedirse. Me cogió la mano e inclinó su cabeza hacia ella, en un gesto galante.

—La espero dentro de dos semanas en mi atelier —dijo, y se marchó.

Me quedé allí parada, observando cómo se alejaba el coche. Vestida aún con la ropa que no me pertenecía y descolocada por tantas novedades.

Cuando lo perdí de vista, aún me quedé unos segundos allí con la mirada perdida. Solo al sentir una ligera brisa fría en mi cara volví a ser consciente de dónde estaba. Me giré para encaminarme hacia el portal de casa y entonces vi que alguien que estaba esperando sentado en el exterior se ponía de pie.

—¿Adele?

Me dirigí hacia allí extrañada. No esperaba a nadie aquella noche, pero conforme me acercaba reconocí de quien se trataba. ¡Era Thomas!

Nada más confirmar que era yo, apuró el paso para salir a mi encuentro. Pude comprobar que su rostro se iluminaba. ¿Cómo había podido olvidarme de él?... Se lanzó a abrazarme y repetía mi nombre una y otra vez, como si me hubiera dado por perdida. Estaba muy asustado, me apretaba fuerte contra él, y agradecía en voz alta que hubiese aparecido. Yo me limité a cerrar los ojos y negar con la cabeza. Me sentía tan mal... El pobre Thomas llevaba toda la noche esperándome, nunca le había dado un plantón semejante, por lo que entendía perfectamente que pensara que algo me podía haber pasado.

Le pedí perdón. Traté de explicarme, pero no encontraba las palabras adecuadas. Me sentía tan ridícula así vestida. Sin embargo, a él no parecía importarle mi atuendo, mi simple presencia le bastaba.

—Pensé que te había perdido para siempre —me dijo.

Esa frase se clavó en mi alma. Cómo podía haber olvidado nuestra cita, cómo podía haber convertido a don Alberto en una prioridad en mi vida en tan poco tiempo. Thomas no dejaba de abrazarme, como si estuviera tratando de grabarse el recuerdo físico de tenerme entre sus brazos, y yo solo podía sentirme mal.

Me distancié para mirarle a la cara, y allí, frente a sus ojos sinceros, respiré hondo para confesarle toda la verdad. Estaba buscando las palabras adecuadas para empezar a explicarme y entonces… me besó.

Me besó con todas sus fuerzas. Sus labios, con los que tantas noches había fantaseado, ahora por fin estaban en contacto con los míos. El paso que durante tanto tiempo Julia creyó que íbamos a dar estaba sucediendo por fin. Era un beso tierno, lleno de amor, que para mí… llegaba tarde.

Mis ojos se llenaron de lágrimas. Me sentía el ser más despreciable del mundo. Estaba anteponiendo mi atracción hacia un hombre desconocido a la realidad de ese beso dulce y tierno que me regalaba el hombre que desde hacía tanto tiempo compartía mi vida. Me dolía. Me dolía mucho comportarme así, pero mis labios estaban fríos. Esa noche no debía haber sido él el hombre que me besara…

Sin mediar palabra, me marché de allí corriendo.

# CAPÍTULO 6

El sol relucía en todo lo alto cuando abrí los ojos. La noche anterior no había sido capaz de conciliar el sueño hasta bien entrada la madrugada, y el incesante llanto se traducía esa mañana en un intenso dolor de cabeza. Me fui a la ducha para tratar de despejarme y, aunque más tranquila ya, seguía estando confusa, aturdida. No sabía cómo actuar.

Ya estaba lista y me disponía a salir de casa. Había llamado a Julia y habíamos quedado en vernos. No quise asustarla, pero enseguida se dio cuenta de que me pasaba algo. Traté de fingir cierto entusiasmo para no preocuparla y le pedí que esperase a nuestro encuentro en persona para saber de qué se trataba. Aunque había dado mi palabra de no contarle a nadie que trabajaría en Silk, a Julia no quería mentirle, era como una extensión de mí y si no lo compartía con ella era como si no estuviera sucediendo.

Cogí mi abrigo y el bolso para marcharme a verla cuando sonó el timbre de la calle. El corazón me dio un vuelco. No podía imaginar quién estaría detrás de esa llamada. Me quedé mirando el interfono, esperando que no volviera a sonar, quizá algún vecino se había confundido de piso y se trataba de un simple error, pero volvió a sonar una segunda vez e incluso una tercera.

—¿Sí? —respondí temerosa.

—Adele. Soy yo…, Thomas.

Apoyé el cuerpo contra la pared y cerré los ojos. Tenía que aclarar mi cabeza antes de volver a verlo. La noche anterior había colocado nuestra relación en otro punto y yo no estaba preparada para tomar ninguna decisión al respecto.

—Adele…, ¿estás ahí?

No contesté.

—Quería pedirte perdón —declaró tímido ante mi prolongado silencio.

De nuevo sentí un nudo en el estómago y se me llenaron los ojos de lágrimas. Después de mi huida tras su beso, era él quien venía a disculparse en persona. Respiré hondo y traté de calmarme. No sabía manejar esa situación. Con Thomas nunca me había encontrado en un lugar como ese. Por una parte, no quería abrirle las puertas a nada de lo que no estuviera segura, pero, por otra parte, tampoco quería echarlo de allí como si no me importara lo más mínimo.

—Sube —le dije por fin.

Conseguí controlar mis emociones para no echarme a llorar. Seguía sintiéndome culpable por no ser sincera con él, así que preparé un poco mi discurso mientras él subía a mi casa. Si alguien debía pedir perdón por el comportamiento de la víspera, sin duda esa era yo.

El timbre de la puerta sonó. Respiré hondo y me acerqué hasta ella con valor. Cogí el pomo con firmeza y nada más abrirla me lancé a hablar, para que su discurso no me detuviera.

—Thomas, yo…

Fui incapaz de seguir. Frente a mí no se encontraba él, sino un hermosísimo ramo de flores que me desmontó por completo. Volví a emocionarme por la culpabilidad que pesaba sobre mis hombros. Me quedé muda, concentrando todos mis esfuerzos en contener mis lágrimas.

—Perdóname —dijo.

No podía articular palabra. Si lo intentaba de nuevo, la voz se me quebraría y mi ejercicio de autocontrol no habría valido de nada. Necesitaba entereza para confesar que un hombre nuevo había descolocado mi vida de raíz.

—Sé que no debí besarte ayer, pero pensé que te había perdido para siempre. Sería estúpido negar que me gustas después de lo ocurrido, pero no quiero que te enfades conmigo. Eso sí que no podría sopórtalo —dijo.

Rompí a llorar. Cómo iba a confesarle después de una declaración así nada sobre don Alberto…, cómo iba explicarle que yo ya no era la misma de antes…

—Necesito tiempo, Thomas.

Sentí que la pena lo invadía. Precisamente eso era lo que estaba tratando de evitar con su visita esa mañana. Que yo le pidiera tiempo..., que me alejara de él... Quería confirmar que todo estaba en su sitio, pero lo cierto es que ya no era así.

Thomas intentó reconducir mi discurso, demostrarme que nada había cambiado entre nosotros y que por eso no era necesaria ninguna distancia ni tiempo adicional, pero le rogué que se marchara y lo hizo.

Trató de esconder su decepción bajo una sonrisa algo forzada. Cerré la puerta y me vine abajo. Comprobé por la ventana que se alejaba y cuando le perdí de vista, cogí mis cosas aún llorosa y me fui a ver a Julia. Necesitaba que una mirada ajena me diera luz.

Cuando llegué al lugar de nuestra cita, Julia ya me estaba esperando. Se levantó a recibirme. Me conocía mejor de lo que yo me conocía a mí misma, por lo que nada más verme entrar por la puerta me preguntó si había estado llorando. Negué con la cabeza y ella hizo un gesto inclinando la suya, para que diera mi brazo a torcer y le contara la verdad.

No me resistí mucho más. Pronto le describí con todo detalle la velada de la noche anterior junto a don Alberto Márquez y, a continuación, la propuesta que me había hecho de trabajar para él en su atelier. No me dejó acabar. Se puso a dar saltos y gritos de emoción y a felicitarme por «ser tan grande».

—Pensé que te había pasado algo malo...

Yo no tenía muy claro si la mía era una buena o una mala noticia, así que bajé la cabeza preocupada.

—Ya te dije yo que esa segunda visita no podía ser casual —insistió.

Y siguió celebrando la noticia. Se ofreció a ayudarme con el señor Goodman. Ella misma hablaría con él y buscaría una sustituta para que no montara en cólera. Yo le agradecí muchísimo su apoyo e insistí en que mi trabajo en Silk era algo absolutamente confidencial que no debía saber nadie más. Entonces me preguntó qué es lo que le iba a decir a Thomas y mi reacción le descubrió que había algo más, que mi preocupación no tenía tanto que ver con don Alberto como con él.

Julia adoraba a Thomas e insistía en que «estábamos hechos el uno para el otro», así que después de escucharme y reconocer que mi dilema era bastante delicado, me pidió que no me precipitara en mis decisiones y que me diera con don Alberto el mismo tiempo que le estaba pidiendo a Thomas después de recibir ese beso.

No es que yo le hubiera hablado más a Julia de mi fascinación por el señor Márquez; sin embargo, ella tenía claro que buena parte de mi cambio tenía que ver con él. Sospechaba que estuviera mezclando sentimientos de admiración y deseo, propios de la novedad, con sentimientos reales sobre los que se sustenta una pareja a lo largo de una vida.

Julia creía plenamente en mí como diseñadora, aunque hasta el momento solo hubiera tenido oportunidad de desarrollarme dentro de Goodman, y pensaba que guiada por las manos adecuadas llegaría muy lejos. Esas manos, según Julia, eran las de don Alberto Márquez, pero desde el punto de vista sentimental, consideraba que un hombre de esa edad, soltero, con tanta experiencia de la vida, ya no estaría dispuesto a entregarse a una relación plena como la que yo deseaba. Julia estaba convencida de que si me dejaba llevar en algún momento por la pasión, iba a sufrir mucho.

—No estoy enamorada de él... —aclaré.

—Pero lo estarás muy pronto —apenas me dejó acabar de hablar.

Negué con insistencia. Ella me sonrió y colocó su mano sobre la mía.

—No tienes de qué preocuparte, Adele. Llegaste a esta ciudad siendo una niña, ha llegado el momento de que te conviertas en mujer y dibujes tu propio camino.

—Entonces, ¿qué debo hacer?

Ahora era ella la que negaba.

—Debes ser tú la que decida con quién quieres compartir tu vida. Yo solo te pido que no te precipites en escoger. A veces, esos impulsos tan intensos llegan tan rápidos como se van.

Suspiré hondo. Resultaba todo tan difícil... Temía que, tomase la decisión que tomase, me iba a equivocar.

—Ahora céntrate en tu carrera, el resto ya llegará.

Me pareció que ese sería el camino, pensar únicamente en mi desarrollo profesional, pues en el personal nada estaba claro ya.

Después de haber comentado lo más importante, Julia quiso relajarme y empezó a preguntarme por el diseño del vestido de la noche anterior, el ambiente del Gran Salón, el coche en el que nos habíamos desplazado y hasta la marca del champán. Me guardé todas las anécdotas más íntimas que, por otra parte, no era capaz de olvidar. El roce de su entrepierna, aquella lencería íntima que él mismo había seleccionado, los oscuros secretos que debía esconder el atelier. Cuanto más lo pensaba, antes deseaba volver a estar con él.

# CAPÍTULO 7

Después de dos semanas reordenando mi vida personal y profesional por fin llegó mi primer día de trabajo en Silk y dediqué toda la mañana a prepararme. Estaba muy nerviosa y no sabía cómo acertar con el atuendo. Mi armario era muy limitado y durante muchos años había trabajado con el uniforme de Goodman, así que me resultó una tarea bastante difícil dar con el *look* adecuado.

Me había probado más de diez combinaciones distintas: pantalones, vestidos, faldas y cuerpos de punto. Con todo me encontraba insulsa. Iba a trabajar en el atelier más importante de Nueva York y no quería presentarme con cualquier cosa. Se trataba de dar una buena impresión sin perder ese toque femenino y elegante que había conseguido vistiendo el otro día uno sus modelos. Obviamente, debía trasladar aquel glamur a algo mucho más informal, al fin y al cabo no iba a una fiesta, sino a trabajar.

Estaba desesperada, a punto de volver a probarme cada prenda, cuando recibí la visita inesperada de Julia para darme ánimos. No pude agradecerle más el gesto. Estaba como un flan y después de darle mil vueltas al armario, me había venido abajo. Me imponía tanto trabajar en un atelier de alta costura y junto a don Alberto Márquez que me había bloqueado por completo. Ella, como siempre, supo darme luz.

Finalmente aposté por un vestido de punto granate. La parte superior tenía la forma de una camisa. Cuatro botones adornaban la pechera y la manga se ajustaba mucho a los brazos. Tenía unas pequeñas solapas alrededor del cuello redondo y en la cintura un fino cinturón del mismo tejido. Estaba suficientemente elegante y suficientemente discreta. Cogí un pañuelo en tonos rosados y me lo anudé al cuello para darle un último toque de estilo. Decidí recogerme el pelo en una coleta y me puse unos pequeños pendientes dorados. Por fin todo parecía tener sentido y me relajé.

—¿Me invitas a un café? —me preguntó Julia agotada.

Nos miramos y nos echamos a reír, parecía que fuera a presentarme a un certamen de belleza. Yo, que nunca había prestado atención a este tipo de cosas... Nos fuimos juntas a la cocina y mientras puse la cafetera al fuego Julia aprovechó para preguntarme por Thomas.

Se hizo un silencio largo, pero enseguida me senté en una de las banquetas frente a la pequeña barra de la cocina y hablé sinceramente. Durante esas dos semanas me había distanciado bastante de él, pero le confesé a Julia que le echaba mucho de menos... Me hubiera encantado poder compartir con él ese gran paso que estaba a punto de dar. El problema era que no podía especificarle cuál sería mi nuevo destino, por exigencia de don Alberto, así que para evitar construir un mundo de mentiras infinito estaba evitando verlo.

Julia entonces me contó que el día anterior Thomas la había esperado en la puerta del trabajo para hablar sobre mí. Quería saber cómo me encontraba y si aún seguía enfadada con él. Le detalló su inquietud durante la noche que le di plantón. Me esperó durante horas en el bar de Bobby y cuando le pareció demasiado extraño que no llegara, se acercó a los almacenes a ver si aún seguía allí. En Bergdorf ya no quedaba nadie, volvió al bar por si me hubiera cruzado con él, pero no había ni rastro de mí. Así que dejó aviso a Bobby, por si yo llegaba a aparecer por el bar, de que se iba a buscarme a casa. Una vez allí comprobó que las luces de mi vivienda estaban apagadas y que nadie respondía al interfono. En ese momento empezó a preocuparse verdad y decidió esperarme en el portal hasta verme aparecer. La última hora y media de espera se le hizo eterna, estaba valorando si acudir a la policía cuando justo llegué yo. La angustia que había sentido pensando que me hubiera ocurrido algo malo y la emoción de tenerme a su lado provocaron que se dejara llevar y me besó.

No le contó que llegué en un coche de lujo, ni que un chófer y un hombre elegante se habían bajado del vehículo para despedirme. Ni siquiera se fijó en que yo llevaba un modelo especial. Lo único importante era que había aparecido y que me encontraba bien.

—Ese chico te quiere, Adele, ¿tú también sigues pensando en aquel beso? —me preguntó Julia.

La cafetera empezó a pitar y me giré para levantarme y apagar el fuego. Julia me retuvo por el brazo y me lo volvió a preguntar:

—¿Sigues pensando en el beso aquel?

—Sí.

Julia se acercó a mí con las tazas para que sirviera el café.

—Si lo tienes claro, ¿por qué no apuestas por él?

—Porque no lo tengo tan claro y no quiero hacerle daño.

Necesitaba volver a ver a don Alberto, confirmar que la atracción que había sentido por él estaba superada y que iba a poder controlar mis sentimientos y emociones ahora que compartiríamos tanto tiempo juntos en el trabajo.

Julia, al ver mi preocupación, no quiso presionar más y me hizo un gesto cariñoso.

—Ya verás cómo pronto todo estará en orden de nuevo.

Y después me abrazó de aquel modo que solo ella sabía, para reconfortarme y hacerme sentir bien. Me mantuve allí agarrada a ella con los ojos cerrados hasta que conseguí sobreponerme a la emoción y no llorar.

Pasamos el resto de la mañana recordando mil anécdotas de los almacenes. Yo no podía parar de mirar el reloj cada poco para comprobar cuánto tiempo me quedaba para salir. Le confesé a Julia que dos días antes había hecho el recorrido para calcular el tiempo que tardaría en llegar desde mi casa al atelier y sabía que no superaba los cincuenta minutos. Aún quedaba hora y media para las tres de la tarde, pero ya no era capaz de concentrarme en ninguna conversación. Así que le pedí perdón a Julia por dejarla allí plantada y me dispuse a salir. No quería echarla después de haberme acompañado en un día tan importante, y aunque insistió en que ella se iba también, conseguí convencerla de que se quedara relajada en mi casa tranquilamente. Cogí mis cosas, me despedí con otro abrazo fuerte y ella me deseó suerte.

—Sé que le vas a impresionar —dijo e hizo con la mano un gesto de aprobación.

Ya salía por la puerta, convencida e inquieta, cuando en el último instante Julia me hizo volver, pensé que me había olvidado algo, pero al estar frente a ella me arregló el pelo y me quitó las gafas, tal y como hacía tantas veces en los almacenes.

Le pedí que me las devolviera, no quería ponerle más trabas a mi primer día, y accedió a dármelas, pero no quiso que las llevara puestas, así que me las guardó en el bolso y me hizo prometerle que lo intentaría sin ellas. Le sonreí agotada, quería marcharme de allí o me iba a dar algo. Así que sin las gafas puestas me marché.

Llamé al ascensor, pero mi paciencia no fue suficiente para esperar a que llegara, así que me dirigí a las escaleras y las descendí de tres en tres. Ese simple ejercicio me ayudaba a quemar el nervio que sentía en el cuerpo. Salí del portal y al cerrar la puerta y verme reflejada en el cristal, me detuve a comprobar mi aspecto. Apenas podía verme en detalle, así que saqué de nuevo las gafas del bolso y me las puse. No pude evitar sonreír: poco me había durado la promesa…, y entonces un escalofrío recorrió todo mi cuerpo. En el cristal del portal en el que estaba estudiando mi reflejo, no solo aparecía yo, sino también la figura de un coche oscuro igual al de don Alberto Márquez.

Llevaba dos semanas imaginando ese reencuentro y pensando que al verlo ya no sentiría nada por él. El tiempo te permite matar cualquier miedo. Posiblemente nos da la oportunidad de protegernos, porque la realidad de aquel instante era que a tan solo unos metros de ese coche y sin saber ni siquiera si era el suyo, el corazón me volvió a latir con la misma fuerza de la primera vez.

Me di la vuelta muy despacio, tratando de disimular que me estuviera mirando en el reflejo del cristal y que el deseo se hubiera apoderado de mí. Al girarme confirmé que aquel coche aparcado era el del señor Márquez. El chófer que nos había trasladado a aquel lujoso restaurante acababa de apearse y se dirigía hacia mí. Me quedé quieta sin saber qué hacer. No lo esperaba allí. Él se acercó a la puerta más próxima a mí y la abrió para invitarme a entrar. Caminé con aire ausente hasta que, en el interior, descubrí a don Alberto Márquez sentado, observándome.

—Buenas tardes, señorita Lavigne. Olvidé decirle que vendrían a recogerla cada día.

Seguí sin moverme ni articular palabra.

—¿Sube? —dijo.

Como para cerciorarme de que todo fuera real, miré al balcón de mi vivienda y vi a Julia observándome desde la ventana. Me hizo un gesto con la mano para que avanzara. Volví a mirarlo a él como si todo sucediera a cámara lenta, tragué saliva y sin pensarlo más subí al coche. No era momento de echarse atrás.

El chófer cerró la puerta y al encontrarme allí dentro, tan cerca de él, y percibir ese aroma tan masculino, fui consciente de que mis teorías sobre la distancia entre nosotros no se sostenían…

Intenté relajarme y me desabroché los primeros botones del abrigo para aliviar el ahogo que estaba notando. Me faltaba el aire. Me recoloqué en el asiento y de forma inesperada él puso su mano sobre la mía. Lo miré sobresaltada, buscando una justificación a ese acercamiento, y de inmediato recordé aquel roce de mi pie entre sus piernas.

—No tiene nada de qué preocuparse, señorita Lavigne. Sé que lo hará muy bien —dijo sereno.

Su mano era cálida y envolvía por completo la mía. Cuando la retiró no lo hizo de modo brusco, sino con la misma sensibilidad con la que había acariciado las sedas de los almacenes Goodman. Hubiera deseado que no la retirase nunca...

Seguí todo el camino sin decir nada, tenía miedo a que se me quebrara la voz o hacer un comentario inapropiado que pudiera romper la magia del momento. Tras un prolongado silencio, don Alberto extrajo del interior de su abrigo una pequeña libreta de notas y un lápiz y comenzó a escribir.

Todo lo que hacía despertaba un interés especial por mi parte. Deseaba conocer qué es lo que estaba apuntando en esa libreta, si estaba relacionado conmigo. Qué es lo que estaba pensando, si sentía algo parecido a ese nudo en el estómago que yo sentía de forma permanente cuando estaba a su lado.

Recorrimos buena parte de la ciudad en muy poco tiempo. En veinticinco minutos estábamos en el portal del atelier. Lo reconocí de inmediato, así que cuando nos acercábamos me cerré de nuevo el abrigo y sujeté el bolso con fuerza para descender del coche en cuanto se detuviera. El chófer, sin embargo, continuó la marcha. Miré extrañada por la ventana para comprobar si me había confundido de destino, pero al confirmar que no se trataba de un error, miré al chófer, que seguía conduciendo con seguridad, y después a don Alberto, que aunque parecía concentrado en su bloc de notas, supo perfectamente a qué se debía mi extrañeza.

—Antes de mostrarle el atelier, quiero que conozca a alguien —dijo y continuó con sus anotaciones, sumido en sus pensamientos.

No fui capaz de ocultar mi sorpresa, él mismo me había explicado en nuestra cena que jamás atendía a una clienta si no era en su propio atelier. Además, por el horario, tal y como me lo había contado, sus proveedores ya habrían hecho las entregas de ese día para que durante la mañana el taller hubiera podido trabajar en los nuevos encargos. No era capaz de imaginarme de qué se trataba y la curiosidad venció mis miedos y me lancé a preguntar:

—¿Podría saber de quién se trata?, ¿a quién vamos a visitar?

Don Alberto me miró como si realmente no me estuviera escuchando.

—Es mejor que lo descubra al llegar allí —dijo y siguió en silencio el resto del trayecto trabajando en sus notas.

## CAPÍTULO 8

El viaje a ese lugar desconocido se me hizo eterno. El coche poco a poco fue reduciendo la velocidad y se adentró en un barrio más humilde. Recorrió una de las calles principales y después giró hacia una muy estrecha y se detuvo frente a una pequeña tienda de flores.

—Aquí es —me dijo.

Don Alberto se bajó del coche con apuro y yo, confusa, me acerqué a mi puerta para seguirlo. Cuando la abrí, apareció él al otro lado y me tendió su mano. Me apoyé en ella y le seguí el paso. Se movía con premura, como si le incomodara que lo vieran por allí.

Me volví a mirar el coche, pero ya no estaba. Don Alberto tiró de mí hacia delante y enseguida nos encontramos dentro de la floristería frente a la que estacionamos. Era realmente pequeña y todas las flores que lucían expuestas eran flores secas.

Estaba regentada por dos mujeres orientales que saludaron a don Alberto con cariño y familiaridad. Ambas estaban trabajando en unos arreglos florales de gran tamaño, pero dejaron sus tareas para recibirnos. Yo me mantuve unos pasos más atrás por prudencia, así que no alcancé a escuchar su conversación; sin embargo, en un momento dado entendí que debían estar comentando algo sobre mí, porque se hizo un silencio entre los tres y las dos floristas se volvieron a mirarme y sonrieron.

La tienda estaba abarrotada de pequeñas flores de todos los colores. La luz incidía desde el escaparate, que poseía dos grandes cristaleras decoradas por un fino perfil de hierro forjado que dividía en pequeños cuadrados los ventanales. Una de las paredes interiores era de ladrillo visto, lo que le daba un ambiente cálido pero también un aspecto a medio terminar. En la pared opuesta, dos grandes muebles de madera cuyas puertas estaban totalmente abiertas almacenaban todo tipo de macetas, bandejas y floreros. En el centro de la estancia se encontraban unos bambúes muy grandes dentro de un cesto empleado como macetero, y colgada del techo había una jaula de gran tamaño, sin ningún pájaro en su interior, y cuya puerta estaba abierta, que le daba al establecimiento un carácter inquietante...

A pesar de que las flores fueran secas era muy característico el olor de aquel lugar, no supe identificar si provenía de alguna vela aromática o si lo hacía de las plantas que decoraban los dos rincones más próximos a la puerta. Me pareció que estaban entremezclados un olor similar al incienso con un toque de jazmín. Podría haberme detenido con cada pequeño detalle del lugar… Eran infinitos los utensilios, las especias, la cestería, no había apenas sitio para nada más, mirases donde mirases todo estaba lleno de objetos bellos. Un encanto peculiar te atrapaba desde que cruzabas aquel umbral.

—Adele, acompáñeme —dijo don Alberto mientras se dirigía hacia la trastienda.

Yo seguí sus pasos e hice un gesto con la mano para despedirme de ellas, que me correspondieron con un gesto oriental.

Nada más cruzar un arco de madera cubierto por un tejido, las perdí de vista. Aquel pequeño local escondía en su trastienda un largo pasillo en el que perdí la orientación por completo. Intenté no despegarme de don Alberto, que seguía caminando muy deprisa. Claramente conocía ese lugar como la palma de su mano. De pronto se detuvo en seco frente a una antigua puerta de madera muy ornamentada. Yo seguía sin hacer preguntas, pero cada vez pesaba más mi curiosidad sobre qué es lo que estábamos haciendo allí y quién era la persona a la que íbamos a visitar.

Don Alberto llamó con los nudillos, pero no con un golpeteo normal, sino que repicó un soniquete especial, como una especie de clave o contraseña que fue correspondida por otros nudillos desde el interior. Él repitió parte de la llamada y unos segundos después se abrió la puerta.

Al otro lado apareció una mujer mayor y muy menuda que vestía un kimono tradicional y saludó a don Alberto de forma ceremoniosa. Después se acercó a mí. Era evidente que nos estaba esperando. Me saludó con la misma ceremonia y me tendió una mano para invitarme a entrar.

—Adelante, señorita Lavigne —me dijo con un perfecto inglés.

Yo no salía de mi asombro: tras dar un par de pasos hacia el interior descubrí algo totalmente inesperado en aquel recóndito lugar. Se trataba del almacén de telas más hermoso y desmesurado que había visto jamás.

Era semejante a una gran biblioteca antigua, con todos los muebles de madera, unas preciosas columnas y un techo impresionante que se elevaba dos plantas por encima. Miles y miles de telas de toda clase y color rodeaban la inmensidad de aquel espacio.

Fascinada por el género comencé a recorrerlo, olvidando por un momento que don Alberto y aquella mujer seguían allí conmigo. Recorrí en silencio el vestíbulo y, solo en él, pude contar cerca de trescientas gasas. Todo tenía una apariencia desordenada, pero los tejidos se reconocían maravillosamente: cachemiras, chifones, crepés, franelas, sedas naturales, organdís…, metros y metros de estanterías cubiertos por rollos y piezas de tela. Muchos de ellos aún envueltos con el papel de envío. Conforme me adentraba en el lugar fui perdiendo la referencia de la puerta principal.

Los colores se entremezclaban y, extasiada, seguí caminando hasta descubrir tejidos que no había visto nunca en esas tonalidades: esmeraldas, fucsias, violetas, limas..., coloridos intensos y vibrantes que no estaban asociados tradicionalmente al tipo de clienta que frecuentaba Goodman.

Una vez recorrí toda la primera planta, encontré una escalera de caracol también de madera y, como si estuviera hipnotizada por el aura de aquel lugar, empecé a subir un peldaño tras otro. Sentía cómo crujían a cada paso que daba, pero eso tampoco me detuvo, y sin saber adónde me dirigía, llegué a una galería acristalada desde la que se podía observar el piso de abajo y que estaba presidida por un gran cartel antiguo con la palabra *VELVET* ('terciopelo', en inglés). En la planta baja no había ningún terciopelo almacenado, todos se encontraban aquí agrupados, pero sin estar clasificados por colores y grosores. De cada uno colgaba una etiqueta donde constaba su procedencia; habían llegado de distintos lugares del mundo, pero los más exquisitos provenían de Europa.

Estaba absorta, deteniéndome en cada pequeño detalle, cuando sentí un portazo. Resonó en toda la estancia, así que a pesar de encontrarme en la planta baja, me sobresalté y cuando conseguí relajarme me di la vuelta para bajar. Justo detrás de mí, descubrí a la anciana oriental que nos había recibido. No pude evitar dar una pequeña voz nada más verla. No esperaba encontrármela allí. La escalera no había hecho el más mínimo ruido, no me explicaba cómo había podido subir.

—Lo siento…, yo no… —traté de excusarme, pero ella me interrumpió.

—No hay nada de lo que disculparse. La estábamos esperando desde hace ya algún tiempo. —Me tendió la mano para que la siguiera y bajamos juntas.

Mientras descendíamos analicé la frase que acababa de decirme. ¿A quién más se referiría al decir que me estaban esperando? Y cuando hablaba de «hace ya tiempo», ¿se refería a estas dos semanas? No quise parecer indiscreta, así que no hice ninguna pregunta. Todo era desconcierto para mí. Seguía desconociendo el motivo de esa visita a aquel lugar tan extraño.

Al llegar a la planta baja, don Alberto ya no estaba. Lo busqué con la mirada, pero el silencio en el almacén era total. Solo crujía alguna madera al fondo de vez en cuando. La mujer debió notar mi inquietud.

—No se preocupe por nada, aquí estará bien. Don Alberto ya se ha marchado, pero yo seré quien me ocupe de usted estas tres semanas —anunció.

—¿Perdone? —pregunté incrédula.

La mujer me sonrió dulcemente y se acercó de nuevo a mí.

—Hoy empieza su primer día de trabajo con don Alberto Márquez, ¿no es así?

Asentí sin entender muy bien en qué derivaría todo aquello.

—Bienvenida pues. —Y cambió su amable gesto por uno firme—. Durante las próximas tres semanas contaré con usted para poner orden a este almacén. Sígame. —Y echó a andar—. Es importante que no pierda el tiempo. Tiene mucho que hacer aquí dentro y tres semanas no son nada para una aprendiz.

Seguí a la mujer sin dar crédito a sus palabras, tenía que haber una confusión, seguramente ella no sabía que yo había sido contratada como asistente personal del señor Márquez o quizá no se hubiese entendido bien al hablar con él, así que traté de explicarme. La anciana, sin embargo, seguía caminando como si nada ni nadie estuviera a su alrededor. Yo intentaba explicarme y al ver que no respondía, traduje todas mis reflexiones en preguntas, pero tampoco así obtuve respuestas.

Cuando la mujer se detuvo sonreí aliviada pensando que por fin había entendido lo que estaba tratando de decirle, pero ella, en vez de volverse y mirarme, se giró hacia el lado contrario y sin dirigirme la palabra abrió una pequeña puerta situada justo debajo de una escalera. Se metió en un pequeño habitáculo y la perdí de vista. El tamaño de la puerta y mi posición me impedían ver qué estaba haciendo allí dentro, pero se escuchaba el trasteo de algún utensilio metálico y cuando todo se silenció de nuevo, salió cargada con unos cubos, varias bayetas y alguna esponja.

No me dio tiempo a reaccionar, fue ver todo aquello y mirarla a la cara perpleja. Ella, por el contrario, me dedicó la misma expresión dulce con la que me había recibido. Me extendió los utensilios de limpieza que tenía entre sus manos y me miró como si no hubiera nada más que decir.

—Comience limpiando esta estantería —dijo mientras señalaba la inmensa pared frente a la que nos encontrábamos.

Mi mirada seguía perdida en ella. No podía creerme que me estuviera haciendo semejante propuesta. Entonces me tendió una botella de jabón líquido y me indicó dónde podría coger agua.

—Esto es una broma, ¿verdad? —pregunté con una risa nerviosa.

Entonces la mujer recuperó su expresión más firme.

—Señorita Lavigne, le recomiendo que aproveche la oportunidad que se le ha brindado. Créame, don Alberto Márquez solo hay uno. —Y se dio media vuelta y se marchó dejándome a solas con la palabra en la boca.

Me quedé un buen rato en silencio inmóvil frente aquella enorme estantería. Estaba confusa, sin saber qué hacer ni por dónde empezar. Miré el cubo vacío que tenía a mis pies y di una vuelta sobre mí misma para observar una vez más aquel inmenso almacén que tan bello me había parecido inicialmente y tan oscuro empezaba a parecerme ahora.

Me sentía mal, indignada, desilusionada... No podía creerme que todas mis expectativas e ilusiones se tradujeran en tener que ordenar aquel inmenso almacén. De haberlo sabido, nunca habría dejado Bergdorf Goodman. No es que me importara trabajar duro, es que don Alberto había tenido ocasión de explicarme con detalle qué es lo que necesitaba exactamente de mí. No conocía ese lugar, ni a aquella mujer. Ni siquiera me había dicho cómo se llamaba, no sabía cómo localizarla, ni si volvería con alguien más para ayudarme a limpiar todo aquello.

Estuve veinte minutos a la espera, pero al ver que no tenía noticias de ella, me armé de valor y me acerqué con el cubo adonde me había dicho que podría encontrar el agua. Abrí la llave con tal enfado que el agua rebotó a toda presión en el balde y me salpicó la ropa que tanto tiempo me había llevado elegir esa mañana. Me sentí estúpida así vestida para dedicarme a limpiar.

Giré la llave del grifo con el ánimo de restarle presión y cuando vi que el cubo se encontraba mediado, la cerré por completo y el agua dejó de salir. Entonces preparé el jabón líquido, que emanaba un aroma fresco y limpio. Al menos volvía a sentir algo agradable en ese insólito lugar.

# CAPÍTULO 9

Llevaba más de seis horas limpiando y ya me dolían las manos y la espalda. Una escalera portátil que encontré entre cajas me permitió acceder a la zona más alta de la estantería. Todavía me faltaba por limpiar más de la mitad de la parte inferior, pero necesitaba un descanso. Bajé de las escaleras y localicé una silla en uno de los pasillos. Me dejé caer y desde ella observé la tarea que aún me quedaba por hacer. A mi alrededor no había más que rollos y rollos de telas, muchos envueltos aún, tal y como había advertido al fondo del almacén.

No podía dejar de pensar qué diría Julia si me viera allí fregando sin parar. Muy lejos quedaban ya sus reflexiones sobre mi desarrollo como diseñadora. Su sorpresa habría sido tan grande como la mía, aunque seguro que también me habría insistido en no abandonar.

Me sentía traicionada por el «gran magnate de la moda». ¿A qué había venido esa invitación lujosa en aquel hotel?, ¿por qué motivo decidió regalarme uno de sus exclusivos modelos? Me había puesto la miel en los labios para luego recordarme que mi lugar era otro muy distinto dentro de su atelier y de su estatus. Estaba enfadada y dolida con él, pero sobre todo, conmigo misma. En algún momento tenía que haber perdido la perspectiva de su discurso. ¿Cómo pude pensar que me convertiría en su mano derecha de la noche a la mañana? El señor Márquez me conoció organizando la nueva mercancía de los almacenes Goodman y me había adjudicado el mismo puesto en Silk. No tenía nada de lo que extrañarme; sin embargo, yo me sentía decepcionada.

El cambio de trabajo y la apuesta por estar al lado de don Alberto me habían situado lejos de Thomas y del mundo que yo había conocido hasta ese momento. El señor Goodman no se había tomado bien mi marcha, a pesar de la intervención de Julia, y mis sueños de amar a mi nuevo jefe se desvanecían sin quererlo. ¿Quién se iba a enamorar de una muchacha de almacén? Él mismo con esta decisión me recordaba los límites que había impuesto en nuestra relación en aquella cena.

En cuando escuché el crujir de la madera, salté de la silla como un resorte. No quería que nadie me viera descansando sin atender mi tarea. Llevaba seis horas trabajando sin parar y no me marcharía hasta no rematarla. Cogí el cubo de agua limpia que acababa de preparar y retomé mis quehaceres, pero nadie se asomó por allí, seguramente habían sido los mismos chasquidos que percibí a mi llegada, pero ya no me detuve a descansar de nuevo; cuanto antes terminara, antes podría marcharme.

Era medianoche cuando escuché el sonido de un gran reloj. Entonces fui consciente de lo tarde que era. No sabía si llevaba tocando las horas desde mi llegada o si se trataba de un reloj que solo marcaba las doce. Tal había sido mi concentración que cualquiera de las opciones podría haber sido válida.

Por fin había terminado con aquella estantería. Estaba reluciente. Tanto que el olor a jabón impregnaba toda la estancia. Con lo ocupada que había estado, ni siquiera había reparado en el hambre que sentía, pero cuando me detuve, escuché cómo me rugía el estómago.

—Buen trabajo, señorita Lavigne —dijo aquella mujer de forma inesperada.

Al principio ni siquiera la situé. Tenía la particularidad de aparecer y desparecer sin que llegara a darme cuenta. Se acercó a mí y observó con detenimiento el trabajo ya finalizado. Sin duda, su rostro mostraba satisfacción, pero yo estaba tan molesta que preferí no responderle y la ignoré del mismo modo que ella me ignoró a mí cuando intentaba saber por qué estaba trabajando allí y no en el atelier.

—Mañana de nuevo a las tres aquí —declaró sonriente como si nada extraño estuviera pasando y después hizo una reverencia ceremoniosa idéntica a la de nuestra llegada y se marchó.

Me hubiera encantado decirle que al día siguiente no volvería, que no me esperase, que don Alberto me había engañado y que yo no renunciaría a mi carrera en Goodman por un puesto como ese. Sin embargo, mi carácter reservado y mis limitaciones económicas me obligaron a callar y no salir corriendo.

Silk era todo lo que tenía en ese momento. No podía permitirme dejar de enviar una pequeña contribución mensual a mis padres. Mi abuela recibía un costoso tratamiento desde hacía un tiempo y mi ayuda, aunque pequeña, era necesaria. Gracias a ella yo había logrado viajar a Nueva York y ver cumplidos mis sueños. Era una persona muy importante en mi vida y ahora no le iba fallar.

A pesar de su enfermedad, nos seguíamos carteando una vez al mes y yo la ponía al corriente de todo. Compartíamos mucha intimidad, más que la que tenía con mi propia madre. Seguramente porque una abuela nunca resulta tan invasiva. Mi madre, con su afán protector, llegaba a apropiarse de mi vida y por eso decidí marcharme de casa. Necesitaba construir mi propia identidad, lejos de sus expectativas no cumplidas y de sus propias presiones.

No me resultó sencillo encontrar el camino de salida de Silk. Aquella mujer no me había esperado y yo solo había recorrido el edificio una sola vez junto a don Alberto. Me perdí en el pasillo que comunicaba con la tienda de flores: sus recovecos y bifurcaciones me devolvían una y otra vez al almacén del que venía.

Lo intenté por fin guiándome por mi propio olfato, tratando de localizar esa estela a incienso y jazmín, y así conseguí salir de allí.

Las cálidas luces de la tienda y las velas aún seguían encendidas, a pesar de que ya no quedaba nadie. Me acerqué a la puerta y comprobé que el centro de flores que las chicas orientales estaban preparando cuando llegué estaba listo sobre una mesa de madera. Era de gran tamaño, precioso en su mezcla de sobriedad y elegancia, con unas pequeñas flores en tonos malvas y pastel.

Cuando pisé la acera, ya no había un alma por la calle. No tenía ni idea de cómo volvería a casa, pero eso no me bloqueó. Quería alejarme de allí cuanto antes, olvidarme de mi terrible día, y eché a andar.

El coche de don Alberto apareció como si me estuviera vigilando desde algún lugar oculto. Me molestó. Ese constante control sobre mis movimientos me agobiaba. Además, seguía muy enfadada con él y prefería no verlo. Pronto descubrí que el conductor me esperaba solo y, aunque resultase una contradicción, eso me molestó aún más. El «galante hombre de negocios» había sido capaz de desentenderse de mí por completo en mi primer día de trabajo. Le había faltado el valor para decirme a la cara las tareas a las que me iba a dedicar esas tres primeras semanas y se había marchado dando un portazo sin más. Yo había dejado todo por Silk, por seguir sus pasos, por estar a su lado, y ahora me encontraba sola en un almacén destartalado, limpiando lo que podía hacer cualquiera y sin acceso alguno a ese mundo de ensueño del que hablaban tantas mujeres.

Hice todo el camino en silencio, abstraída en mis pensamientos. Melancólica. Al llegar a la altura de mi portal, el coche se detuvo, el conductor me abrió la puerta como de costumbre y me informó que me recogería a las dos y media del día siguiente. Yo me limité a asentir y lo vi alejarse en la oscuridad de la noche.

Entré en el portal como si los pies me pesaran; la pena se fue apoderando de mí, llamé al ascensor y mientras esperaba decidí acercarme al buzón y comprobar si tenía noticias de mi familia que pudieran reconfortarme. De la familia no encontré ninguna carta, pero entre dos avisos del vecindario encontré un sobre escrito a mano en el que podía leerse «Adele», y en su remite, nada.

Me apuré a abrir el sobre, estaban siendo tantas las sorpresas que no aguantaría mucho más... Arranqué la solapa como pude y extraje un tarjetón manuscrito cuya letra enseguida reconocí: «Espero que en tu primer día nos hayas echado tanto de menos como nosotros a ti. Thomas».

Me quedé pensativa mirando la nota, luego comprobé la hora que era y sin pensarlo, tiré el tarjetón por el aire y salí a la carrera del portal. No sabía si sería conveniente acudir a él, pero después de un día tan duro lo que más me apetecía era sentir el abrazo de un amigo de verdad.

Corrí todo lo que pude para llegar al autobús que me llevaría al bar de Bobby. No tenía muy claro que Thomas fuera a estar allí, pero por lo menos quería intentarlo. Sabía que no podría compartir con él la intimidad de mi día al completo, pero ahora que mi gran apuesta profesional estaba a punto de desmoronarse, necesitaba sentir que no ocurría lo mismo en el terreno personal. Que iba a ser capaz de compaginar mi nuevo trabajo con las amistades que había forjado esos años en Nueva York. No era sencillo que yo me abriera a nuevos círculos de amistad y mucho menos en el local donde por el momento iba a trabajar.

# CAPÍTULO 10

Mientras viajaba en el autobús pude ver mi rostro reflejado en el cristal de la ventana y la ligera sonrisa que aún se mantenía dibujada en mis labios por la agradable sorpresa de su carta. Tan solo había sido una nota, pero saber que hoy había formado parte de la vida de Thomas me devolvía la mía.

Tardé casi media hora en llegar a la parada más cercana al bar. Era tarde, sobre todo teniendo en cuenta que se trataba de un día laborable. Yo, sin embargo, no perdía la esperanza de poder encontrarme allí con él. Los horarios de Thomas variaban en función de los turnos de entrega de la mensajería y según mis cálculos esa semana posiblemente estuviera de tarde.

Apuré el paso al cruzar la calle para llegar a la puerta del local cuanto antes. Entré confiada con la ilusión de encontrarlo al otro lado. La música envolvía el ambiente como si de pronto una simple visita se fuera a convertir en un momento inolvidable. Unos cuantos chicos se encontraban de espaldas a la puerta bebiendo algo en la barra, tal y como acostumbraba a hacerlo el propio Thomas. Me acerqué hasta allí y comprobé que no se encontraba entre ellos.

Me senté vencida en uno de los taburetes que aún estaba libre. Por un momento había pensado que le daría un giro a la jornada, pero al encontrarme sola volví a venirme abajo, hasta que sentí la mano de alguien que se apoyaba en mi hombro y me llenó nuevamente de energía. Me giré para ver de quién se trataba y detrás de ese gesto por fin lo encontré. Era Thomas y me dedicaba una de esas sonrisas sinceras.

Salté de forma entusiasta, nunca antes me había hecho tanta ilusión verlo y creo que él mismo se sorprendió de mi reacción cuando lo abracé. No hacía tanto tiempo que nos habíamos visto, pero después de nuestra distancia, tras la repentina aparición de don Alberto en mi vida, me llenó de gozo estar ahí de nuevo compartiendo ese rato con él.

Me mantuve abrazada un poco más de lo que hubiera resultado normal y la fuerza con la que lo hice también convertía ese saludo en algo especial. Tanto que cuando fui consciente de ello me sonrojé y me retiré de inmediato. No solía mostrar mis sentimientos de forma tan abierta, así que traté de excusarme, pero Thomas se adelantó:

—Llevaba mucho tiempo esperándote —dijo.

Quise explicarle que ese abrazo era un abrazo reconfortante, de amigos, que no esperaba nada más, que no se trataba de una respuesta a aquel beso que me había dado hacía unos días en el portal, pero de pronto temí haber metido la pata de nuevo. Thomas, sin embargo, sonrió y me hizo una caricia cariñosa en la mejilla mientras tomaba asiento a mi lado.

—¿Cómo te ha ido en ese misterioso lugar? —me preguntó.

Le sonreí agradecida, por cambiar de tema y por aceptar que no pudiera contarle dónde estaba trabajando. Me senté de nuevo en el taburete y comenzamos a hablar largo y tendido, tal y como hacíamos antes. Disfrutando como siempre de la confianza compartida con cada anécdota del otro.

En ese ejercicio de sinceridad no me animé a contarle que había estado toda mi primera jornada limpiando un almacén de telas antiguo, pero Thomas intuyó que no había resultado un gran día, así que no dejó que la nostalgia se apoderase de nosotros y tomó las riendas de la conversación.

Allí, pasando ese buen rato, me quedé mirándolo. Observando el gran tipo que era, lo divertido que resultaba, y me sentí afortunada por tener un amigo como él a mi lado.

—Te he echado mucho de menos —me lancé a admitir—. Probablemente hoy haya sido uno de los días más decepcionantes de mi vida.

—Lo siento —dijo él aceptando de nuevo que no le diera detalles.

Hubo un momento tenso entre los dos. Yo estaba deseando poder hablarle abiertamente y quizá él estuviera deseando preguntarme un montón de cosas, pero lo dejamos pasar.

—¿Me ayudas a buscar un nuevo trabajo? —le pregunté.

Y después de unos segundos en silencio observándome, tratando de adivinar qué es lo que se escondería detrás de mi secretismo, asintió y me sonrió.

—Claro.

# CAPÍTULO 11

El día anterior me había dado mucho que pensar, así que me programé la jornada para levantarme temprano, arreglarme y marcharme a la calle en busca de trabajo. Recorrí cerca de veinte establecimientos para presentar mis credenciales y en aquella primera batida no apareció nada. Así que llegada la hora, subí de nuevo al coche oscuro que me esperaba frente a la puerta de casa y continué el día limpiando cada rincón de aquel triste lugar, en el que no encontraba ninguna motivación, ni tampoco algún rastro de don Alberto Márquez.

Así fueron pasando los días... Por las mañanas buscando trabajo y por las tardes limpiando el gran almacén. Por las noches continué quedando con Thomas; aquellos ratos me permitían evadirme del profundo engaño. Sabía que no aguantaría mucho más, pero sin tener otra alternativa en mente debía continuar.

Thomas y yo recuperamos la relación tan cercana que tuvimos siempre, dejando aparte la cuestión laboral. Hizo todo lo posible por trabajar en los turnos de tarde, de manera que por la mañana no tuviese que madrugar y así trasnochar no suponía un problema para ninguno de los dos. Alargábamos las noches hasta que el propio Bobby nos echaba, después Thomas me acompañaba a casa y aún encontrábamos temas de los que seguir hablando en las escaleras del portal. Yo vivía sola, así que no había ninguna necesidad de estar en la calle; sin embargo, sentía que cruzar el umbral de mi apartamento nos comprometía a algo más. Siempre había sido muy celosa de mi intimidad, y sabiendo que de vez en cuando asomaban sentimientos confusos entre ambos, invitarle a pasar era algo que prefería evitar.

Thomas tampoco me confiaba grandes intimidades de su vida personal, aunque resultaba una persona muy dicharachera a la que le encantaba hablar. Me sabía todos los cotilleos de su empresa, cuál era la relación con su jefe, el concierto para el que quería ahorrar, los sueños que perseguía... Nunca me hablaba de ninguna chica, pero por su desparpajo siempre me imaginé que ya habría tenido alguna novia o relación. Yo tampoco le preguntaba para evitar tener que dar muchas explicaciones por mi parte. Y así, dedicándole horas, se construyó de nuevo nuestra amistad.

Una de las noches volviendo del local, mientras reíamos recordando una anécdota con uno de los clientes, Thomas se detuvo en mitad de la calle y empezó a rebuscar entre sus bolsillos con urgencia. Su rostro mostraba preocupación.

—Me he dejado las llaves —dijo.

Pensé que me estaba tomando el pelo, lo hacía siempre para provocarme. Estaba segura de que se trataba de uno de sus truquitos para ponerme nerviosa, pero conforme pasaba el tiempo entendí que era verdad. Se las había dejado sobre la barra justo al lado de la máquina de música. Traté de recordar el instante en el que fue a poner aquella canción de The Ronettes, vi cómo colocaba sus llaves sobre la barra y rebuscaba la moneda en un minúsculo bolsillo de su pantalón. Pero cuando empezó a sonar la música ya no me di cuenta de si las recogió o no porque nos pusimos a bailar como dos quinceañeros liberados. Había sido una noche muy divertida, y entre ambos surgió una química especial.

Tardé un rato en proponerle que se quedara en mi casa. Esperaba qué él mismo buscara una solución, pero dadas las horas entendí que no podía presentarse en casa de nadie a pedir alojamiento. Como si no fuera conmigo, en un tono muy neutro, le dije que si quería podía dormir en el sofá. No había acabado la frase y ya se adivinaba una sonrisa maliciosa en su rostro. Lo miré dudando de nuevo, intentando descubrir si se trataba de un artificio para entrar, pero al verme desconfiada se puso serio y, aunque reconocí en él una mirada más pícara de lo habitual, me prometió que estaba tirado en la calle y que si yo no le hacía hueco esa noche se quedaría esperando a que algún vecino le abriera el portal. No podría entrar en su casa hasta que abriera el bar, pero al menos dormiría a cobijo. Ya estábamos al lado de mi edificio, así que decidí creerme que no tenía llaves y, sin pensarlo más, lo invité a pasar.

Estábamos en la puerta aún, yo giraba la llave y sentí el peso de su cuerpo empujando mi brazo. Lo miré para entender qué significaba eso.

—Perdona —rio—, pensé que ya se podía entrar.

Aún le faltaba una vuelta a la llave. Thomas esperaba ansioso. Nunca me imaginé que pudiera tener tanto interés en conocer cómo vivía, pero de eso no había duda... Abrí la puerta y su mirada recorrió toda la estancia en una primera inspección. Su mirada era despierta y, sin que yo le dijera nada, se animó a recorrer las habitaciones.

—Bienvenido... —le dije con cierta sorna.

Él salió al distribuidor y me sonrió abiertamente.

—Se me nota mucho, ¿no?

Yo asentí con otra sonrisa.

—Lo reconozco, estaba deseando saber cómo era tu casa.

No pude evitar sonreír. Qué podía decir a una declaración tan sincera como esa...

—¿Y se puede saber por qué?

Thomas subió los hombros.

—Manías... Yo creo que conocer la casa de uno es acabar de descubrir quién es realmente.

—¿Y quién se supone que soy yo entonces?

Thomas no se animó a responder. Dio unos pasos en silencio hacia mí, sin apartar su mirada ni un solo momento de mis ojos. Nunca antes habíamos estado tan cerca de dar un paso más... Me sentía cómoda con él allí, en cierto modo más adulta. Era la primera vez que un hombre se encontraba en mi casa e iba a dormir bajo mi mismo techo. No tuve el valor suficiente para seguir adelante y rompí ese mágico momento dirigiéndome al salón.

Era una estancia pequeña pero acogedora, bajé las persianas para impedir que por la mañana la luz pudiera despertarlo. Saqué unas sábanas del armario y con su ayuda cubrimos el sofá, después colocamos unos cojines en el interior de la funda de almohada y le entregué una manta por si quisiera abrigarse.

La magia se había enfriado de pronto. Los silencios pesaban más que las carcajadas de hacía un rato. Me dio las gracias por poder dormir allí y yo le sonreí.

—Hasta mañana —me despedí.

—Hasta mañana —dijo Thomas.

Esperó de pie hasta que llegué a mi dormitorio. Lo miré por última vez y me sonrió mudo, yo tampoco dije más. Me metí en la habitación y cerré la puerta sintiendo un cosquilleo nervioso en el estómago. Me quedé parada apoyada contra la puerta, esperando detectar algún movimiento suyo, afiné el oído y escuché un suspiro profundo seguido del ruido de su caída en el sofá. Levanté relajada la mirada. Ya podía descansar tranquila.

# CAPÍTULO 12

Esa mañana me desperté con el sonido del teléfono. Había caído profundamente dormida. Me levanté tan apurada que ni siquiera recordé que Thomas aún podía estar allí. Llegué al salón y justo cuando ya tocaba con la mano el auricular dejó de sonar.

—Mierda.

Tenía un punto en la cabeza. Posiblemente de la copa de más que había tomado la noche anterior. Fue en ese momento cuando descubrí las sábanas recogidas y dobladas sobre la mesa baja y encima de ellas un papel que decía: «Finalmente encontré las llaves», junto a un dibujo de un monigote sonriente. No pude evitar quedarme un minuto embobada con una sonrisa en la cara. Me había engañado como a una cría... Me levanté y en ese momento el teléfono volvió a sonar.

No solía recibir llamadas a esas horas de la mañana y, sumada la insistencia, aquel sonido auguraba malas noticias. Me acerqué menos veloz que la primera vez, me asustaba lo que pudiera llegar con esa llamada.

—¿Sí? —pregunté temerosa.

No respondieron de inmediato. Un sutil gemido se escuchaba al otro lado de la línea.

—¿Quién es? —insistí.

—Adele, la abuela... —Era la voz de mi madre, una voz ahogada y rota. Me hablaba desde el más profundo dolor.

No la dejé acabar la frase, sabía que esa emoción solo tenía una razón: mi abuela había fallecido.

Empecé a llorar y a negar una y otra vez. Al oírme reaccionar así, mi madre trató de tranquilizarme, pero nada de lo que me decía conseguía calmarme. Ni siquiera ella misma lograba hablarme con serenidad. Había sido una mujer extraordinaria con una fuerza arrolladora, el motor de la familia durante mucho tiempo, y desde hacía ya bastantes meses todos estábamos volcados en su recuperación. Su falta supondría una reestructuración familiar importante y posiblemente la debilidad de mi madre volvería a ponerse de manifiesto, tal y como ocurría siempre que se enfrentaba a una situación crítica.

Me sentía mal por no estar allí, por no besarla, ni abrazarla por última vez... No podía perdonarme estar tan lejos de ella en un momento como ese. Tenía la ilusión de haber viajado en Navidad para verla, ahora que estaba tan delicada, pero ya era tarde... La vida no espera.

Colgué el teléfono y rompí a llorar desconsolada, la dura noticia de la pérdida desató toda la rabia contenida de esos días y me desahogué. Estaba destrozada. Perdí la noción del tiempo. Ya nada me importaba. Mis proyecciones de futuro no tenían sentido sabiendo que no podría compartir esa ilusión con nadie que me entendiera tan bien como ella. Había sido mi horizonte en este viaje a América, y lo mucho o poco que había construido en torno a la moda había sido gracias a ella y a su apuesta por mí.

Seguía sentada en el suelo apoyada en la puerta del salón, justo al lado de la mesita en la que tenía el teléfono, sin poder soltar ni una lágrima más. Estaba medio adormecida por la hinchazón de los ojos y de pronto el claxon de un gran vehículo en la calle me hizo consciente del dolor de cabeza tan intenso que sentía. Me levanté del suelo con pesadez y desgana. No solo arrastraba los pies, sino el alma. Me acerqué al baño y sin mirarme al espejo me lavé la cara tratando de espabilarme; después cogí la toalla y la mantuve contra mi rostro un buen rato. Me relajaba sentir la presión de mis manos. La colgué de nuevo en su sitio y me marché de allí evitando mirarme al espejo, para no enfrentarme a la verdad.

No tenía muy claro en qué momento del día me encontraba, sentía como si la rutina se hubiera parado de repente. Fui hasta la cocina para beber algo y tomarme algún medicamento que pudiera aliviarme ese intenso dolor en la sien. Mientras me servía un vaso de agua, abrí el cajón en el que guardaba las medicinas y, al coger una, levanté la mirada y me topé con el reloj de pared que colgaba sobre la pequeña alacena. Marcaba las tres de la tarde. La hora de entrada en el atelier. Era la primera vez en tres semanas que iba a llegar a tarde…, pero ni siquiera eso me hizo reaccionar.

Maldije a Alberto Márquez por ser dueño de mi tiempo, de ese tiempo que podría haberle dedicado a esas últimas horas de mi adorada abuela y no a limpiar ese repugnante lugar al que estaba entregada sin saber por qué.

Mis obligaciones dentro del almacén terminaban ese día, así me lo había comunicado la misteriosa anciana que dirigía mis labores. Me dijo que estaría a su cargo tres semanas y, sintiendo que ya había cumplido con el objetivo marcado, decidí que había llegado el momento de abandonar.

Cogí una prenda de abrigo y bajé con la intención de comunicarle al conductor que podía marcharse sin mí. No volvería a trabajar en el almacén. Silk se había terminado para siempre, igual que la vida de Carol de Vergés, mi abuela, mi referente, mi amiga.

Salí del portal aturdida y comprobé que el coche oscuro que me recogía cada día estaba allí esperando. Me acerqué hasta él. Sin ser muy dueña de mis propios pasos fui avanzando despacio y, conforme caminaba, empecé a sentir un ligero mareo. Las piernas empezaron a temblarme y aunque hice grandes esfuerzos por llegar hasta el coche, la calle empezó a darme vueltas. Por un momento pensé que lo conseguiría, estaba a tan solo dos metros de él. Iba flotando en una nebulosa y entreví que la puerta del coche se abría. Lo sentí como una salvación, iba a desplomarme allí mismo, pero justo antes de que ocurriera, justo antes de perder la visión, reconocí la figura que descendía de él. Después de tres semanas de ausencia, don Alberto Márquez estaba frente a mí.

# CAPÍTULO 13

Abrí los ojos y me encontré acostada en un lugar desconocido. Se trataba de un lujoso dormitorio de decoración sobria y muy luminoso. No sabía cómo había llegado allí, apenas recordaba nada de lo sucedido en la calle. Intenté incorporarme y, aunque lo conseguí, sentía que aún me fallaban las fuerzas.

Me asomé a la gran ventana con la intención de situarme y descubrí que me encontraba en pleno corazón de Nueva York. Posiblemente en uno de los edificios más altos de la ciudad. Sentí vértigo al mirar hacia abajo, y esa sensación de miedo al vacío me hizo recordar la dolorosa noticia que había recibido hacía unas horas, días o semanas... No tenía ni la más remota idea de cuánto tiempo había pasado, pero continuaba notando una presión intensa en el pecho, como si la pena hubiera tomado forma física.

Estaba abstraída pensando en la llamada de mi madre cuando percibí que el pomo de la puerta empezaba a moverse con extrema delicadeza, como si alguien tratara de entrar a hurtadillas. El corazón se me aceleró, seguía sin saber dónde me encontraba y desconocía quién se asomaría por la puerta.

Don Alberto Márquez apareció en el umbral. Se asomó tímidamente y un hormigueo recorrió todo mi cuerpo, desde el estómago hasta el pecho. Entonces recordé ese último instante antes de perder la conciencia... El señor Márquez se acababa de bajar del coche y, al verme perder el equilibrio, se abalanzó sobre mí para recogerme en sus brazos.

—Me alegra verla en pie, señorita Lavigne —dijo.

Lo miré desconcertada. Llevaba tres semanas sin tener noticias suyas y ahora se dirigía a mí como si nada. Abría esa puerta, se interesaba por mi estado y me atendía con ese tono irresistible y seductor que tantas horas de sueño me había robado.

—¿Se encuentra bien? —dijo extrañado al ver que yo no respondía.

—Perfectamente —contesté.

Después di una vuelta a mi alrededor y, sobre una moderna butaca situada en un rincón, localicé mi abrigo perfectamente colocado. Me acerqué hasta ella y lo cogí. Poco a poco me iba encontrando mejor, así que había decidido marcharme.

—Sería bueno que comiera algo antes de irse —me sugirió don Alberto.

Traté de contener la rabia y la tristeza tan profunda que me invadían. No es que quisiera parecer desagradecida por las atenciones recibidas, pero no me salía una expresión dulce o conciliadora. Me limité a darle las gracias y abandoné el dormitorio como si supiera adónde dirigirme. Quería marcharme de allí cuanto antes.

Tras salir al pasillo y avanzar poco más de un metro, me encontré un espacio abierto enorme. Era el salón más maravilloso que había visto nunca en una vivienda. Estaba decorado con un gusto exquisito, aunque se notaba que respondía a un criterio puramente masculino. Traté de disimular la impresión que me causaban aquellos altos techos, los grandes espacios libres, los ventanales inmensos… Había algún espejo en la pared, pero lo que llamaba la atención sobre todo lo demás eran las grandes fotografías que colgaban por todas partes.

No conocía a nadie que coleccionara ese tipo de arte. En el fondo, no conocía a ningún coleccionista, pero sabía que las grandes fortunas eran poseedoras de pinturas valiosas, esculturas, antiguos muebles; sin embargo, aquel lugar estaba repleto de grandes fotos enmarcadas en las que se podía ver retratada a gente de la calle, nada más y nada menos que gente corriente disfrutando de algo cotidiano, incluso algún beso furtivo que no solo sorprendió al fotógrafo, sino que ahora me sorprendía a mí.

—¿Por qué no se queda y toma algo?

Su voz me sobresaltó de nuevo. Me había quedado hipnotizada mirando aquellas imágenes.

Cuando me di la vuelta, me encontré a don Alberto dirigiendo sus brazos hacia una mesa llena de comida, perfectamente organizada.

—Me he tomado la licencia de prepararle algo mientras dormía —dijo.

Aquel despliegue aumentó, si cabe, mi perplejidad. La mesa contenía pequeños bocados dulces y salados servidos elegantemente. Una jarra de agua de cristal presidía la mesa y, a su lado, varios recipientes con hielo que contenían distintos tipos de vino y champanes.

La cristalería tallada mantenía la línea masculina que denotaba toda la decoración, la vajilla era lisa y las servilletas y la mantelería de color blanco impoluto. No se apreciaba ni una sola arruga sobre la mesa. Lo miré intentando entender cómo encajaban aquellos objetos con él, qué decían de su personalidad. Cada vez me resultaba más desconcertante... Después de mostrar el mínimo interés por mí todo ese tiempo, ahora se rendía en detalles para hacerme sentir especial.

No quise dejarme llevar por el embrujo del momento y retomé mi intención de abandonar aquel lugar.

—No, gracias —respondí a su invitación—. ¿Me podría mostrar la salida, por favor?

—Quédese —insistió—. Me gustaría que lo hiciera.

De nuevo su petición sonaba a ruego, al igual que la primera vez que nos vimos en los almacenes Goodman e, igual que en aquella ocasión, me volví a sentir atraída de forma desenfrenada por él.

—¿Por qué lo hace? —dije dolida.

Me sentía estúpida por desear a un hombre del que no había recibido nada en todo ese tiempo.

—¿Por qué hace todo esto si en realidad no le importo lo más mínimo?

Su expresión se ensombreció.

—He sido una estúpida. Creí que había una apuesta real cuando vino a buscarme. Que a su lado tendría oportunidad de aprender, de hacer algo grande. Pensé que me necesitaba para crecer, eso dijo, ¿no?

Él se limitó a escuchar y yo continué hablando:

—Abandoné un buen trabajo, dejé a un lado mi vida personal. —No pude contener las lágrimas y me eché a llorar recordando la reciente pérdida—. Abandoné todo, lo poco que tenía, y lo abandoné para nada.

Don Alberto no cambió su semblante serio, pero tampoco pidió explicaciones, tan solo se acercó a mí para darme apoyo al verme llorar, y yo, para evitar el contacto y mantenerme en mi lugar, di un paso atrás. No quería que se apiadara de mí.

—Mis planes para usted no han cambiado, señorita Lavigne —dijo.

Ante su tono templado me enfadé aún más. Quién era él para hablarme desde ese lugar, como si nada lo afectara, como si fuera dueño de mi vida. Con qué derecho seguía disponiendo de mi tiempo y organizando mi futuro. No aguanté ni una palabra más, levanté la voz y me enfrenté a él:

—¿Sus planes?, ¿qué planes, señor Márquez?, ¿limpiar estanterías? ¿Desembalar cientos de rollos de tela?, ¿clasificar el género de un almacén infinito en el que podrían trabajar veinte personas conmigo? Gracias por pensar en mí para un trabajo como ese. Ha resultado apasionante, pero suficiente. Me voy.

Estaba exhausta. Casi jadeante. Don Alberto me miró y pensé que iría a disculparse, pero algo cambió en su mirada y volvió a aparecer en ella ese brillo amargo que de vez en cuando le asomaba.

—La sobreestimé, señorita Lavigne. Quizá el puesto le vaya grande —declaró con dureza, sin levantar la voz.

No podía ser que estuviera entendiendo correctamente lo que decía. Me quedé inmóvil a la espera de una declaración que aclarara su sentido y don Alberto siguió adelante sin miramientos:

—Si no ha sido capaz de encontrarle valor a lo que ha estado haciendo todo este tiempo, me temo que me equivoqué con usted.

A continuación metió su mano en el bolsillo y sacó un fajo de billetes prendido con una pinza. Hizo cálculos en función de mis semanas de trabajo y me lo extendió para que lo cogiera.

—Tome. Esto es suyo. Ahora ya puede marcharse. —Y me mostró el camino de salida.

Levanté la voz furiosa y tiré su dinero al suelo.

—Pero ¿usted qué se ha creído? No soy yo la que no ha estado a la altura, sino usted, después de haberme hecho semejantes promesas —repliqué a voces—. ¿A qué vino esa invitación en aquel exclusivo restaurante para tratarme ahora como a una fregona?

No me dejó seguir con mi discurso. Me interrumpió enfurecido:

—¿Me está diciendo que durante estas tres semanas se ha enfrentado a tejidos que usted ya manejaba antes? ¿Debo suponer que ha tenido ocasión de trabajar con tejidos orientales, indios y europeos a lo largo de su carrera y que por eso tenerlos estos días entre sus manos no ha significado nada para usted? —continuó sin dejarme respirar—. Llevo una vida entera dedicado a esto, y créame cuando le digo que llegar a trabajar con el género que usted ha tenido oportunidad de reorganizar estos días en el almacén me ha supuesto una vida entera. Dejé atrás a personas muy importantes, recorrí el mundo de principio a fin, fui víctima de cientos de estafas. ¿Cómo cree que se construye el mejor atelier de Nueva York, señorita?, ¿cómo pretendía manejar con soltura el negocio sin tener ni idea de los tejidos que tenemos a nuestro alcance?

Intenté explicarme, pero ya no lo permitió. Estaba furibundo. Conforme me llamaba la atención se fue enfadando cada vez más y más y aunque en un par de ocasiones me intenté explicar, ya no logré introducirme de nuevo en la conversación.

—Cuando usted llegó aquí, señorita, desconocía las infinitas calidades que manejo en lanas, gasas, sedas, rasos, terciopelos, y eso solo referido a los grandes clásicos. Ignoraba los hábitos de entrega, el lugar de dónde parten las piezas para venir al atelier y ahora, después de tres semanas, ¿cuál es mi sorpresa? Que sigue siendo igual de ignorante que el primer día.

Algo se clavó en mi pecho con ese comentario. Cada vez me hacía más pequeña…

—Llevo diez años siendo el número uno y cada mañana a primera hora visito el almacén y recorro los pasillos para escoger los tejidos que emplearé en los próximos modelos. Se trata de inspiración, pero también de conocimiento. —Hizo una pausa, relajó el tono y sus comentarios se volvieron aún más hirientes si cabe, cuando habló más sereno después de ese respiro—: Es una lástima que la lectura que hace sobre sus tareas se haya quedado en un terreno tan superficial. Puede marcharse, señorita Lavigne; sin duda no será una gran pérdida.

No cabía una réplica por mi parte después de semejante retahíla. Me sentía estúpida, infantil, torpe, me había comportado como una auténtica cría. Llevaba tres semanas pendiente de la limpieza, la clasificación y el orden, y no del género que había tenido al alcance de mis manos. Solo había tenido ocasión de compadecerme de mí misma. No sabía cómo reconocer mi error, cómo enmendar la crítica situación.

Don Alberto se dirigió a la puerta y la abrió sin más contemplaciones. Yo me quedé mirándolo a distancia. No era capaz de articular palabra. Me estaba invitando a abandonar su casa en ese mismo instante. Me encaminé hacia la puerta sin decir nada. Estaba viviendo una de las situaciones más bochornosas de mi vida, así que no me atreví ni a levantar la mirada. Seguí caminando hasta cruzar el umbral y entonces, sabiendo que no habría más oportunidad que esa de enmendar algo, me di la vuelta y lo miré con firmeza.

—Deme otra oportunidad.

No reaccionó ni con el más mínimo gesto, pero yo tampoco me moví e insistí:

—Déjeme intentarlo de nuevo —rogué y, sin quererlo, una lágrima cayó por mi mejilla. Estaba resultando todo demasiado duro.

El silencio se prolongó lo suficiente, hasta que entendí que había perdido mi oportunidad. Entonces me dirigí a la salida y justo cuando pasaba a su lado, se dirigió a mí sin mirarme:

—Estará una semana más en el almacén. Al término de ese periodo, la pondré a prueba.

Me volví despacio para mirarlo. Aún no podía creerme que lo hubiera conseguido, y cuando me topé con su rostro, pude comprobar que su expresión se endurecía aún más.

—Un solo fallo y se quedará fuera.

Luego se marchó sin cerrar la puerta ni despedirse.

## CAPÍTULO 14

Me pasé toda la semana concentrada en el trabajo. Llegaba antes de la hora y me marchaba tarde. Julia y Thomas estaban preocupados porque llevaba muchos días ausente. Temían que no hubiera sido capaz de afrontar la dura noticia de mi abuela. Sin embargo, si algo quería hacer en su memoria, más allá de llorar su pérdida, era volcarme esos siete días que don Alberto Márquez me había concedido para demostrarle a él y a mí misma que sí era la persona que estaba buscando.

Mi actitud respecto al almacén había cambiado por completo. Aquel lugar que se había convertido en una cárcel para mí empezaba a ser un lugar lleno de vida y color, tal y como había percibido a mi llegada la primera vez. Seguía preocupada porque todo mantuviera su orden y clasificación, pero sobre todo lo que hice fue pararme con cada tejido.

Por primera vez tuve oportunidad de apreciar la auténtica lana tibetana. Una materia de primera calidad que, a pesar de su rigidez, proporcionaba un tacto suave de apariencia brillosa que la hacía única. También descubrí mohaires provenientes de Turquía, de la cabra de Angora, de pelo más largo y sedoso y, por último, la sublime pieza de Cachemira que recibíamos de la región montañosa de Xinjiang en China. Era una de las lanas más singulares del mundo y por ello estaba tan cotizada.

En cuanto a las gasas, no accedí solo a aquellas derivadas del algodón o la lana, sino que en el almacén encontré otras muchas provenientes de la seda, del lino y otros muchos materiales, que las hacían exclusivas en el mercado y, por lo tanto, solo al alcance de las clientas de Silk.

La seda era el estandarte del atelier. Me bastaba con valorar la cantidad de muestras para hacerme una idea de por qué el señor Márquez había elegido aquel nombre para su taller. Contaba con la exclusividad de los fabricantes más importantes del mundo de seda natural: chinos, indios, tailandeses y, en Europa, los franceses.

Fueron días duros de trabajo, pero apasionantes por la cantidad de información que pude recabar de cada pieza. Estudiaba en profundidad su comportamiento, su pureza, los colores que ofrecíamos, además de ocuparme de la limpieza. Revisité cada pasillo y me detuve con todos los tejidos: terciopelos, satenes, veloures, tules, tafetanes, popelinas, organdís, franelas, crepés…

Analicé las hojas de pedido y entrega, las tareas de los operarios que a lo largo de un día entraban y salían. Ante mi empeño por saber, la anciana que hasta el momento solo me daba órdenes de trabajo se acercó a mí y me mostró el arte y sabiduría de la fabricación de muchos de aquellos tejidos, la organización de los talleres, la mecánica de los equipos… Nos hicimos buenas amigas en tan solo siete días y, en ese acercamiento, me sentí en la obligación de pedirle disculpas también a ella por mi talante y anterior comportamiento. Tras descubrir su amor por los tejidos que custodiaba, estaba segura de que ella misma también se había sentido decepcionada.

—Ahora es tiempo de prepararse —dijo.

Y continuó hablando como si ella estuviera al tanto de la prueba que me esperaba a la vuelta de esa semana. Me explicó el comportamiento de los tejidos antes y después de lavarlos, analizamos los tipos de tinte, cómo cortar las piezas según sus nudos y fabricación, el modo de planchar cada uno para sacarle el mejor partido, su conservación, los tiempos de transporte, las relaciones con las casas proveedoras… Y, por último, «un consejo», dijo.

—Eres muy joven, niña. Trata de ser parte de ello, sin ser parte de él.

Durante todos esos días apenas habíamos encontrado ocasión de hablar de don Alberto y, que yo recordase, siempre lo había hecho de modo muy profesional. Nunca hice alusión a mis sentimientos, ni a lo nerviosa que me ponía siempre que él estaba presente.

—No es todo luz. No es todo luz —dijo ella y se marchó.

Me quedé allí plantada, pensativa, tratando de descubrir qué se escondería detrás de esas palabras… Miré a mi alrededor y me vi rodeada de retales en prueba; junto a ellos, mi cuaderno lleno de notas y comentarios. La jornada había terminado, pero no tuve prisa en marcharme. Recogí todo prestándole el mayor mimo posible. Apagué las luces y observé aquel enorme espacio a la luz de la luna que incidía por las grandes cristaleras. Al día siguiente sería mi gran día.

Recorrí el pasillo laberíntico por el que se accedía al almacén y en cuestión de segundos me encontraba en la tienda rodeada de centros florales. Me imaginé que ya no habría nadie, así que no me despedí, pero alguien me llamó cuando salía por la puerta.

—Adele.

Me volví y descubrí a Lei, así se llamaba la venerable anciana que tanto me había ayudado esos días. Había precisado cuatro semanas para descubrir su nombre, pero ahora que me lo había facilitado, me sentía afortunada. Sin duda, un simple gesto como fue el que compartiese su nombre conmigo me confirmaba que estaba en el buen camino.

—¿Sí? —le pregunté.

Lei no contestó. Se acercó a mí y se inclinó haciendo uno de sus saludos ceremoniosos. Después retiró de su cuello un largo collar del que pendía un amuleto y me lo entregó.

—La pérdida de un ser querido nos hace vulnerables. Esto te protegerá. —Y con la misma armonía con la que había llegado se marchó.

Me quedé allí parada durante un tiempo, observando el amuleto que aún tenía entre mis manos. Era la primera vez que me tuteaba y la referencia a la pérdida de mi abuela me había dejado en estado de *shock*.

La pieza tenía cuerpo de león, piel de pez y unos cuernos similares a los del ciervo. Levanté la cabeza y miré en la dirección por la que había desaparecido. En ningún momento le había contado nada sobre la muerte de mi abuela, pero Lei lo sabía.

Un escalofrío recorrió mi cuerpo y, antes de sugestionarme más de lo debido, decidí marcharme a descansar. Al día siguiente tenía una importante cita en la que debía triunfar.

# CAPÍTULO 15

El calor invadía la estancia y unas manos recorrían mi cuerpo desnudo. Acariciaban mi pecho y envolvían mi cuello con besos y pequeños mordiscos que me provocaban placer. El aroma de aquel perfume intenso y masculino me hacía enloquecer. Me empujaba a amar una y otra vez.

Un rugido de un león y el grito de un ave empezaron a distorsionar la imagen ardiente de aquel juego erótico del que era protagonista, junto a aquel hombre que me hacía perder la cabeza y al que únicamente reconocía por su aroma, ya que no alcanzaba a descubrir su rostro. Su juego por todo mi cuerpo y el movimiento traducido en sacudidas como si se tratara de una danza ancestral me envolvieron en una espiral de placer nuevo y locura que me hacían girar en busca de aquel rostro oculto entre las llamas que nos rodeaban. Llamas que intentaba atravesar y, cuando estaba a punto de lograrlo y saber quién se escondía detrás de aquel ardiente universo, caí en el propio fuego y mi cuerpo entero ardió…

Con un grito y sudando conmocionada desperté de forma brusca y me senté en la cama. Gemía agotada por el esfuerzo y el placer de aquel extraño sueño vivido. Busqué con la mirada a mi alrededor y me di cuenta de que estaba en mi dormitorio, empapada y con el pecho pegado al ligero camisón con el que dormía. Me eché la mano al cuello con la intención de secarme y entonces sentí el amuleto que me había regalado Lei la noche anterior.

Lo cogí entre mis manos y lo examiné. La extraña imagen de aquel animal me recordó a la de mi propio sueño. Asustada, lo arranqué de mi cuello con fuerza. Era como si un embrujo se hubiera apoderado de mi subconsciente a través de aquel animal, y quise tomar distancia.

Lo lancé por el aire. Cayó en el suelo y se quedó quieto en un rincón del dormitorio, suficientemente lejos como para no sentirlo una amenaza.

Me dejé caer de nuevo en la cama agotada, miré al techo e intenté recobrar la calma. Tuve miedo de que aquel sueño resultara un mal presagio de lo que ocurriría al día siguiente y, tratando de huir de él, me levanté y me puse a repasar todas mis notas... Desconocía el tipo de prueba que me esperaba, pero no estaba dispuesta a perder esa última oportunidad. La única ocasión que tendría de demostrarle a don Alberto Márquez que sí podía confiar en mí. Mi proyecto seguía siendo Silk y mi apuesta seguía siendo él.

# CAPÍTULO 16

Tras una buena ducha, aquella mañana me vestí y preparé para salir al encuentro de don Alberto Márquez. Llevaba siete días sin verlo, relacionándome solo con Lei, y después del sueño de la noche anterior me violentaba la idea de tenerlo cerca de nuevo. No había llegado a ver su rostro, pero aquel aroma tan cautivador, el vigor de aquellas manos que recorrían mi cuerpo y ese deseo que empujaba mi sexo me confirmaban que el amante oculto no podía ser más que él.

Me mojé la cara por segunda vez, como si el agua fuera a borrar el recuerdo de aquel frenesí. Miré el reloj, recogí mis cosas y me dispuse para bajar. Ya eran las nueve y cuarto de la mañana. Esta vez nuestra cita tendría lugar a primera hora, durante el reconocimiento matutino que don Alberto hacía de los tejidos en el almacén.

La espera del ascensor se me hizo eterna; cuando llegó, ya me había encaminado hacia las escaleras, esa mañana no tenía paciencia suficiente para perder ni un minuto. Nada más salir del portal casi me di con el coche de bruces. No sabía si él estaría esperándome dentro o si ya se encontraría en el almacén. En cada paso traté de adivinar cuál de las puertas del coche se abriría antes, si la del conductor que me llevaba a diario o la de don Alberto, que saldría a recibirme desde la parte de atrás.

El chófer descendió del vehículo para cederme el paso y saludarme amablemente. Resultó muy decepcionante que don Alberto no hubiera ido con él, pero los nervios por la prueba que me esperaba no me permitieron regodearme en esa desilusión.

El coche recorrió el camino habitual, pero esa mañana todo parecía distinto. El quehacer de la gente y el tráfico discurrían de otro modo, posiblemente debido a la temprana hora. Todo el mundo estaba más agitado, como si supieran lo que estaba en juego para mí. Los conductores se pitaban con rabia, los peatones cruzaban a la carrera para no llegar tarde... Se podía palpar la tensión en la ciudad.

Tardamos un poco más de lo normal en cubrir el trayecto o quizá mi impaciencia me situara otra vez fuera de la realidad. Bajé del coche en cuanto se detuvo y me acerqué a la tienda de flores, que también parecía distinta esa mañana. Acostumbrada a verla sin luz o con una ya muy tenue, me daba la impresión de que tuviera mucho más color. Llegué a la puerta y me pareció que todavía no estaba abierta. Llamé al timbre esperando que alguien saliera a abrirme, pero nadie contestó. Me di la vuelta para que el chófer me confirmara que era allí donde probaría mi suerte, pero ya se había ido. De forma instintiva, posé la mano en el pomo de la puerta y casi sin empujarla se abrió.

Entré con precaución, no oía ni veía a nadie en el interior. Las flores estaban perfectamente organizadas y colocadas por tipos y colores. Estaba todo recogido con excesivo celo y no se apreciaba ningún centro floral a medio terminar. Recorrí el vestíbulo en dirección al almacén sin hallar rastro alguno de la familia oriental. El crujir de una madera y algo parecido al chirriar de una puerta dispararon mis pulsaciones.

—Holaaa… ¿Lei?…, ¿eres tú? —pregunté.

Y entonces alguien llegó por detrás y me cubrió los ojos con un terciopelo sedoso. No me dio tiempo a ver la pieza, ni a la persona que me vendaba los ojos, pero esa sensación amelocotonada rozando mis párpados despertó todos mis sentidos y me dispuso a descubrir aquella estancia desde otra dimensión.

—No, señorita Lavigne, soy yo. Hoy le toca demostrarme que no es una más —susurró el señor Márquez.

En cuanto identifiqué su voz, mi cuerpo se puso en alerta. Aquella sensación oculta de su figura, sus manos guiándome y ese aroma embriagador me remitieron directamente al sueño de la noche anterior y me perturbaron. Me dejé llevar a ciegas por el local, presa de su masculinidad. Caminé siguiendo su trayectoria sin dudar en ninguno de mis pasos. Recorrimos aquel estrecho pasillo, y algo me indicó que el recorrido no era el de siempre.

Pronto llegamos a una estancia en la que nos detuvimos, tenía un aroma similar al del almacén en el que yo solía trabajar, pero la forma en que nuestros pasos resonaban contra las paredes me hizo pensar que se trataba de otra dependencia de aquel laberíntico edificio.

Una puerta sonó a mi espalda. Me giré por puro instinto, pero seguía teniendo los ojos cubiertos. Ya no estaba en contacto físico con el señor Márquez y el silencio se mantenía a mi alrededor. Por un momento dudé de si se habría marchado, tal y como ocurrió la primera vez que estuve allí, o si la puerta se habría cerrado tras él. Me quedé a la espera, expectante. Pendiente de cualquier nueva referencia.

Pronto empecé a sentir que alguien manipulaba tubos de telas y entonces volví a detectar su presencia cerca. Se colocó justo enfrente de mí, con sus manos cogió las mías y me acercó a él. Sentí su respiración pegada a la mía. Cálida y profunda. Luego se apartó a un lado y colocó mis manos sobre una montaña de tejidos revueltos.

—Solo una de las treinta piezas que están a su alcance pertenece a mi atelier. —Hizo una breve pausa y continuó—: Encuéntrela.

—Pero…

—Chsss… —dijo cubriendo mi boca con su mano—. Concéntrese.

Y con suma delicadeza la retiró y se colocó detrás de mí. Muy cerca. Mucho. Entonces abrió sus brazos como si fuera a abrazarme y, manteniéndose a mi espalda, colocó sus manos sobre las mías. Seguía pegado a mí. Sus brazos se apoyaban en mis brazos y sentía su pecho poderoso. Era tanta la cercanía que creí sentir su virilidad. Era la primera vez que me enfrentaba a algo así. Mi cuerpo, que ya estaba tenso, reaccionó a esa impresión y cualquier pequeño roce de las yemas de sus dedos sobre el dorso de mis manos me hacía estremecer. Trataba de controlar mi mente, pero empecé a desear quc me mordiera suavemente el cuello y el pecho, tal y como había hecho en mis sueños. Que esas manos recorrieran mi cuerpo entero y me hiciera suya con el mismo ardor y pasión de la noche anterior. Que me diera la vuelta con firmeza y se apoderase de mi voluntad.

De nuevo sentí el roce de su entrepierna al tiempo que extendía mis manos hacia la mesa que teníamos delante. Seguía de espaldas a él, que se inclinó aún más sobre mí. Su peso hizo que mi cuerpo se venciera hacia delante y que el suyo me oprimiera un poco más. Comenzó a dirigir el movimiento de mis manos a través de las suyas y en esa oscilación sentí como su pelvis se balanceaba ligera rozando mis glúteos. Ese movimiento suave y repetido, hacia delante y hacia abajo, provocó que se abriera aún más mi apetito sexual. Quise girarme hacia él por el impulso tan intenso que sentía en mi vientre, pero estaba atrapada. Su postura no me permitía darme la vuelta, me tenía dominada.

Bajo esas circunstancias me vi incapaz de resolver la prueba. Mi concentración se limitaba a su cuerpo, su virilidad, su fuerza..., a él. Seguía susurrándome al oído que me concentrara y eso me excitaba más y más. Su aliento cálido en mi nuca, sus hombros que abarcaban mi cuerpo entero con firmeza...

No había hecho el intento de reconocer ni uno de los tejidos desperdigados sobre la mesa. Él continuaba moviendo mis manos entre aquellas sinuosas piezas al tiempo que se balanceaba, y comencé a sentir un placer que me abstrajo por completo de la prueba. Yo misma empecé a buscar el roce y la presión contra él. Sus movimientos eran casi circulares, así que de forma instintiva volqué mis caderas para conseguir sentirlo de forma más directa, todo era muy sutil, pero la presión de nuestros cuerpos me permitió disfrutar de su roce vigoroso. Sin saber hasta dónde llegaría disfrutando de aquel placer me dejé llevar y por primera vez me perdí...

No sé si se había movido ajeno a lo que estaba provocando o si era parte de la estrategia que empleaba para que mis sentidos se pusieran en alerta, pero justo cuando se contraía mi vientre, dio un paso atrás y se alejó de mi cuerpo. Yo me quedé sobrecogida, casi temblando.

Me sentía avergonzada por haber dejado volar mi mente en aquella fantasía. Volví la cabeza hacia atrás aún con los ojos vendados, con la intención de saber qué es lo que había pasado, pero él me dirigió con su mano la cara al frente.

—Demuéstreme que puede hacerlo —dijo.

Y yo, sin decir nada, avergonzada por lo sucedido y con la duda de si habría compartido con él o no esa primera experiencia sexual, traté de concentrarme en la prueba que debía superar para quedarme allí. Ahora, más que nunca, debía lograrlo.

Comencé a separar cada uno de los retales que se encontraban en el montón. Lo hice con destreza y rapidez. Mis sentidos estaban a flor de piel y acometí la labor de descarte con decisión y agilidad. Trataba de clasificar mentalmente cada tejido que llegaba a mis manos por puro azar, tal y como había hecho en el entrenamiento con Lei. No es que hubiera trabajado a oscuras con ella o cubriéndome los ojos, pero la anciana sí había hecho especial hincapié en que yo doblara y manipulara cientos y cientos de tejidos, que ahora me servían de referencia. Precisamente por ellos me guiaba y ninguno de los que en ese momento estaba tocando eran reconocibles como piezas exclusivas pertenecientes al atelier.

Si de algo me había valido mi entrenamiento durante esa última semana era para darme cuenta de que, como me había recriminado don Alberto, cualquiera de los tejidos que estaban en su almacén tenía una peculiaridad que lo hacía especial en el mercado.

Conforme los iba descartando, los tiraba al suelo para evitar la confusión de encontrármelos de nuevo sobre la mesa. Llevaba una cuenta exhaustiva de cada uno de los tejidos desechados. Sabía que partía de treinta, así me lo había indicado él. Solo uno provenía del almacén.

Antes de desestimar cualquiera de ellos, comprobaba que estuviera perfectamente separado del resto, de modo que en el descarte de uno nunca rechazara otro que estuviera unido a él. Los estudiaba por sus dos caras, probaba su flexibilidad y si, en algún caso, el tacto de mis manos se mostraba insuficiente, lo rozaba con la piel de mi mejilla hasta percibir la máxima información sobre sus características. El montón poco a poco fue decreciendo y en mi cabeza resonaban sus palabras: solo debía elegir uno, nada más.

Cada vez quedaban menos sobre la mesa y yo seguía eliminando uno tras otro con efectividad. Don Alberto se mantenía en silencio, sin interferir en el proceso, supuse que centrado en el manejo y la habilidad de mis manos.

Dejé caer al suelo la pieza número veinticinco y la veintiséis, la veintisiete y luego la veintiocho... De pronto sentí vértigo: tan solo me quedaban dos muestras por testar sobre la mesa. Era extraño no haberme topado con el tejido que buscaba hasta el momento, pero ya solo quedaban dos alternativas pendientes de revisar y una de ellas debía ser la que perteneciese a su atelier.

Tratándose solo de dos, decidí establecer una comparativa entre ambas, así que en cuanto tuve una en la mano, barrí con la otra la mesa entera tratando de localizar la segunda, pero por más que palpé la superficie entera no la encontré. Quizá había dejado caer una al suelo sin haber sido descartada, o alguno de los retales apartados arrastró la única pieza que don Alberto había colocado de su atelier… Lo cierto es que sobre la mesa no había nada más.

Me puse nerviosa. Sentí un nudo en la garganta y ganas de llorar. Había perdido mi última oportunidad para trabajar a su lado. Antes de rendirme, recorrí de nuevo la pieza que aún sujetaba entre mis manos, para comprobar que no tuviera otra unida a ella, y a pesar de mi deseo de que apareciera la muestra número treinta, comprobé que no quedaba más que esa por evaluar. Frustrada, tiré con rabia de los dos extremos de la tela, que se rasgó de forma impropia, tal y como sucede con los tejidos de mala calidad. Claramente esta tampoco era la pieza que estaba buscando y con desprecio la envié al suelo junto al resto.

Me reconocí perdedora de la prueba. Bajé la cabeza y me llevé las manos al nudo que sujetaba el terciopelo que envolvía mis ojos. Quería ver su expresión y reconocer mi fracaso en su propio rostro. Pero al tratar de deshacer el nudo, al entrar en contacto con aquel suave y sensual tejido otra vez, supe de inmediato que la pieza que estaba buscando había estado cubriendo mis ojos durante todo ese tiempo. Esa era la muestra que faltaba. La que completaba la selección. El único tejido perteneciente al atelier, que no estaba colocado en la mesa, pero sí a mi alcance…, eso es lo que había sugerido don Alberto al inicio de la prueba.

Deshice el nudo con suma delicadeza y mirándolo a los ojos le entregué la pieza extendida con gran solemnidad.

—Aquí tiene lo que buscaba. El único tejido de Silk que estaba a mi alcance es el terciopelo que ha cubierto mis ojos durante toda la prueba.

Don Alberto se tomó un tiempo para reaccionar, posiblemente esas dramatizaciones formaran parte de su propio misterio y cuando ya estaba impaciente por que comenzase a hablar, él se limitó a sonreír satisfecho y, sin decir nada, se dio la vuelta y se marchó.

# CAPÍTULO 17

Mi primera jornada en Silk era el día de mi cumpleaños. Con el éxito conseguido en la prueba debía sentirme plena de facultades; sin embargo, tratándose de una fecha tan señalada, no pude entregarme al máximo. Cualquier otro año de mi vida habría recibido una llamada muy especial a primera hora, pero esa vez me tocaba echarla de menos.

Estuve algo melancólica durante toda la mañana e intenté buscar distintos quehaceres caseros para ocupar mi mente. Estaba muy ilusionada con la nueva apuesta profesional, pero en el fondo me encontraba muy sola, no podía compartir mi felicidad con nadie y, sin querer, me dejé llevar poco a poco por la nostalgia.

Terminé sentada en el sofá, encogida, a la espera de que pasaran las horas, cuando de pronto sonó el teléfono. El simple sonido me inquietó. La última vez que había sonado a esas horas fue para recibir las peores noticias, así que me tomé el tiempo necesario para acercarme hasta él y descolgar. Aún me latía el corazón de forma apresurada cuando empezó a sonar una canción al otro lado del teléfono.

Hacía un año aproximadamente había asistido junto a Thomas al concierto de un grupo británico compuesto por cuatro chicos que estaba revolucionando el panorama musical. *I want to hold your hand* se había convertido en «nuestra canción» desde entonces. Había sido una noche muy especial aquella y, posiblemente, antes de que Thomas me besara en el portal, fue la vez que más cerca estuvimos el uno del otro.

Thomas era un romántico empedernido y, sabiendo que yo no entraba a trabajar hasta las tres de la tarde, se había escapado del trabajo para hacer esa llamada con música incluida. Me hizo feliz escuchar su voz y que se hubiera acordado de mi cumpleaños. Se disculpó por no venir a verme, pero estaba en plena jornada, así que me propuso que nos viéramos esa noche en el bar de Bobby. Le expliqué que tenía entre manos un nuevo encargo (no tenía muy claro cómo iban a salir las cosas en mi primer día en el atelier), pero insistió y dijo que me esperaría allí hasta que llegase, fuera la hora que fuera.

Me hizo prometerle que iría, tenía algo para mí. No pude resistirme mucho más, a mí también me hacía ilusión verlo. Con el encierro en el almacén la semana anterior, no había tenido oportunidad de contarle todo lo que estaba consiguiendo, y aunque mi trabajo en Silk debía seguir siendo un secreto, encontraría la forma de compartir con él que por fin había alcanzado el estatus laboral que ansiaba.

Colgué el teléfono y la sonrisa se quedó dibujada en mi rostro. Su llamada me dio el impulso que necesitaba para encarar el día de otro modo. Así que canturreando me metí en la ducha y me arreglé para salir a trabajar.

Cogí el autobús a tiempo y recorrí la ciudad con la ilusión del que va por primera vez al cine. Iba dispuesta a empaparme de todo lo que me rodease. Tenía el tiempo perfectamente controlado y no hubo ninguna incidencia en el camino, así que llegué diez minutos antes. El tiempo perfecto para recorrer el entorno, situar el resto de negocios de alrededor y tomar un poco el aire para no llegar acalorada. A partir de entonces, el coche ya no se ocuparía de mí. El atelier estaba situado en un lugar céntrico y yo podía trasladarme sin dificultad por mi cuenta. Pronto quedarían lejos las visitas al almacén.

Eran las tres en punto cuando pulsé el timbre de la puerta del ático identificado con una pequeña placa en la que se leía «SILK». En el portal tuve que dejarle mis datos al portero y fue él mismo quien se encargó de mostrarme el camino. Nadie respondió a la primera llamada, así que pulsé el timbre por segunda vez. Escuché unos pasos que se dirigían a la puerta, pero de nuevo nadie dijo nada al otro lado.

Giraron dos veces la llave, como si el atelier estuviera cerrado a cal y canto, y al abrirse la puerta, descubrí a don Alberto. Estaba imponente. No llevaba la chaqueta puesta. Se le veía cómodo, relajado, como si llevara un rato trabajando, pero sintiéndose en casa. Tenía el primer botón de la camisa desabrochado y los tirantes, que aún conservaba, potenciaban el volumen de sus hombros y su espalda.

—Adelante, señorita Lavigne. —Y con un gesto amable me invitó a pasar.

Sonreí tímida. No había ni rastro de picardía en su mirada. Se comportaba de modo puramente profesional, así que dejé a un lado los nervios acumulados por las experiencias íntimas vividas el día anterior y entré en el atelier entendiendo que el placer gozado durante la prueba había sido cosa mía y no de los dos.

—Ponga sus cosas aquí. —Y me mostró una mesa de recepción—. Le enseñaré todo esto, para que usted misma pueda organizarse a partir de ahora.

No hice más que entrar y ya sentí un gran peso de responsabilidad. Nada de aquello era un juego, desde ese instante formaría parte de Silk. Me encontraba dentro del atelier más reconocido de Nueva York y posiblemente junto al hombre más atractivo y enigmático del mundo de la moda.

Había tenido ocasión de fantasear miles de veces sobre ese lugar de referencia, pero nunca lo había imaginado tal y como lo descubría ahora. Su decoración volvía a ser sobria, como la de su propia casa. La categoría del edificio y las molduras clásicas de su estructura provocaban un contraste con las líneas más modernas de la decoración.

Recorrimos distintas estancias y cada una de ellas tenía más personalidad que la anterior. La grandeza de los espacios, la belleza de los muebles y accesorios, el carácter netamente masculino del ambiente y el respeto reverencial hacia los grandes diseñadores de la moda europea se hacía palpable en cada detalle. En algunos rincones se encontraban enmarcados algunos bocetos de los modelos más emblemáticos, aquellos que algunas de las celebridades más importantes habían vestido en actos públicos. En todos ellos aparecía estampada la firma de don Alberto Márquez, salvo en uno de los salones, donde también aparecía junto a su firma la de otros diseñadores de prestigio: Coco Channel, un joven Karl Lagerfeld, Saint Laurent, Gucci. No pude detenerme todo el tiempo que hubiera deseado, pero comprobé que mi nuevo jefe había tenido ocasión de trabajar con los más importantes.

Caminaba asombrada por la majestuosidad del atelier. Estaba todo impecable, no había rastro alguno de cualquier trabajo de costura, ni un hilo en el suelo o un pequeño resto de tejido. Nada. El atelier estaba escrupulosamente limpio.

A la vez que me enseñaba las distintas estancias, me fue explicando las distintas funciones que tenía cada una de ellas. Me mostró varios salones en los que llevaba a cabo las primeras pruebas de los modelos que confeccionaban, lo que conocíamos como *toiles.*

Apenas había mobiliario en ellos. Muchos espejos, eso sí, y alguna percha especial colocada en la pared, que además de cumplir su función a la hora de mostrar el modelo, resultaba decorativa. Me explicó que en cualquiera de las pruebas lo más importante era que la atención se concentrase en el vestido y la protagonista.

Después de recorrer lo que constituía la parte más social del establecimiento, nos adentramos poco a poco en las estancias privadas. Entre ellas, se encontraba un pequeño almacén, o así lo definía él, porque en realidad se trataba de un gran espacio que contenía muestras de los tejidos más interesantes del gran almacén.

Durante ese recorrido nos enfrentamos a una puerta cerrada en la que no se detuvo.

—Este es mi lugar de trabajo, al que nadie tiene acceso más que yo. —Y siguió avanzando.

Me quedé allí parada unos segundos viendo cómo se alejaba y cruzaba el umbral de una nueva estancia. Saber que ese era el lugar en el que don Alberto escondía todos sus secretos lo convertía desde ese instante en la habitación más atractiva de todo el atelier.

—Señorita Lavigne. —Oí mientras miraba hipnotizada el pomo de aquella puerta.

Su voz me devolvió a la realidad. Retomé el paso con ligereza para llegar con premura hasta él y nada más cruzar el nuevo umbral no pude disimular mi asombro.

Por fin me encontraba en el emblemático *showroom* del que todas las clientas hablaban. El ambiente era completamente diferente a la línea sobria del resto del atelier. El estilo de su decoración era barroco, estaba decorado en exceso y el ambiente era mucho más íntimo, más oscuro. Me bastó poner un pie en su interior para entender la grandeza del señor Márquez. Nadie podría competir con algo parecido.

Don Alberto se acercó a unas grandísimas y pesadas cortinas de terciopelo granate y las corrió de un golpe. La luz entró de manera repentina a través de una enorme vidriera con forma de diamante. Por un momento aquella claridad me cegó. Entonces descubrí una cara distinta de aquel espacio: el *showroom* de Silk se volvió ligero y luminoso, y su aspecto anterior, recargado e intenso, se borró de un plumazo.

Paseé en silencio y me detuve en cada detalle de aquel rincón único. Algunas gasas de gran categoría caían sinuosas desde el techo, dividiendo la estancia en distintas zonas. Sobre una mesa de apoyo descubrí varias bandas de terciopelo oscuro como la que había utilizado conmigo para cubrirme los ojos. No pude pasar indiferente ante ellas, aquel tejido me había hecho prisionera de su seducción y encontrarlas en su lugar de trabajo habitual me hizo pensar si se trataría de un recurso que utilizaba con sus clientas durante las pruebas. Quizá aquellos movimientos no hubieran sido una simple sugestión por mi parte...

Levanté la mirada mientras con la mano aún acariciaba una de las piezas y me encontré con sus ojos negros vigilando mi pensamiento. Solté de inmediato la banda que acariciaba y me alejé de aquella mesa, para alejarme en realidad del comprometido recuerdo.

—Este es el lugar más importante del atelier —dijo rompiendo con la tensión latente—. Aquí tienen lugar mis sesiones privadas de trabajo y quiero que usted se encargue de que todo quede preparado para ellas según le vaya indicando.

Hizo un prologando silencio y continuó caminando de un lado a otro.

—Como ya le dije en su momento, nadie más que yo tendrá contacto con las clientas, y por ello su horario de salida será siempre cinco minutos antes de las diez.

Y así volvió a recordarme que al anochecer ocurrían cosas que solo él y sus clientas conocían, y que yo me moría por descubrir.

—Trabajo siempre con cita previa y la media de espera actualmente es de dos meses y medio. No quiero cerrar citas a más de tres meses vista.

Y sin permitir que mi imaginación volase mucho más allá recreando esos secretos y solitarios encuentros, don Alberto me siguió explicando que todas las solicitudes se las hacían llegar por carta. Me pidió que no atendiera ninguna llamada bajo ningún concepto. El teléfono solo lo podría emplear para ponerme en contacto con el almacén, pero nunca para contestar llamadas. Quería que todo siguiera funcionando tal y como había sido hasta ahora.

Él mismo decidiría, de entre todas las solicitudes, quiénes accederían a la cita. Y para comunicárselo a las agraciadas también emplearíamos una carta, que yo me encargaría de redactar a máquina. Don Alberto me facilitaría el texto y, una vez que estuvieran transcritas, las firmaría de su puño y letra. Siempre con tinta color granate, así que debería encargarme de comprobar que todo el material necesario para ese protocolo fuera suficiente para el trabajo diario. En esas cartas se concretarían la fecha y la hora del encuentro. Yo debería llevar su registro en una agenda para realizar el seguimiento de todas las clientas citadas, con los detalles de sus medidas, número de calzado, altura, color de pelo e incluso de ojos.

Fui anotando en una pequeña libreta cada uno de los detalles y normas que me iba desgranando.

Después de un buen rato dedicado a las clientas y al modo de relacionarme con ellas sin ser percibida, me dio instrucciones sobre cómo quería encontrar el *showroom* para cada sesión. Independientemente de la mujer de la que se tratara, debería colocar los zapatos siempre en un mismo lugar, la lencería en otro y las medias de cristal en otro. Él se encargaría de indicarme en cada caso si deseaba alguna disposición especial.

Asimismo quería tener preparada una cubitera llena de hielo y un champán francés cuya marca él mismo me especificaría en una nota previa. También debía colocar flores frescas en un jarrón de cristal que me mostró; las compraría cada día antes de llegar al atelier en una tienda determinada que me apunté en la libreta.

Nunca, nunca y bajo ningún concepto, debería saltarme ninguna norma, debía respetar la intimidad de las áreas que él definiera como «privadas» y a las diez menos cinco de la noche todo debería estar listo para la sesión antes de marcharme.

El siguiente tema que tratamos fue la relación con el almacén y su metodología de trabajo para los modelos que diseñaba. Para cada uno de ellos don Alberto me trasladaría los detalles de los tejidos que debía solicitar al almacén, y recalcó que para esta tarea esperaba algo más de mí, no solo la ejecución de su encargo. Quería que, además de las telas que él solicitase, yo misma propusiera otras complementarias que pudieran enriquecer sus creaciones. Llevaba mucho tiempo trabajando solo y esperaba que conmigo su creatividad pudiera crecer.

Escuchar esa demostración de confianza en sus labios me llenó de orgullo, es lo que llevaba esperando que ocurriera más de un mes; sin embargo, ahora que hablaba de impulsar mi carrera y de potenciar mis aptitudes, temía no estar a la altura de sus expectativas.

Justo antes de finalizar la reunión, don Alberto hizo un breve repaso de sus recomendaciones, advertencias y normas, y así pude revisar todo lo que había ido apuntando. Era tanta la información que no fui capaz de plantear ninguna duda específica…

—¿Lo tiene claro, señorita Lavigne?

Me limité a asentir, ocultando mis inseguridades con la confianza de irlas resolviendo sobre la marcha.

—En ese caso…, sígame. Tiene mucho que aprender. —Y se encaminó hacia una zona dedicada al corte, algo más apartada.

Lo seguí, torpe por los nervios.

—Ha llegado el momento de descubrirle alguno de los secretos de este atelier. Aquellos que hacen que mis creaciones parezcan aún más bellas.

Don Alberto cogió uno de los vestidos que ya tenía confeccionado y lo colocó en una posición concreta y en un lugar muy determinado. Entonces me explicó que las cosas no solo debían ser, sino parecer: los tejidos, según estuvieran iluminados de un modo u otro, podían ofrecer dos caras de una misma moneda, así que con la exposición y la luz del modelo que presentásemos a nuestras clientas deberíamos conseguir que se lucieran en sus mejores condiciones. En este atelier la clienta debía sentirse más hermosa que nunca.

Cuando hubo terminado con el vestido y un ejemplo de presentación, empujó un panel tapizado de la pared y frente a nosotros se abrió una nueva estancia oculta.

Se trataba de un enorme vestidor. Infinitos zapatos y sandalias de todos los colores, tallas y alturas de tacón presidían la pared más grande, perfectamente iluminada. Debajo de ellos, unos cajones con el frontal de cristal almacenaban cientos de medias ordenadas por tono y talla.

Enseguida descubrí un rincón más íntimo en el que se encontraba la lencería más delicada y sugerente. Me resultaba violento detenerme en el detalle de aquellas prendas estando él presente, pero con un simple vistazo podía confirmar que en aquel atelier se daba cita todo tipo de mujeres. La lencería iba desde propuestas clásicas y sencillas hasta conjuntos descarados con muchas transparencias, algunos incluso más provocativos de lo que yo misma podría llegar a imaginar.

Salí de allí tan pronto como pude para no sonrojarme y atendí a las explicaciones que don Alberto me continuaba ofreciendo. Según indicaba en ese momento, uno de mis cometidos sería tener siempre listo un tocador en el que la recién llegada pudiese dejar sus pertenencias. Al lado de él, en un butacón de gran tamaño y escasa altura, debería dejar colocada una bata de raso negro con la manga muy ancha, que recordaba a un kimono, para que la clienta pudiera cubrirse durante las esperas.

Había determinadas zonas del *showroom* a las que únicamente se podría acceder descalzo, por mandato expreso de don Alberto, y los espejos que ahora mismo se encontraban retirados cerca del enorme ventanal con forma de diamante deberían estar siempre colocados en torno a la zona de prueba.

Después de esta última explicación, el señor Márquez abandonó el *showroom* y yo, que seguía tomando nota, salí detrás.

—Tiene copia de toda la documentación a la que me he referido, así como antiguos ejemplos de solicitudes archivados en la misma mesa de la entrada en la que ha dejado sus cosas. Estúdielos con detenimiento y si tiene alguna duda me pregunta. Hoy estaré para eso. Mañana no —dijo y se dirigió a su despacho.

—¿Quiere que me ocupe de la sesión de hoy? —pregunté sin saber muy bien por qué había lanzado semejante propuesta.

Don Alberto se detuvo y se dio la vuelta sin urgencia.

—Creo que con estudiar y organizar la información que ha recibido será suficiente. Seré yo quien se ocupe de la cita de esta noche por última vez.

Asentí en silencio y, cuando se cerró en su despacho, me fui a la mesa y busqué en los cajones las referencias a las que se había referido. Repasé todas mis notas y traté de poner en orden el trabajo que me esperaba; lo mejor para no olvidarme ni de un detalle sería definir un protocolo. Así visto, parecía que estaba todo muy claro, pero, sabiendo que debía abandonar el atelier a una hora concreta y que no estaría presente en la sesión, quizá la gestión resultara en la práctica más complicada.

Después de mi intenso repaso, recorrí sola las distintas estancias tratando de situar cada una de las acciones. La oscuridad de la noche se había impuesto y cuando llegué al *showroom*, este volvía a ser aquel lugar barroco, cargado de erótica, que percibí en un primer momento. Era el espacio más importante de Silk, allí se encontraba la clave de su éxito.

Enseguida reconocí una serie de pequeños cambios. No sabía en qué momento el señor Márquez los habría efectuado, no le había oído moverse, pero en la sala ya estaban preparados los zapatos, la bata oscura de raso, los espejos, un centro de flores de carácter minimalista e incluso la cubitera para enfriar una botella de champán. Esta no se encontraba en su interior aún, pero el hielo ya estaba listo.

Cuando me acerqué al detalle de los complementos descubrí que la ropa interior seleccionada era muy sugerente, no sabía a qué clienta esperaba aquella noche, pero sin duda se trataba de una propuesta atrevida. Extendí mi mano y rocé la pequeña puntilla que adornaba el conjunto con las yemas de mis dedos. Estaba allí concentrada en aquella pieza, dejando volar mi imaginación y mirándome en el espejo tratando de abstraerme del contexto real, cuando sentí que se movía algo detrás de mí, y al reconducir la vista lo encontré a él reflejado.

—Es la hora, señorita Lavigne.

Me ruboricé al sentirme descubierta. Él siguió hablando con indiferencia.

—Es importante que ponga en práctica los buenos hábitos desde el primer día y se vaya a la hora señalada.

—Por supuesto. —Y bajé la mirada pasando a su lado con apuro por tratar de salir de allí cuanto antes.

Él me detuvo y levanté los ojos avergonzada. No sabía don Alberto el poder sexual que ejercía sobre mí…

—Debo darle algo, señorita Lavigne. —Y extendió uno de sus brazos para entregarme un estrecho cordón de seda granate del que colgaba una llave—. Esta es para usted. Quiero que tenga acceso al atelier de forma independiente. Confío en su profesionalidad. Debo viajar a menudo y no puedo estar pendiente de sus horarios —me explicó.

La miré un momento antes de cogerla. Entrar en contacto con aquella llave me hizo sentir importante y poderosa.

—El *showroom* siempre debe estar listo antes de marcharse y recuerde: abandonará Silk siempre cinco minutos antes de las diez. —En ese momento miró el reloj y me advirtió—: Le quedan cuatro minutos.

Corrí hacia mi mesa para recoger mis pertenencias y salir. Era tal su insistencia sobre los límites del tiempo que tenía la sensación de que el atelier fuera a volar por los aires una vez sobrepasado el horario impuesto. Con el abrigo en la mano eché un último vistazo al escritorio para comprobar que quedaba tan recogido como lo había encontrado. Levanté la mirada, pero él ya no estaba allí. Tímidamente me asomé al pasillo, pero tampoco lo encontré y volví hacia la entrada y me marché.

Me subí a aquel lujoso ascensor, decorado con un gran espejo, y al ver mi rostro reflejado en él me sonreí. Estar allí era un sueño hecho realidad. Me sentía muy afortunada; entonces me acordé de Thomas, de nuestra canción sonando al otro lado del teléfono y salí a la calle feliz, a su encuentro.

# CAPÍTULO 18

La combinación de autobuses para llegar hasta el bar de Bobby no era tan sencilla como desde los almacenes Goodman, pero en media hora conseguí llegar. Estaba nerviosa por la sorpresa que pudiera haberme preparado. Con Thomas nunca sabía qué podría esperarme, y además ese era un día para celebrar.

Entré en el local con apuro y busqué a Thomas entre la gente, pero no fui capaz de ubicarlo. Una sensación de pérdida se fue apoderando de mi ánimo y poco a poco fui borrando de mi rostro la expresión de felicidad con la que había llegado. Estaba tan ilusionada con nuestro encuentro que recibiría como un auténtico jarro de agua fría que hubiera tenido que marcharse.

Me planté en medio del local y di una vuelta completa sobre mí misma antes de rendirme. Estaba volviendo a mi posición original sintiéndome decepcionada por no encontrarle allí y entonces se apagaron las luces del local, empezó a sonar *It´s now or never* y Thomas salió de la trastienda con un pastel y unas velas encendidas dirigiéndose a mí. Me cubrí parte de la cara con las manos, estaba muerta de vergüenza, no podía creerme que me estuviera haciendo algo así delante de toda esa gente. No me quitaban los ojos de encima. Se oyó la voz de Elvis Presley y la gente comenzó a aplaudir y a silbar.

Thomas seguía avanzando hacia mí, sin el menor reparo, cantando la canción como si la letra fuera de él para mí. El momento se volvió mágico, tanto que tuve ganas de besarlo. Traté de contenerme, vivía en una confusión permanente entre don Alberto y Thomas y no quería dar ningún paso en falso hasta no tener claro qué es lo que sería de nosotros dos.

Thomas llegó hasta mí, con destreza sujetó con una sola mano la bandeja que portaba y con la otra me agarró fuerte por la cintura y comenzamos a bailar. Al acabar la música, Thomas colocó la tarta de nuevo frente a mí y soplé las velas. Todo el local se animó a aplaudir de nuevo y yo me escondí en su pecho para evitar todas las miradas.

Pero no era esa la única sorpresa que me esperaba, Julia también había acudido a la pequeña celebración. En esta ocasión, acompañada de su marido. Nada podía hacerme más ilusión. Tenía tantas cosas que contarle…

Inicialmente estuvimos los cuatro juntos, brindamos, bailamos y disfrutamos de una noche inolvidable, pero superada la emoción de la tarta, Thomas mantuvo una animada conversación con el marido de

Julia a solas y yo aproveché para sentarme con ella en un rincón más tranquilo y confiarle todo lo que me había pasado esos días.

Ella se mantuvo en silencio y en un momento dirigió su mirada a Thomas, como pensando qué sería de él. Yo también lo miré a distancia y nos quedamos abstraídas cada una en nuestro pensamiento durante algunos segundos.

—Vivo en una duda permanente, Julia —reconocí.

Ella levantó los hombros, como si no tuviera capacidad para ayudarme más allá en ese dilema.

—Adoro a Thomas, pienso en él, lo echo de menos. Nadie más que él podría haberme preparado una sorpresa como esta, pero don Alberto…

—Don Alberto, ¿qué? —reaccionó Julia.

Suspiré antes de explicarme, me resultaba difícil ponerlo en palabras.

—Don Alberto despierta en mí impulsos mucho más fuertes que los que siento por Thomas —confesé.

Entonces ella se quedó mirando mis ojos, tratando de conocer hasta dónde había calado ese hombre, y me aconsejó, como lo hacía siempre:

—Adele, a la hora de compartir una vida con alguien es muy importante encontrarse en el mismo mágico momento, y don Alberto y tú creo que no estáis ahí…

Las dos nos quedamos de nuevo en silencio mirando a los chicos, que seguían hablando y riendo con complicidad.

—Se dicen cosas muy oscuras de su pasado... Es un hombre atormentado —puntualizó, esta vez sin volverse a mí.

Era evidente que Julia no creía en una posible relación mía con el señor Márquez, nunca lo había hecho, pero que lo dijera tan claramente me dolía. Cada vez que me hablada de la experiencia de don Alberto, de su edad, de su recorrido, sé que no era su intención, pero me hacía sentir como una cría.

—Tienes una oportunidad única a su lado, pero no para amar. Una relación así solo te hará daño, aprovecha la oportunidad profesional que te está brindando.

No quise contestar, prefería no seguir dándole vueltas y me ayudó el hecho de que los chicos decidieran acercarse a nosotras justo en ese momento. Julia y yo les sonreímos tratando de disimular la profunda conversación en la que nos encontrábamos metidas y retomamos la pequeña fiesta, o por lo menos de un modo superficial, porque después de aquello yo ya no fui capaz de quitarme a don Alberto de la cabeza.

Mientras todos hablaban animosos, me disculpé y me retiré al cuarto de baño. Allí me enfrenté a mi imagen en el espejo del local y recordé algo... Metí la mano en el bolsillo de mi chaqueta y allí estaba la llave de Silk. La saqué para poder verla una vez más y miré el reloj. Ya eran las doce e imaginé a esa mujer elegante con la lencería rematada con puntilla negra o llevando ese kimono tan sugestivo. La imagen de mis ojos cubiertos por ese terciopelo... y de pronto era yo la que llevaba el gran vestido que don Alberto me había mostrado esa misma tarde.

Sabía que era una locura y que no debía perderme en esas fantasías, pero después de mi conversación con Julia tuve claro que esa noche, una vez que ya había celebrado mi cumpleaños, donde verdaderamente quería estar era allí; en el atelier.

# CAPÍTULO 19

La noche había estado cargada de sorpresas y me daba miedo encontrarme a solas con Thomas de vuelta a casa, así que le pedí a Julia que, si no le importaba, se ofrecieran ellos a llevarme.

Cuando llegó el momento de despedirnos en el portal, lo hicimos con un abrazo fuerte como si no fuéramos a vernos en un tiempo. Me reconfortaba haberme desahogado con ella, aunque no aprobara mis fantasías con don Alberto. Por lo menos, ya no me sentía tan sola.

Esperaron a que entrara para confirmar que llegaba sana y salva. Obviamente, no le conté a Julia mis intenciones de acercarme al atelier a esas horas de la noche, porque además de hacerlo sin la aprobación del propio señor Márquez, sabía que tampoco contaría con la suya. Estaba jugando con fuego, pero eso hacía el reto más apasionante aún. Teniendo la llave en mi poder, la oportunidad resultaba demasiado tentadora… Posiblemente fuera tarde para ver la sesión de don Alberto, pero estaba dispuesta a arriesgarme y descubrirlo.

Esperé escondida en el portal, hasta que confirmé que Julia y su marido se habían marchado. Tal y como habría hecho una adolescente, pero la decisión estaba tomada. Ya no daría marcha atrás.

Me subí a un taxi y le pedí que me llevara hasta la dirección del atelier. Llegamos enseguida. Se notaba que el día siguiente era laborable, apenas se veían coches ni gente por la calle. Al acercarnos a mi destino, empecé a temer que el portero estuviera en la recepción. No había caído en ese incómodo detalle.

Pagué al taxista y me bajé con cierto reparo, observando cualquier movimiento a mi alrededor. Me acerqué al portal con premura, cuanto menos tiempo estuviera expuesta mejor. Una vez allí, me fijé en que la garita del portero no estaba iluminada y entré.

Cada vez estaba más nerviosa. Mi comportamiento a lo largo de la vida siempre había sido ejemplar. Todos mis actos habían estado condicionados por lo que se esperaba que hiciera. Lo más importante para mí era sentir que estaba en el camino correcto; sin embargo, desde la aparición de don Alberto mi forma de actuar era distinta y generalmente mis decisiones respondían a un impulso, más que a algo racional.

Llamé al ascensor y la espera se me hizo eterna. Mientras pulsaba el botón del ático, el corazón se me aceleró. Nada más llegar a la planta me dirigí a la puerta y, antes de meter la llave, decidí apoyar la oreja como medida de confirmación, para garantizarme que no se oía nada dentro. Sabía que si don Alberto me encontraba allí, mis planes de futuro con él habrían llegado a su fin.

El silencio reinaba en toda la planta y no parecía que hubiera nadie. Metí la llave y apoyé mi peso contra la puerta para intentar que sonara lo menos posible el juego de la llave mientras giraba. A la de tres empujé con delicadeza la puerta, pero no di ni un paso. Me mantuve allí parada observando el interior. Estaba a oscuras, en calma. Respiré hondo y, por última vez, pensé en las consecuencias que podía traerme el atrevimiento de saltarme las normas que don Alberto me había transmitido con tanta autoridad.

Respiré hondo y me la jugué. Antes de que pudiera darme cuenta ya tenía un pie dentro del atelier. Tardé unos segundos en encender la luz del vestíbulo, antes quise confirmar una vez más que no había nadie, y después, con sumo cuidado, pulsé el interruptor.

Seguía muy nerviosa, pero estar allí resultaba tan excitante que ya nada podía detenerme. Cerré la puerta con sumo cuidado y poco a poco comencé a recorrer la estancia. Esta vez en penumbra, bebiendo solo de la luz del vestíbulo y de la claridad que provenía de la propia calle por las ventanas. Temía que desde fuera pudiera llamar la atención si encendía alguna otra lámpara.

Mis pasos tenían respuesta en el suelo, que crujía conforme avanzaba. Me fui adentrando en una de las salas principales y pude reconocer el perfume de don Alberto, que aún estaba allí latente. Cerré los ojos e inspiré su aroma profundamente para poder sentirlo más cerca, y seguí caminando.

Me asomé a una de las ventanas de las salas más próximas a la entrada. Los grandes ventanales a esa altura resaltaban la dimensión del atelier, en pleno centro de la ciudad, que se veía hermosa tan iluminada.

Estaba abstraída, maravillada con poder ser parte de ese sueño que representaba Silk para cualquier mujer, cuando el sonido de una puerta me alarmó. Me di la vuelta instintivamente y el corazón empezó a bombear con la misma fuerza con la que lo hizo mientras entraba. Temí ser descubierta. Me quedé quieta, para comprobar si el ruido provenía de otra planta o incluso de mi imaginación. No percibí ningún nuevo movimiento, pero mi cuerpo seguía en alerta. Cuando fui capaz de recuperar el aliento, sigilosamente deshice el camino andado y regresé al punto de partida, que me permitía tener una visión más amplia de todo el atelier. El crujir de mis pasos dificultaba que pudiera escuchar cualquier otro ruido, así que comencé a caminar de puntillas para amortiguar el sonido que yo misma generaba.

De vuelta en el vestíbulo, me pareció que todo seguía en orden y que quizá ya había asumido demasiados riesgos colándome allí dentro. Me sonreí al verme allí sola. Mi conciencia no me permitía estar tranquila, pero debía relajarme. La ocasión de estar allí sola era única y debía aprovecharla.

Y en ese momento de relajación, volvió a sonar otro golpe y supe que mi expresión se transformó. Ahora sí que no había duda: en el atelier había alguien.

El ruido había sonado al fondo del pasillo. Tenía el corazón encogido, pero no pude contener mi impulso y eché a andar hacia el lugar del que provenía ese último ruido.

El suelo del pasillo seguía crujiendo, así que probé a descalzarme y a partir de ese instante caminé de puntillas con mis zapatos en la mano y a oscuras. Según iba avanzando, empecé a escuchar una respiración profunda que se ahogaba de vez en cuando con algún gemido.

Tenía que marcharme de allí, me podía ver envuelta en un problema grave, pero me sentía atrapada por la enigmática situación. No quería quedarme sin descubrir qué era aquello que estaba escuchando.

Me pareció apreciar una tenue luz en el *showroom* y una música de fondo que contenía una voz cálida de mujer. Un ritmo sensual que embrujaba aún más la atmósfera... Ya en el umbral de aquella puerta comprobé que, aunque estaba entornada, quedaba una pequeña rendija abierta.

De nuevo esa respiración profunda. Estaba a punto de asomarme por aquel pequeño hueco desde el que podría descubrir qué estaba pasando cuando otro suspiro se elevó desesperado.

Ahora escuchaba el jadeo tenue de una mujer; sin embargo, mi posición y la limitada visibilidad no me permitían descubrir ningún detalle. Deseé abrir aquella puerta de par en par, pero me resistí a hacerlo. Únicamente empujé unos milímetros hacia dentro la puerta. Algo casi inapreciable. Buscando un imagen que frenara mi imaginación, y al hacerlo me di de frente con ellos.

Los vi en el reflejo de uno de los espejos. Una de las gasas que colgaba del techo neutralizaba por completo la realidad. Eran dos cuerpos desnudos. La espalda de don Alberto parecía la de una escultura griega y prácticamente cubría la figura de ella. Se movían con ardor al compás de aquella seductora música y la mujer de vez en cuando rogaba que no se detuviera.

Me quedé paralizada. No pude reaccionar. Confiaba en que todo eso fuera una escena ilusoria de mi mente, pero se trataba de algo real. Don Alberto se estaba acostando con aquella mujer. No sabía si se trataba de su pareja, de una clienta, si era algo casual o si ese era uno de los secretos mejor guardados de Silk, por el que todas las mujeres querían volver.

De pronto fui consciente de que los estaba espiando y me sentí violenta, avergonzada, y me retiré hacia atrás. Dediqué unos segundos a recuperar el aliento y olvidarme de lo que acaba de presenciar y después me marché apurada de allí. Intenté salir de forma discreta, pero la imagen había sido tan impactante que no era capaz de mantener el cuidado previo. Lo único que pensaba era en huir lo antes posible. No podía encontrarme allí dentro. Entre todas las fantasías que se me habían ocurrido antes de entrar en el atelier, en ningún momento llegué a valorar la posibilidad de que don Alberto Márquez mantuviera relaciones sexuales con sus clientas.

Salí del portal con tanta prisa que al cruzar la calle un coche casi me lleva por delante. Me detuve para retomar el aliento justo enfrente del edificio. Presa del recuerdo levanté la mirada hacia el ático. Mientras yo estaba allí abajo tratando de reponerme, don Alberto estaba entregado a esa mujer que rogaba sentirle más y más profundamente…

El sonido del zapato en el suelo me devolvió a la realidad. Había hecho todo el trayecto de huida descalza. El otro par estaba en mi mano izquierda. Respiré hondo, recogí del suelo el que se me acababa de resbalar y me calcé.

No fui capaz de coger un taxi, quise caminar y recobrar la serenidad. Nunca en mi vida había visto nada parecido, estaba muy impresionada. La seda que los cubría me había permitido estar allí más tiempo del debido, pero aun así, ser testigo de una relación ajena me descolocó por completo y me despertó a una nueva realidad.

Llegué a casa caminando, no supe el tiempo que me llevó hacer el recorrido porque mi cabeza seguía tratando de digerir la experiencia. Nada más entrar me fui directa a la ducha para desprenderme de aquella visión; sin embargo, al rozar mi propio cuerpo con el jabón, sentí el deseo de tocarme, de acariciarme como si fuera él, de sentir ese mismo placer que ya me había dado.

Comencé a acariciarme con los ojos cerrados, la imagen de su espalda y la respiración profunda de don Alberto aún resonaban en mi cabeza, su entrepierna rozándose conmigo durante la prueba, el recuerdo ardiente de aquel sueño erótico en el que no alcanzaba a verle el rostro, todas esas imágenes se mezclaban en mi mente. Recorrí con mis manos todo mi cuerpo, como si él mismo lo estuviera haciendo y descubriera la juventud de mi piel, rocé con respeto mis zonas más íntimas, pero conforme me tocaba lo deseaba más y más, tal y como manifestaba aquella mujer que estaba con él. Conseguí desinhibirme por completo y soñé que don Alberto estaba allí conmigo, sintiendo sus manos, besando mi cuello y acariciando mis pechos, descubriéndome lugares y sensaciones nuevas que hasta el momento no había experimentado jamás.

## CAPÍTULO 20

En mi segundo día de trabajo estaba aún más nerviosa que el anterior. No sabía cómo enfrentarme a don Alberto después de colarme allí la noche previa. Estaba segura de que no podría mantener su mirada sin que se notara que algo estaba ocultando. Además, cabía la posibilidad de que con mi salida a la carrera hubiera sentido mi presencia y hoy me estuviera esperando para comunicarme mi despedido. Había sido muy claro en sus límites y explicaciones, nadie más que él y ella podrían estar en el atelier durante la sesión. Así que incumpliendo las normas en las primeras veinticuatro horas, asumí que mi puesto volvía a estar en peligro.

Comencé la jornada subiendo las flores frescas tal y como me había ordenado, así como el champán francés que me dejó anotado sobre mi mesa el día anterior. Lo adquirí en una tienda de productos selectos que él mismo me había sugerido. Estaba situada muy cerca del atelier y de la tienda de flores. Por lo que puede entrever, conocían bien al señor Márquez, pues en cuento lo nombré se volcaron de modo especial en el pedido. No se trataba de un cliente cualquiera.

Cuando estaba introduciendo mi llave, justo a las tres en punto, mi hora de entrada, la puerta se abrió desde el interior sin darme ocasión de girarla.

—Buenas tardes, señorita Lavigne —me saludó don Alberto.

Me quedé paralizada con la llave en la mano. Cogió la botella de champán, se giró y se marchó a su despacho. Desde el pasillo pude ver cómo cerraba la puerta y respiré aliviada. El encuentro había sido breve, pero no sentí en su tono nada recriminatorio ni molesto, tampoco me pareció que me hubiera evitado, simplemente se fue, como otras veces.

Sobre mi mesa descubrí que había una serie de tareas que me había asignado para ese nuevo día y las seguí de forma estricta para no provocar ninguna tensión nueva.

Tal y como tenía previsto, empecé con la llamada al almacén. Lei no se encontraba disponible en ese momento, así que le dejé la nota de lo que precisábamos a una de las chicas que habitualmente atendían los arreglos florales. Me confirmó que le haría llegar la solicitud y que si hubiera cualquier problema, se pondría en contacto conmigo. Le expliqué que yo no contestaría ninguna llamada telefónica y con una risita muda me indicó que ya encontraría ella otra vía para comunicarse.

Colgué el teléfono y me quedé un rato mirándolo. Parecía que en aquel universo todo el mundo manejara más información que yo... La reacción de la joven me hizo pensar que ella ya conocía las razones por las que no debía contestar al teléfono y yo, sin embargo, salvo por esa idea de evitar que alguien supiera que estaba trabajando ahí, desconocía el motivo. No creí conveniente provocar ninguna polémica precisamente ese día y seguí con mis tareas, ocupándome de que todo saliera según lo previsto.

A continuación me dediqué a las solicitudes que el propio don Alberto me había dejado preparadas sobre la mesa. Estaban colocadas en el orden en que quería recibir a las clientas, debía consignarlas en su agenda y enviarles a ellas la confirmación firmada por correo. Realizando estas gestiones relacionadas con sus citas, volvieron a mí las preguntas que habían rondado mi cabeza durante toda la noche: la mujer con la que había sorprendido a don Alberto ¿era una clienta o su pareja?, ¿lo que vieron mis ojos ocurría cada noche?, ¿por qué utilizaría un hombre tan apuesto y atractivo su propio negocio para algo así?...

No tenía respuestas, pero trataría de profundizar en algunas de ellas y quizá consiguiera acercarme a la verdad a través de su agenda. Desde ayer estaba en mi poder y tal vez en sus páginas encontrase alguna pista que saciara mi interés. La abrí ansiosa por descubrir qué información podría contener que me sugiriese alguna clave, pero mi ansia pronto se transformó en decepción. La agenda que don Alberto me había confiado no contenía información del pasado. No había manera de saber quién era la mujer de la noche anterior. Me fue imposible encontrar ninguna ficha con información sobre su perfil; sin embargo, tratando de recordar la jornada previa, juraría que el señor Márquez había hablado en todo momento de una sesión…, él prepararía el ritual para la clienta…, eso me pareció entender… Por tanto, esa mujer era una clienta. Si había llegado otra después de ella o si había recibido a alguien que ya formaba parte de su vida no era algo que pudiera adivinar, pero seguiría indagando hasta sentirme en paz.

Me puse a tomar nota de las clientas que aparecían en las solicitudes que el señor Márquez había dejado sobre mi mesa y transcribí toda la información en la agenda de seguimiento. Todas ellas contenían información personal como su estado civil o la actividad de sus maridos; si se trataba de empresarios, diplomáticos, un bróker o un comerciante. También se informaba de la ocasión para la que se solicitaba el modelo: una fiesta, ceremonia, entrega de premios, cualquier detalle que a don Alberto le pudiera inspirar a la hora de concebir los modelos.

Cuando terminé con las solicitudes, me puse de pie para empezar con los preparativos de esa noche y nada más salir al pasillo, no puede evitar un breve recuerdo de mi caminar sigiloso. Me encaminé al *showroom* y, con el ánimo de borrar cualquier imagen que pudiera tener grabada en mi cabeza de la noche anterior, descorrí las grandes cortinas y la estancia se llenó de luz transformándose nuevamente en un lugar distinto.

Alguien se había encargado de limpiarlo con mimo. Estaba impecable, el aire era fresco y limpio. Me fijé en los grandes ventanales y detecté que uno de ellos se encontraba aún entreabierto, así que me acerqué a cerrarlo. Coloqué las flores que llevaba entre mis manos en una de las mesas de apoyo y acudí a la agenda de citas para comprobar el nombre de su visita esa noche: «Nicole Fürst».

Era la mujer de un embajador. Don Alberto le estaba confeccionando un vestido para un evento en la EXPO que esos días se estaba celebrando en Nueva York. Ya había sido citada para dos pruebas previas, por lo que esa tercera sería la última y se celebraría en el *showroom*. En ella se probaría el vestido terminado y se marcaría cualquier pequeño ajuste que precisara, para que en cuestión de veinticuatro horas lo tuviera en su vivienda. Si el vestido, por el contrario, se considerase listo, esa misma noche se lo podría llevar.

Salí del *showroom* y me acerqué a buscarlo a la sala contigua, donde el señor Márquez me había enseñado que cada mañana dejaban los modelos provenientes del taller que ya estuvieran listos para su entrega. Estaba cubierto por una fina tela blanca, enganchada con algunos alfileres. No lo descubrí. Lo sostuve entre mis manos con cuidado, para evitar que en el traslado de un lugar a otro se pudiera arrugar.

Cuando volví al *showroom* lo colgué en la percha decorativa más alta y una vez que lo sentí bien sujeto en el aire, fui retirando con delicadeza la tela blanca que lo cubría.

Era espectacular. El tejido con el que había sido confeccionado resultaba exquisito, posiblemente fuera una de las sedas provenientes de China. Era de color vainilla. Llevaba un corte en la cintura y toda la parte superior estaba bordada a mano, dibujando flores de colores pastel que incluían algún pequeño cristal que le proporcionaba algo de brillo. No tenía mangas, así que venía acompañado por unos guantes del mismo tono que completaban el modelo. Una vez estuvo al descubierto, lo retiré de la percha y lo coloqué con sumo cuidado en el busto forrado en el que don Alberto quería que se presentaran los modelos a sus clientas. Ahí debía encontrárselo la señora Fürst a su llegada esa noche.

Lucía maravilloso tan solo allí prendido. Redireccioné las luces, siguiendo las instrucciones que me había dado, y el vestido cobró otra dimensión.

Acudí de nuevo a la ficha y entonces me dirigí al vestidor para escoger el calzado adecuado que venía indicado, así como las medias y la lencería. Reorienté los espejos a la zona de cambio, comprobé que el tocador y el butacón estuvieran en perfecto estado y, al extender las caídas de gasa que colgaban del techo y le daban esa atmósfera tan especial al *showroom,* me vi reflejada en uno de los espejos con el vestido de aquella mujer de fondo y deseé ser ella.

Nunca había acudido a una fiesta de ese tipo, pero podía imaginarme los deliciosos bocados y los finos y espumosos vinos que servirían durante la cena. Me pregunté si su expresión sería dulce y cercana, o distante… Tenía mucha información sobre aquella mujer, pero no una imagen que me permitiera proyectar su personalidad en aquel vestido. Estaba trabajando para que todo le resultara perfecto en la velada de la EXPO y pudiera brillar como ninguna, pero ahora mismo lo que más me interesaba no era disfrutar de aquellos lujos, sino que deseaba ser ella para poder descubrir qué le deparaba esa noche en el atelier junto a don Alberto Márquez.

Se acercaba la hora de irme y empecé a sentir un hormigueo por dentro. No había vuelto a ver a don Alberto en toda la tarde, llevaba encerrado en aquel despacho la jornada entera y no sabía si debía despedirme o si debía respetar su retiro.

Temí que algo se me hubiera pasado o que simplemente no estuviera tal y como él esperaba. Sería fantástico poder hacer un último repaso juntos para confirmar que cada detalle estuviera bien dispuesto, pero a falta de su presencia lo hice yo sola. Revisé el vestido, la iluminación, la cubeta con los hielos, las flores, el calzado, la lencería, las medias y los complementos; según mis anotaciones, no faltaba nada. Me di un último paseo por la estancia y me dispuse a cerrar el vestidor. Mientras movía aquel panel tapizado se me ocurrió dar el primer paso en colaborar con su creación.

Don Alberto me había invitado a proponer tejidos del taller que complementaran sus solicitudes siempre que fuera a iniciar la confección de un nuevo modelo, y viendo aquel vestido junto a sus guantes, ya terminado, se me ocurrió que estaría bien acompañarlo de una pequeña estola de piel. Así ganaría en volumen y sofisticación.

Volví a abrir el vestidor y busqué una que fuera muy ancha y oscura para que contrastara con el tono vainilla. Cuando había estado seleccionando las medias y la lencería, había descubierto una segunda puerta dentro del vestidor en la que se encontraban un montón de pieles organizadas por colores, tamaños y pelajes.

Cuando encontré lo que buscaba, la coloqué al lado del vestido, la valoré a distancia y me reafirmé en la decisión. Quizá de ese modo conseguiría una forma de comunicación con él en el atelier.

Faltaban cinco minutos para que dieran las diez, así que me puse en marcha. Recogí mis cosas y cuando estaba ya en el umbral de la puerta, comprobé que don Alberto no acudía a despedirme y me marché.

# CAPÍTULO 21

Salí en dirección a casa satisfecha y decidida, pero en cuanto abrí el portal vi que un coche oscuro de alta gama estacionaba a tan solo unos metros de mí. Un chófer se apeó y se dirigió a la puerta trasera. Una mujer de unos cuarenta años, elegantemente vestida y peinada, salió del vehículo y se apoyó en la mano que el conductor le tendía amablemente para ayudarla. La mujer le dio las gracias y le sonrió. El chófer cerró su puerta y ella, sin darse la vuelta, caminó con decisión hacia el portal del que yo acababa de salir. Pulsó un timbre y la puerta se abrió. La mujer entró desenvuelta, cerró con delicadeza el portal, evitando el golpe que solía dar al cerrarse, y desapareció.

Intenté disimular mi interés de modo que no resultara llamativo mi comportamiento, pero estaba segura de que esa mujer que acababa de bajar de ese elegante coche era la clienta que don Alberto Márquez estaba esperando.

El conductor se volvió a subir al vehículo y recorrió un par de metros para estacionarlo debidamente. Yo aún me ocultaba en el exterior del portal contiguo al atelier y me quedé observando cada movimiento de aquel hombre, como si pudiera darme la clave que me confirmara que ella era Nicole Fürst. Apagó los faros y le perdí por completo de vista. El interior del vehículo se quedó totalmente oscuro y el hombre sentado al volante, como si se fuera a quedar allí esperando a la mujer que acababa de dejar.

A la distancia prudente que mantuve cuando los vi llegar, no pude apreciar con detalle sus rasgos, pero el comportamiento tan amable que había tenido con el chófer que la acompañaba, me hizo abandonar la idea de que se trataba de alguien displicente.

Caminé unos metros hacia arriba con la intención de alejarme de allí y seguir con mis planes de marcharme a casa; sin embargo, cada tres pasos giraba con disimulo la cabeza para comprobar que el coche continuaba allí parado. Sabía que no debía volver, pero conforme me alejaba, el corazón me latía cada vez con más fuerza, como si él ya supiera lo que estaba a punto de hacer.

Me detuve y valoré la posibilidad de volver. Evité pensar en las consecuencias. Cerré los ojos, olvidé los límites y me di la vuelta decidida. Volvería al atelier.

Cualquier duda o movimiento confuso podía poner en alerta al chófer, así que simulé haberme olvidado algo y recorrí de nuevo toda la calle hasta llegar al portal. A pesar de los nervios que me consumían por dentro, busqué la llave dentro de mi bolsillo y la introduje con rapidez en la cerradura para evitar que el temblor de mis manos me delatara.

Cuando me quise dar cuenta, ya estaba subida al ascensor en dirección al ático, dispuesta a descubrir qué es lo que pasaba allí dentro cuando la sesión comenzaba con una clienta de verdad. Sin lugar a dudas. Sin tener que suponer quién era ella, como había sucedido la noche anterior.

Ya delante de la puerta, respiré hondo para infundirme valor. Estaba allí debatiéndome entre la razón y el deseo cuando sentí que el ascensor se ponía en marcha. Me escondí apurada en las escaleras. Subí un par de peldaños e intenté ocultarme. No era capaz de controlar mi respiración. El ascensor se detuvo una planta más abajo y suspiré aliviada. Sabía que debía marcharme de allí, pero el recuerdo de la imagen de la noche anterior y el elegante porte de aquella mujer madura me tenían atrapada. Quería desvelar el enigma sobre las noches secretas en el atelier.

Abrí la puerta con sumo cuidado y todo parecía estar en silencio. El pasillo y las estancias previas también estaban a oscuras, igual que la víspera. Me quedé quieta y traté de aguzar el oído para detectar algún sonido similar a los gemidos que aún resonaban en mi memoria..., pero nada. Sabía que sería improbable encontrarlos en las mismas circunstancias, apenas habían pasado unos minutos desde su llegada, pero mi obsesión disparaba mi imaginación.

Me quedé allí clavada. Inmóvil durante un par de

minutos, y entonces percibí que una suave música comenzaba a sonar al fondo del taller. Aún no sabía si don Alberto estaba o no acompañado, pero comencé a caminar con sigilo hacia el *showroom.*

Recorrí el pasillo como si flotara, apenas cargaba el peso en las puntas de mis pies, y pronto llegué hasta la puerta. De nuevo la encontré mínimamente abierta. Una rendija pequeña permitía observar el interior; sin embargo, el campo de visión era tan reducido que solamente podía ver el butacón junto al tocador donde había dejado la bata preparada. Comprobé que no estaba allí, por lo que imaginé que ya la llevaría puesta. Intenté recolocarme para tener algo más de visibilidad y pronto despejé la duda principal de aquella nueva sesión: la mujer que había descendido del elegante vehículo era Nicole Fürst, la mujer del embajador, a la que don Alberto estaba esperando.

El abrigo de color camel que la mujer llevaba puesto cuando salió del coche estaba en uno de los colgadores junto al butacón. Además, pude distinguir junto a él un par de zapatos oscuros, un vestido de color avellana y unas delicadas medias de mujer. Todo estaba escrupulosamente ordenado, salvo las medias, que se encontraban en el suelo arrugadas como un pañuelo de seda, posiblemente se hubiesen deslizado.

Aquella mujer estaba allí dentro desposeída de toda su ropa, pero yo no alcanzaba a verlos todavía, así que arriesgué un poco más y le di un sutil empujón a la puerta para que me permitiera vislumbrar algo más allá del tocador y ver en qué tesitura se encontraban.

La música envolvía la estancia con una fuerte carga erótica y sensual. Me atreví a desplazar otro poco la puerta, estaba asumiendo demasiados riesgos, pero me sentía tan cerca de conseguir verlos que no quise esperar y volví a asomarme. Por fin lo logré.

Parecía que la sesión acababa de comenzar hacía unos minutos escasos, posiblemente a la vez que el disco se puso a girar. La mujer estaba sentada en un taburete alto que yo no había visto antes. Estaba tapizado en un tono oscuro y desde el lugar en el que me encontraba diría que se trataba de una tela adamascada. Mantenía ese porte impecable y elegante que percibí cuando se bajó del coche. Llevaba puesta la bata negra de corte oriental y el pelo de color rojizo caía ondulado sobre sus hombros. No era una mujer muy guapa, pero si tremendamente atractiva.

Pronto me fijé en la postura en la que se encontraba sentada. Uno de sus pies descansaba en un punto de apoyo que tenía el propio taburete y su larga pierna quedaba cubierta por la bata negra que llevaba, mientras la otra se erigía esbelta hacia don Alberto, que se encontraba agachado, con una rodilla en el suelo. Al principio no supe identificar qué es lo que hacía él agachado; sin embargo, sus movimientos pronto delataron que estaba colocándole las medias de cristal que yo misma le había dejado preparadas.

Unas medias mucho más finas y sugerentes que las que yacían en el suelo al lado del abrigo.

En todos sus movimientos había algo ceremonioso y seductor. La miraba constantemente a los ojos y las yemas de sus dedos recorrían con suavidad las tersas piernas de aquella mujer.

No se dirigían la palabra. Ella se dejaba hacer. Toda su atención se concentraba en él, no en el vestido que aún seguía colocado en el busto perfectamente iluminado. Cuando tuvo las medias colocadas, don Alberto se levantó y caminó concentrado hasta el lugar en el que yo había dispuesto los zapatos elegidos. Juraría que aquella mujer le mirada el trasero mientras él se alejaba. Los cogió entre sus manos y se dio la vuelta. Llegó hasta ella, se agachó de nuevo y le colocó cada uno de los zapatos de tacón.

La mujer seguía sentada a la espera de nuevas instrucciones. Él se puso de pie y se acercó a ella, quien inmediatamente colocó sus manos en su vigoroso pecho. Llevaba las uñas pintadas y eso la hacía más provocativa. Don Alberto, sin embargo, retiró con delicadeza las manos de ella y en su rostro se dibujó una media sonrisa seductora y perversa. Aquella mujer trataba en todo momento de provocar una reacción en él, pero por algún motivo don Alberto seguía a lo suyo y evitaba caer en su tentación.

Finalmente sujetó a Nicole por la cintura y la alzó para que se incorporase. Ella seguía clavando su mirada en los oscuros ojos de él, y cuando estuvieron cara a cara, se produjo un momento tenso entre ambos por la excesiva proximidad y el descaro que ella seguía manteniendo.

Estaba tan absorta mirando la escena, intentado analizar el lenguaje de aquella mujer, que no fui consciente del espacio que poco a poco fui ganando en el umbral de la puerta y que me dejaba prácticamente al descubierto. Al principio conseguía verlo todo a través del reflejo de dos de los espejos ubicados en mitad de la sala, pero ahora que se habían puesto de pie y que don Alberto la guiaba hacia el busto en el que se encontraba el traje, volví a perder la visibilidad de la escena y me tenía que mover de nuevo.

Esperé un poco antes de asomarme. No sabía cómo estaban colocados y si lo hacía de manera repentina quizá me encontrara con alguno de los dos de frente. La música seguía sonando y los tacones de ella me daban la referencia de su posición y sus movimientos, mientras yo seguía oculta.

Me pareció escuchar que la cremallera del vestido se abría hasta el final y poco después se cerraba de nuevo. Sus tacones volvieron a sonar y entonces desde mi posición pude verlos otra vez. La mujer volvía a situarse frente al espejo, ahora con el vestido puesto. Estaba elegantísima, el bordado y los cristales de la pechera le propiciaban diminutos brillos que hacían aún más imponente el vestido. Se colocó los guantes de un modo muy seductor, sin quitarle los ojos de encima a don Alberto. Me asombraba que una mujer tan elegante pudiese tener ese descaro. Él, sin embargo, no se incomodaba, seguía concentrado en sus labores y miraba con distancia el modelo, abstraído por completo de las señales que ella le hacía. Corregía la caída de la tela y encajaba en su sitio el vestido para confirmar que le quedaba impecable. Estaba lista. No cabía duda de que sería el centro de atención de aquella velada.

Don Alberto se percató entonces de la estola que yo había dejado preparada.

Ahora que la veía ya vestida dudé si no resultaría demasiado recargada para el modelo. Don Alberto, sin embargo, enseguida lo vio claro. Sujetó la pieza con las dos manos y la colocó sobre uno de sus hombros, en vez de en el cuello como yo había imaginado. Estaba hermosísima, elegante y sofisticada. Él asintió con la cabeza mientras la observaba y entonces sonreí satisfecha por haber podido sumar algo a su trabajo.

Estaba recreándome en mi aportación cuando la pasión se desató de forma desenfrenada. No supe por qué en ese preciso instante, qué es lo que había ocurrido, pero don Alberto, que hasta el momento se había mostrado distante, se colocó detrás de ella y la atrajo con fuerza contra su cuerpo. La olió, comenzó a morderla, a besarla y rozar su cuello de un modo salvaje. Ella sonrió.

Me asusté por su cambio de comportamiento y de forma instintiva di un paso atrás. Su manera de oler y recorrer el cuerpo de aquella mujer, que ya estaba en ropa interior en cuestión de segundos, respondía a una conducta animal. Ella se dejaba mover y hacer a su antojo, llevaba esperando que sucediera eso desde el primer momento. Aquella tensión y esa mirada firme que había derramado sobre la figura de él en los preliminares ahora ya no estaba. Su expresión no buscaba que sucediera nada más que lo que ya estaba ocurriendo.

Con un giro brusco, don Alberto se colocó frente a ella, que hacía pequeñas aproximaciones a su rostro tratando de provocar otra reacción algo agresiva de su parte. Se veía que era una mujer experimentada. Dominaba perfectamente los códigos de provocación a un hombre. Me sentí inocente y vulnerable. Mi nula experiencia me alejaba infinitamente de aquellos juegos sexuales que ambos dominaban a la perfección. Se dejaron llevar de un lugar a otro y poco a poco ella también le fue desnudando a él.

Esta vez no se interponía entre nosotros ninguna gasa prendida del techo, así que pude ver con detalle la poderosa espalda de don Alberto. Seguían tocándose y desnudándose con ardiente pasión y soltura. Ella acercó sus manos al botón de su pantalón, lo abrió con maestría y la cremallera sonó como si se rasgara. Ese sonido erizó todo el vello de mi cuerpo, como si fuera yo misma la que se encontraba frente a él. Don Alberto dejó caer los pantalones al suelo sin inmutarse y, sintiéndose ligero, sin más ropa que la interior, cogió a aquella mujer y la elevó como una pluma hasta que su rostro se enfrentó al pecho erguido de ella. Nicole llevaba aún la combinación de seda y encaje que incluía el modelo, así como las ligas y las medias. Pero ya se había desprendido de la lencería más íntima.

La mujer cruzó sus piernas tras rodear la cintura de él y se desplazaron enlazados a una zona más oscura mientras se mordían la boca de manera ardiente. Él se comportaba con cierta ferocidad, como si estuviera dando rienda suelta a sus instintos más salvajes. No veía en su expresión nada dulce, ni un cuidado romántico de la escena. Era como si tratara de complacer una necesidad física que de pronto había emanado de él.

No tenía acceso visual a aquel rincón en el que se habían acomodado. Pero comencé a escuchar los gemidos ahogados de satisfacción que la mujer liberaba de forma acompasada. Intenté contenerme y quedarme allí quieta, pero conforme ella fue elevando el volumen, no pude reprimirme y me asomé de forma descarada. En mí también se había despertado un nuevo instinto. Un deseo incontrolable que me empujaba a participar, aunque fuera como mera espectadora.

Cuando di aquel paso al frente y los vi, me quedé impactada: don Alberto estaba de pie de espaldas a mí, totalmente desnudo y sostenía a aquella mujer en el aire sin más apoyo que su propio cuerpo. Las largas piernas de Nicole seguían envolviendo su cintura y la fuerza que imprimía don Alberto en cada movimiento potenciaba la silueta de su figura masculina. Su cuerpo se mostraba terso, firme, recio.

Sus brazos, su espalda y sus glúteos se contraían una y otra vez, dibujando en la penumbra un cuerpo escultural. Era capaz de seguir moviendo a esa mujer como si no le pesara. Ella mantenía la cabeza echada hacia atrás y sus ojos permanecían cerrados. Don Alberto recorría con su lengua el cuello que ella dejaba expuesto y ella de vez en cuando humedecía sus labios con su propia saliva, como si se estuviera deshidratando.

Por un momento fui consciente de que si cualquiera de ellos giraba la cabeza, me descubriría. Di un paso atrás y me escondí otra vez detrás de la puerta.

Estaba sudando. Entre mis pechos sentí deslizarse una gota de agua. Había recorrido todo mi escote y ahora descendía hacia mi ombligo. Parecía que yo misma fuera la protagonista de esa tórrida escena. Mis pechos estaban duros y mi vientre mantenía una tensión inusual. Los jadeos y la música seguían sonando. Cerré los ojos y, como un fogonazo, apareció frente a mí la impactante imagen de don Alberto desnudo; los abrí de nuevo. Ella no cesaba de rogar que continuase, pedía más y más... Aquellas palabras me turbaban, mi conciencia empezó a perder contacto con la realidad, no sabía cómo manejar la situación, pero yo quería sentir aquel placer. Deseaba entrar y ocupar el lugar de aquella mujer que gemía desesperada.

Un movimiento previo a un grito profundo de Nicole me asustó y logró que recordara dónde estaba. No sabía si se trataba de violencia o de placer. Sin pensarlo volví a dar un paso al frente, abrí algo más la puerta y me encontré con la escena frente a mí.

Aquella imagen me impresionó más que ninguna. Por mi posición, podía ver perfectamente el perfil de sus cuerpos y la ruda escena sexual con todo su recorrido… Don Alberto poseyendo a esa mujer de forma salvaje, haciéndola gemir como si de un animal se tratara. Haciéndola sufrir por aquella profunda penetración, que al mismo tiempo tanto placer le proporcionaba, hasta hacerle rogar que no se detuviera. Entonces, él me descubrió observándolos…

No pude reaccionar. Me quedé allí parada. Impresionada por la crudeza de la escena. La mujer se encontraba tumbada boca abajo, atada de manos con la gasa que con tanto mimo yo misma había dejado colocada para la sesión y él estaba situado justo detrás y la dominaba ferozmente.

Me vio allí quieta. Era incapaz de salir de mi asombro. Estaba asustada e impactada. Él, sin embargo, no se detuvo. Continuó moviéndose si cabe con más energía y descaro, y ante tal provocación, di dos pasos temerosos hacia atrás y salí corriendo de aquel lugar. Ya no me preocupaba hacer ruido en el atelier. Había sido descubierta por él.

Corrí tanto como pude. No esperé a que llegara el ascensor, descendí las escaleras del edificio de tres en tres hasta llegar al portal y me dirigí con la misma urgencia hacia la puerta. La abrí bruscamente. Me faltaba el aire. Quería sentir el fresco de la noche. No reparé en la posición del coche que esperaba a la esposa del embajador, solo podía pensar en mí y en la expresión de don Alberto mirándome a los ojos mientras sometía a aquella mujer.

# CAPÍTULO 22

Recorrí parte de la ciudad sin ningún rumbo concreto. Solo necesitaba alejarme de las imágenes que acaba de registrar por primera vez en mi vida. Seguía caminando con apuro como si huyera de alguien y cuando me detuve, me encontré frente a la tienda de flores que ocultaba en su interior el almacén de Silk.

Me descubrí allí, a esas horas de la noche, reflejada en el cristal del escaparate con la respiración aún agitada. Traté de encontrarme conmigo misma, pero no pude reconocer ni mi propia mirada. Estaba acalorada y agotada, como si yo misma hubiera sido la protagonista de aquel encuentro sexual. No podía borrar de mi mente la mirada intensa de don Alberto, que casi sin pestañear seguía clavada en mí mientras se introducía una y otra vez en aquella mujer que mantenía sus manos atadas y boca abajo.

Mientras buscaba en mis propios ojos reflejados esa última imagen, como si se hubiera grabado en ellos y concentrado en mis pupilas, la luz del interior se encendió de forma repentina y di un pequeño respingo. En el cristal ya no encontraba mi mirada, sino los ojos de otra persona..., los ojos de Lei.

La dulce maestra estaba situaba al otro lado del escaparate. Su expresión contenía la misma confusión que la mía, pero, como siempre, ella parecía serena. Se quedó unos segundos sin hacer ni decir nada. Yo no alcanzaba más que a respirar y a recobrar el aliento.

La presencia de Lei me dio paz, sentí que ella podía imaginarse de qué estaba huyendo. Aún no sabía todos los secretos que escondía el atelier, pero estaba segura de que ella sí estaba al tanto de las prácticas de don Alberto con sus clientas. La escena de hoy me confirmaba que la del día anterior no había sido circunstancial.

Se acercó a la puerta sin apuro y la abrió. No me llamó ni hizo ningún gesto para invitarme a pasar, pero yo así lo entendí y accedí a la tienda. Estaba en silencio, me pareció oír el temblor de la llama de una vela a mi izquierda. Giré la mirada hacia el lugar de donde provenía ese tímido sonido y descubrí que en el suelo había una pequeña alfombra y, frente a ella, una mínima pero hermosa ofrenda floral. Posiblemente Lei estuviera orando a esas horas de la noche.

Volví a mirarla y sentí que esperaba alguna explicación por mi parte. Yo, sin embargo, no sabía por dónde empezar. Hice el intento de hablar, pero no me salían las palabras. Me acerqué a ella y la abracé muy fuerte, esperando que me correspondiera, y cuando sentí su protección rompí a llorar. No me hizo ninguna pregunta, solamente me acompañó con su silencio y me transmitió la paz que residía en ella. Así, poco a poco, me fui serenando.

Cuando estuve algo más tranquila me llevó hasta el lugar en el que ella se encontraba antes de mi llegada. Me ofreció un cojín para que pudiera sentarme a su lado y ella se colocó de rodillas sentada sobre sus propios pies, con la espalda bien erguida. Al lado de la ofrenda floral había una bandeja que aún conservaba una pequeña tetera ornamentada con agua caliente. Podía apreciarlo por el humo que se desprendía de ella. La cogió con sumo cuidado y me ofreció una pequeña taza de porcelana. La sujeté con las dos manos y me sirvió algo parecido a un té especiado. Bebí a pequeños tragos mientras esperaba que se fuera enfriando. El calor de la taza en mis manos, así como el que ella misma me ofrecía, me otorgaron la calma que precisaba.

—Gracias —dije.

Ella siguió sin hablar.

—Aún no sé cómo he llegado hasta aquí.

Respeté su largo silencio.

—Has descubierto algo que no esperabas… Es eso, ¿verdad?

¿Por qué sabía esa anciana en qué lugar me encontraba yo en cada momento?, ¿cómo podía anticiparse siempre a lo que estaba por venir? Me quedé en silencio sin confirmar su sospecha; sin embargo, ella lo dio por hecho.

—No esperaba que fuera tan pronto —advirtió sin alarmarse.

Bajé la mirada avergonzada. En su declaración estaba reconociendo la falta de confianza en mí. Daba por supuesto que en algún momento quebrantaría las reglas que me habían impuesto y puntualizaba que sucedía antes de lo que ella misma había previsto... Por lo que entendía, la decepción para Lei resultaba doble.

Tuve ganas de rebelarme, me dolía que pensara eso de mí, pero sería tan débil mi defensa... Al fin y al cabo, así había sido. Había traspasado la frontera de los límites en mi primera semana de trabajo en el atelier, así que evité justificarme y traté de encontrarle una explicación a lo que acababa de presenciar.

—Se comportaba como... como... Su mirada... No era él —traté de explicarme.

Lei asintió con la cabeza.

—Lo que queda de otra vida —afirmó mientras continuaba asintiendo—. Claro que era él.

Entonces me pregunté cuál sería la relación que los habría unido en aquel viaje a Oriente... Ella era una mujer mucho mayor que él, pero cargada de sabiduría, y por lo que había podido comprobar esa noche, la experiencia de la mujer aportaba mucho valor al encuentro sexual.

No me atreví a preguntar, pero estaba segura de que Lei era capaz de leer hasta mi propio pensamiento.

—Don Alberto es un hombre con el alma herida. No debes agarrarte a él, o te llevará a ese mismo lugar oscuro en el que su corazón reside —dijo.

Esas palabras me confirmaban que Lei sabía perfectamente de lo que hablaba. Es posible que alguien muy cercano a ella hubiera sufrido por él antes…, pero no me atreví a preguntar. Me mantuve en silencio, atenta, tratando de interpretar cualquier movimiento o gesto suyo.

—Adele, llegaste aquí con una mirada inocente y ansiosa, y es esa mirada la que te permitirá llegar lejos. No dejes que esa ansia se transforme ahora en deseo, o te quedarás fuera…

—Me descubrió espiándolos —confesé.

La cara dulce de Lei se transformó. Cerró los ojos, como si una maldición hubiera caído sobre nosotras. Permaneció en silencio con los ojos cerrados un buen rato, después respiró hondo y los abrió de nuevo.

—En ese caso debes estar preparada para afrontar su reacción. ¿Lo amas? —preguntó sin tapujos.

—Nooo —negué convencida—. Apenas lo conozco.

Lei negó con la cabeza. Esa mujer podía leerme por dentro.

—Debes escoger el camino, Adele. No solo hay uno, y cualquiera que elijas tendrá siempre unas consecuencias. Solo tú sabes qué te ha empujado hoy a quedarte en el atelier, y solo tú sabes si haciéndolo has conseguido calmar tu sed o si ahora has provocado una sed mayor.

# CAPÍTULO 23

Llegué tarde a casa, sin dejar de pensar en las palabras de Lei. Estaba más serena. Me sentía en paz, la agitación con la que había salido del atelier se había borrado para dejar espacio a una sensación de soledad.

Colgué mi abrigo y me dirigí al dormitorio. Me senté pensativa sobre la cama y después de unos minutos abstraída recordé que en algún lugar debía estar el amuleto que Lei me había dado para protegerme. Revolví la cómoda y algunos cajones en los que guardaba pequeñas piezas de bisutería, pero no lo encontré. Después fui al cajón de la ropa interior, donde escondía una pequeña cajita con las pocas joyas que tenía de valor, pero allí solo encontré las bolitas de oro que mi abuela me había regalado y un relicario antiguo en el que aún conservaba las fotos de mis padres. Me esforcé por recordar qué había sido del misterioso colgante y en ese ejercicio de concentración sentí que algo brillaba en suelo.

Me acerqué despacio a aquel brillo, atraída por la llamada de su estela parpadeante, y al estar lo bastante cerca, descubrí que el amuleto estaba tirado en aquel rincón. En el mismo lugar exacto en el que aterrizó cuando lo lancé después del extraño sueño que había tenido con don Alberto. Me agaché y lo recogí del suelo. Me situé frente al espejo del dormitorio y me lo colgué al cuello con solemnidad.

Aquel extraño ser me miraba y me daba paz al mismo tiempo. Lo envolví en mi puño y con aquel gesto recordé las palabras de Lei. Quedarme en el atelier había despertado mi sed más allá de lo que hubiera imaginado. Don Alberto ya no era para mí un desconocido. Sí un ser enigmático, tanto como el amuleto que ahora sostenía entre mis manos. Quería seguir explorando qué más cosas debería aprender a su lado y si él no me despedía no sería yo la que huyera de Silk.

No era un camino predecible el que me esperaba a su lado, pero estaba dispuesta a ir tan lejos como él me lo permitiera…

## CAPÍTULO 24

Esa noche conseguí dormirme pronto y descansar. Sin embargo, por la mañana me desperté con los primeros rayos del sol. No había bajado por completo la persiana de mi dormitorio y los primeros haces de luz se colaron proyectando sobre mi cama un abanico de claridad. Parpadeé hasta conseguir acostumbrar mis ojos a la luz del día. La primera imagen que me vino a la cabeza fue la de ellos yaciendo en el *showroom*... No había soñado con ello, pero resultaba evidente que no podría olvidarlo fácilmente. No solo me había resultado fuerte la escena, sino que el perfil de sus cuerpos me había permitido descubrir la figura completa de don Alberto y su poderosa erección.

Volví a sentir un nudo en el estómago y buscando de nuevo protección acaricié el amuleto de Lei, esperando encontrar el mismo estado de paz que había logrado alcanzar el día anterior.

Desayuné, recogí la casa, miré el reloj y descubrí que ya eran las doce del mediodía. No tenía grandes planes para esa jornada, pero habiendo amanecido antes de lo esperado, pensé en Thomas y en que quizá esa mañana estuviese de libranza.

Llamé a la empresa de mensajería para asegurarme si estaba trabajando, en su casa no tenía línea de teléfono, y el compañero de la oficina que me atendió me confirmó que ese día Thomas no entraría a trabajar hasta la cinco de la tarde, para organizar las entregas de la mañana siguiente. Cogí mis cosas y me marché sin darle más vueltas.

Salí del portal y me dirigí a la parada de autobuses que me llevaría hasta su casa; si tenía suerte, lo encontraría descansando aún, y si la noche anterior no se había acercado al bar de Bobby, en ese caso seguramente estaría leyendo una de esas revistas de coches que tanto le gustaban en la hamburguesería de enfrente. Allí solía echar las mañanas de libranza.

Llegué hasta el portal de Thomas después de un largo recorrido por la ciudad. No fui consciente de lo lejos que vivíamos el uno del otro hasta ese momento. Cierto era que habitualmente él era quien venía a buscarme y yo en pocas ocasiones había hecho ese recorrido, mucho menos sola. Llamé al timbre pulsando el botón prolongadamente, como si con ello él pudiera reconocer que era yo la que estaba abajo. La espera se me hizo eterna, no dejaba de moverme de un lado a otro, y cuando estaba a punto de pulsar el botón de nuevo, un sonido eléctrico me indicó que se abría el portal. Thomas estaba en casa. Me sonreí y empujé la pesada puerta con todas mis fuerzas. Era un portal antiguo situado en un barrio tranquilo y sencillo. El edificio no tenía ascensor, así que subí dos pisos andando, pero apenas me resentí del esfuerzo, eran tantas las ganas de llegar... Cuando estuve en el segundo comprobé que la puerta de Thomas no estaba abierta y eso me extrañó. Como costumbre, solía dejarla entreabierta una vez que abría la puerta de abajo.

Me situé frente a la mirilla y presté atención al interior. No se veía nada, la lente distorsionaba cualquier objeto que pudiera haber dentro. Acerqué el oído a la puerta pero no detecté nada, así que llamé con los nudillos y alcé un poco la voz.

—¿Holaaa? Soy yo, Thomas. —Pegué de nuevo la oreja y nada—. ¿Thomas?, soy Adele, abre.

Unos pasos sonaron al otro lado acercándose a la entrada. Un hormigueo me reactivó de nuevo, la extraña espera había adormilado por un momento mis ganas de verlo. Ahora, al escuchar sus pasos viniendo hacia mí, todo volvió a recolocarse. El cerrojo empezó a sonar mientras giraba la llave por dentro, los nervios del reencuentro se reavivaron, después de un clac la puerta se abrió y... una mujer apareció en el interior de la vivienda.

Mi cara se transformó. No esperaba encontrar a nadie más que a Thomas en aquel lugar y mucho menos a una mujer.

—¿Sí? —preguntó ella asomando la cabeza.

Yo estaba perpleja, no era capaz de articular una palabra. Era una chica de mi edad, rubia de ojos claros, tenía una cara preciosa y me sonrió amable. No la había visto jamás y sabía que Thomas no tenías hermanas.

—¿Buscas a alguien? —me preguntó.

Seguía en estado de *shock.* Mientras en mi vida estaban pasando tantas cosas, no me había planteado que en la del resto también pudiesen estar sucediendo... Confiaba en poder ir a casa de Thomas y que todo siguiera en su sitio, como si el tiempo y él me hubieran estado esperando. Encontrar a aquella chica allí dentro, desenvuelta, moviéndose con tanta comodidad, fue una sacudida de realidad que me dejó sin habla. Sentí hasta un pequeño mareo y me apoyé en el marco de la puerta.

—¿Estás bien? —preguntó la joven.

—Perdona, creo que me he confundido —dije tratando de no entrar en detalles.

No quería entablar ninguna conversación con ella. Sin más, me di la vuelta y me marché de allí apurada. Había acudido a ver a Thomas tratando de huir de los fantasmas de la noche anterior y para mi sorpresa me encontraba con fantasmas nuevos. No me podía creer lo que estaba ocurriendo. No quería ni imaginar que Thomas estuviera saliendo con alguien. Siempre había sido mío... No de un modo físico, pero sí emocionalmente. Era mi apoyo, mi confidente, mi gran amigo con el que en cualquier momento daría un paso más...

Desde hacía un tiempo mis impulsos hacia don Alberto le habían robado protagonismo a mi relación con él, era absolutamente consciente de ello, pero eso nunca abría en mi cabeza la posibilidad de que Thomas y yo dejáramos de ser Thomas y yo. Mis sentimientos hacia él seguían siendo tan especiales como antes y, aunque había tratado de evitar un acercamiento por mi confusión permanente, no esperaba que cubriese con otra el que hasta entonces había sido mi lugar.

No podía evitarlo, me sentía traicionada. Sentí unos celos incontrolados y me llené de rabia. Yo podía ser aquella chica que abría esa puerta... Posiblemente fuera una actitud egoísta la mía, pero hasta encontrarme con ella campando a sus anchas por su casa no entendí el lugar que ocupaba realmente Thomas en mi vida y las expectativas que tenía puestas en nuestra relación.

Llegué al portal y salí a la calle apresurada y confusa. Llevaba la mirada puesta en el suelo, concentrada, y unos metros más adelante me choqué con alguien.

—Perdón —dije sin volverme y seguí caminando.

—¡Adele! —La alegre voz de Thomas resonó por sorpresa.

Ya lo había sobrepasado, pero reconocí su voz, levanté la mirada y me detuve. Tras una breve vacilación, me giré temerosa y comprobé que era él quien me llamaba.

—Thomas... —dije aún impresionada, en voz muy baja.

—¡Adele! —Sonrió abiertamente mientras se acercaba—. ¿Qué estás haciendo aquí?

Yo lo estudiaba en silencio. Trataba de adivinar qué se escondía detrás de esa mirada tan viva, buscaba un detalle que me confirmara lo que hasta ahora me había pasado desapercibido…: ¿estaba enamorado?

Al verme allí parada sin reaccionar, mudó su semblante y puso una mano en mi hombro.

—¿Estás bien?

En ese momento reaccioné.

—Perdona, no te esperaba… —Y sonreí con un pequeño gesto, con el que traté de relajar mi confusión.

—¡Pero si este es mi barrio! —bromeó—. Yo sí que no te esperaba aquí… ¿Qué estás haciendo?

—He tenido que… —Y cambié de discurso—: He venido a encargar unos tejidos para el atelier y ya me iba.

—¿El atelier? Por fin descubro algo de esa vida misteriosa… —me vaciló.

No seguí con la broma y mi expresión debió de parecerle más seria de lo que yo hubiera querido, porque él mismo se dio cuenta de que el comentario no había resultado muy afortunado y cambió de tema para no estropear el encuentro. Me conocía tan bien…

—Ya que tengo la suerte de encontrarte por aquí, ¿qué te parece si te invito a comer algo? —dijo.

—Es un poco tarde y… —Traté de poner una excusa para terminar con aquella tirantez cuanto antes.

—No trabajas hasta las tres. —Me pilló—. Es de lo poco que sé por ti… Así que te da tiempo a comer conmigo e incluso a tomarte un café.

No había terminado de hablar y ya me estaba guiando hacia el paso de peatones frente al cual se encontraba la hamburguesería en la que yo esperaba haberlo encontrado. Tiró de mi brazo ilusionado, con la felicidad y energía que lo acompañaban siempre. Yo no dejaba de estudiarlo.

Nos sentamos en una de las mesas próximas a la ventana. Él seguía hablando y comportándose como si nada; yo, sin embargo, analizando cada movimiento y expresión que me ayudaran a conseguir la confirmación de que algo importante había cambiado en su vida. Una confesión de lo que sea que le estuviera sucediendo... Me habló del trabajo, de Bobby y de su hermano, que estaba buscando piso en Nueva Orleans porque acababa de cambiarse de trabajo y se había mudado allí. Bromeó acerca del cumpleaños de hace unos días y de la noche que casi compartimos en mi casa. Seguía insinuando que nos esperaba un futuro juntos... NO me lo podía creer.

El hermoso rostro de aquella chica seguía grabado en mis retinas, alejando con rotundidad las imágenes impactantes del atelier. No alcanzaba a entender por qué, entre tantas anécdotas, no encontraba la ocasión de hablarme de esa persona que hacía unos minutos me había abierto la puerta de su casa. Lo dejé hablar, hablar y hablar hasta que sentí que todo aquello era una pérdida de tiempo.

—¿Quién es ella? —me lancé.

Su rostro se transformó por completo. Creo que

supo al instante de quién hablaba, aunque no lo reconoció.

—¿Qué? —me preguntó con una risa nerviosa.

—¿Quién es la chica que está en tu casa viviendo? —dije muy seria.

No me respondió inmediatamente, cogió el vaso de Coca-Cola que tenía sobre la mesa y le dio un trago largo, supongo que estaba pensando qué contestar. Le di todo el tiempo del mundo, me había aventurado a hacer esa pregunta y ahora solo me quedaba esperar su confesión.

—¿Has estado en mi casa? —preguntó.

—Te fui a buscar.

Thomas empezó a incomodarse, era la primera vez en toda nuestra relación que lo veía así. Se recolocó en la silla, después se llevó una mano al pelo, suspiró hondo y me volvió a mirar.

—Es Sussan.

Me mantuve en silencio, esperando detalles, así que él continuó su explicación:

—Salimos durante tres años justo antes de conocerte.

Cuando esa frase salió de sus labios, el corazón se me encogió. Logré mantener la compostura aunque poco a poco me iba rompiendo por dentro. Él comenzó a juguetear con la servilleta mientras me contaba la historia más reciente de esa chica.

—Se presentó en mi casa hace dos días… Hacía más de dos años que no nos veíamos. Me dijo que la habían echado del trabajo y que necesitaba ayuda. —En ese momento se atrevió a mirarme—. Vamos, Adele…, tú ¿qué hubieras hecho?

—¿Has vuelto con ella? —le pregunté directa.

Thomas retomó su juego con la servilleta, se recolocó otra vez en la silla y se frotó la cara como si intentara espabilarse.

—¿Estáis saliendo juntos? —insistí.

—Sabes lo que siento por ti, Adele, si me…

—¿Te has acostado con ella? —lo interrumpí.

—Qué importa eso, si yo te quiero a ti.

Por supuesto que se había acostado con ella. Sin dejarle acabar la frase, cogí mi bolso y me levanté bruscamente de la mesa, tratando de esconder el par de lágrimas que se habían descolgado de mis ojos sin poder evitarlo.

—¡Adele! —gritó Thomas—. ¡Adele, espera!

No quise darme la vuelta. Apuré el paso. Tenía el corazón roto, no sabía en qué momento el mundo se había derrumbado sin darme cuenta. Crucé la calle a toda prisa, con la suerte de que el autobús que debía coger acababa de detenerse en la parada. Me subí a la carrera sabiendo que Thomas venía detrás. Evité darme la vuelta y cuando escuché que las puertas del autobús se cerraban, me giré y lo vi alejarse. Hacía gestos con los brazos y me pareció que daba una patada al aire.

Me parecía que nada de lo que estaba pasando era real… Me alejé de allí sin dejar de mirar la imaginaria estela que el autobús iba dejando. Como si a bordo de él pudiera alejarme de ese dolor profundo que sentía en el corazón. Perdí de vista a Thomas, me senté en un asiento y me eché a llorar como una niña. La vida había empezado a moverse sin contar conmigo. No sabía cómo detener aquellos cambios tan inesperados. Me sentía triste y débil, víctima de todo y todos los que me rodeaban. No tenía a quién acudir y no sabía siquiera si quería acudir a alguien...

# CAPÍTULO 25

Tratando de identificar el punto de inflexión en el que mi vida había dejado de ser lo que era, decidí volver a mi antiguo trabajo y reencontrarme con la persona que fui. Con la combinación adecuada de autobuses, pronto me encontré frente al esplendoroso edificio de Bergdorf Goodman. Veía entrar y salir a la gente con bolsas, clientas a las que había atendido una y mil veces, pero ahora ni siquiera me reconocían. Por lo menos no reparaban en mí, ni me saludaban; tuve la sensación de no estar allí, de ser invisible. Parecía que hubiese pasado una eternidad desde que había abandonado aquel trabajo y, sin embargo, no hacía ni dos meses que aún llevaba ese uniforme puesto.

Con nostalgia me acerqué al escaparate y miré hacia el interior. Puse la mano en el cristal y apoyé la frente para evitar el reflejo de mi propia figura. No quería verme. Dentro, la agitada vida de los almacenes seguía siendo la misma. Me quedé allí parada un buen rato, sin pensar en que quizá pudiera estar llamando la atención. No deseaba nada, solamente añoraba que el tiempo nunca hubiera pasado y mi lugar siguiese siendo ese.

—¡Adele! —Una voz se alzó muy cerca de mí.

Me asusté. Estaba tan concentrada soñando con mi vida pasada… que ignoré que Julia me hubiera visto desde dentro. En cuanto me volví, me abrazó fuerte; hacía días que no estábamos en contacto y de pronto temí por el deterioro de nuestra amistad. No podía perderla a ella también.

—¿Qué haces aquí? —me preguntó.

Me limité a negar con la cabeza y a acurrucarme en ese profundo abrazo. Estar allí quieta me permitía disfrutar el instante. Sentir que esa situación estaba controlada.

Después de unos segundos en silencio, ella se retiró para poder verme el rostro, me hizo una caricia maternal y me propuso que tomáramos algo. Era su rato de descanso y disponía de diez minutos. Yo no tenía ganas de hablar, pero sí de estar a su lado y disfrutar de su compañía.

Me cogió de la mano y me guio hasta la parte trasera de los almacenes. Entré en la zona de taquillas como lo había hecho durante tanto tiempo. Nos sentamos en el pequeño banco donde habitualmente nos tomábamos un café y hablábamos de lo humano y lo divino.

Aquel aroma me trajo de forma instantánea mil recuerdos. No quise hablar de Thomas, ni tampoco del atelier, así que en un intento de alejar la conversación de mi vida personal, le pedí a Julia que me contara cómo estaban las cosas por allí. Por lo visto, se rumoreaba que el señor Goodman iba a jubilarse y que posiblemente se encargase del negocio el mayor de sus hijos. Estaba todo el mundo muy preocupado por los cambios (padre e hijo nunca habían tenido la misma visión empresarial), e incluso temían por sus puestos de trabajo en esa más que probable renovación que acometería el sucesor antes o después.

Quise saber si aún estaba vacante mi puesto. Julia me contó, como era esperado, que al segundo día de mi marcha llegaron cientos de candidatas para ofrecerse a cubrirlo, seleccionaron a la mejor y desde entonces no había vuelto a quedarse un puesto libre. Goodman nunca sería una mala opción para una chica que estuviera buscando trabajo.

Suspiré hondo, sin darme cuenta, tratando de quitarme ese nudo que aún tenía en el estómago y Julia lo interpretó como añoranza por mi parte.

—No deberías estar pendiente de todo esto, Adele. Goodman se ha quedado atrás —me dijo. Luego echó un vistazo a nuestro alrededor, como para confirmar que estaba en lo cierto, y después de fijarse en las chicas que entraban y salían, me habló con su habitual sinceridad—: Este ya no es sitio para ti y puede que pronto no lo sea incluso para mí…

No sé si me lo dijo porque había concebido algún plan que no me estuviera contando o si se trataba simplemente de su temor a ser despedida, en caso de que el hijo del señor Goodman se hiciera cargo del negocio. Yo tampoco pregunté.

Miró el reloj y se puso en pie. Ya terminaba su tiempo de descanso y debía reincorporarse. Para mí, seguía siendo temprano, aún faltaba bastante para que llegara mi hora de entrada en el atelier. Me despedí de ella con un fuerte abrazo; en el fondo, no quería dejarla marchar. Ella se retiró de mis brazos sabiendo que se había quedado sin conocer los motivos de mi visita, pero respetó mi silencio, me acarició la mejilla sin decir nada y se marchó apurada.

—Que no pase tanto tiempo sin saber algo de ti... —dijo mientras se alejaba—. Y quítate esas gafas, estarías mucho más guapa.

No pude evitar sonreír. Era insaciable. Ya no recordaba lo mucho que me insistía siempre con las malditas gafas..., y como era costumbre, no le hice caso y no me las quité.

Decidí hacer tiempo allí mismo y completar mi viaje de nostalgia, primero recorriendo el corazón de los almacenes y después paseando por la zona comercial.

Recorrí cada uno de los departamentos, no había pasado tanto tiempo desde que trabajaba allí; sin embargo, mi marcha me hacía ver las cosas de otra manera y, a medida que pasaba por cada mostrador, me daba cuenta de que el encanto con el que yo recordaba todo aquello estaba muy lejos de la cruda realidad.

Bergdorf Goodman seguía siendo el gran establecimiento de referencia, pero ahora que había trabajado en un entorno tan exclusivo, me daba cuenta de que Julia tenía razón. Aquel lugar estaba lleno de limitaciones... Fui consciente entonces de que nunca antes había hecho una visita a los almacenes en calidad de clienta. Cuando me paré en el mostrador de los tejidos, por primera vez me parecieron escasos y pobres, llevábamos años vendiendo las mismas telas. Los algodones con pequeños estampados seguían siendo los mismos que adquirían cuando yo había empezado a trabajar allí. La única variación que llegaba con las nuevas colecciones de temporada eran las tonalidades, pero aquel carácter continuista que en su momento defendíamos como un «clásico» frente a las clientas ya no me lo parecía realmente, sino que comprendía que tenía que ver con las limitaciones del señor Goodman, incapaz de reinventarse año tras año. Todavía no había incorporado los tejidos más frescos y vaporosos, con más colorido, de forma que seguían pesando en los estantes los tonos sobrios y poco llamativos. Aún hacía frío en el exterior, pero para esas fechas las colecciones empezaban a incorporar la luz de la primavera y en los almacenes Goodman esta brillaba por su ausencia. La sección textil estaba tintada de esa mirada fósil de un propietario envejecido.

Entonces calculé la edad del dueño del establecimiento e inmediatamente me fijé en las clientas que se encontraban en ese momento comprando. Todas ellas eran mayores de cuarenta años. Eran señoras con mucha clase y categoría, pero compraban solas o con amigas de su misma edad, nunca acompañadas de sus hijas. Las nuevas generaciones no encontraban ningún atractivo que descubrir en Goodman. Quizá ese temor que ahora mismo se extendía entre los empleados, por el posible cambio de dirección, se traduciría en éxito y renovación para todos. Lo vi claro. En lo que a Julia respectaba le convenía apostar por la llegada del heredero... Un cambio drástico sería lo mejor que le podía pasar a aquellos almacenes.

Claramente la muda no solo se estaba produciendo en mi vida... Poco tenían que ver los almacenes Goodman con mis confusas emociones y sentimientos, pero ser capaz de valorar el negocio de otro con distancia y reconocer algo que, si hubiera seguido trabajando dentro, habría sido incapaz de ver, me hizo darme cuenta de que algo similar debería hacer con los acontecimientos de índole más personal. Solo así, con una mirada ajena, desde fuera, podría actuar con determinación sobre mi propia vida.

Llevaba tiempo permitiendo que dos figuras masculinas definieran mi camino y sentí que había llegado el momento de cambiar las cosas y no seguir esperando que ellas me cambiasen a mí. Debía buscar como mujer aquello que me enriquecería y me haría crecer, independientemente de cualquier hombre y de su comportamiento.

Con respecto a mi apuesta por Silk, a pesar de la fuerte atracción que seguía sintiendo por don Alberto, debería concentrarme en todo lo que pudiera aprender, olvidarme de las noches de terciopelo, tal y como luego las definí, y centrarme en lo que aquel exclusivo atelier ofrecía como novedad al mundo de la moda, al que yo quería pertenecer.

Me noté ligera, aliviada. Me sentí bien. La expresión de mi propio rostro se suavizó, incluso conseguí sonreír cuando salía de los almacenes Goodman. Quizá fuera yo la que había provocado esa distancia que había sentido a mi llegada, porque ahora con la cabeza alta mientras cruzaba el gran vestíbulo, detecté que algunas clientas sí me reconocían e incluso una de las fieles a las que siempre atendía me saludó pronunciando mi nombre de pila. Volvía a recuperar mi propia identidad.

Localicé a Julia en su puesto y me despedí de ella con la mano. Me sonrió satisfecha, seguía sin saber qué era lo que me había llevado hasta allí y qué era lo que ahora me hacía cambiar de actitud, pero pude advertir en su expresión que se sentía orgullosa de verme así.

## CAPÍTULO 26

Llegué a trabajar a las tres en punto. Abrí la puerta sin temor alguno, solo concentrada en ser consecuente con mi decisión de tomar las riendas de mi propia vida. Sabía que le debía una disculpa al señor Márquez, pero iba decidida a ofrecérsela. Nada me detendría, el temor y sonrojo de la noche anterior habían desaparecido por completo, era capaz de pisar firme y mirarlo a la cara.

Las luces del atelier estaban apagadas. Recorrí las distintas estancias y comprobé que allí no había nadie. Encendí la luz del pasillo y mi mesa, ubicada cerca de la entrada, se iluminó también. Cogí la agenda que contenía la ficha con los datos de la clienta que vendría esa noche y me puse a trabajar.

Se trataba de Sofía Vitti, la mujer de un rico empresario italiano que, según aclaraba su ficha, estaría durante una semana en la ciudad de Nueva York.

Bajé a por las flores y el champán indicado y dispuse el *showroom* como si lo llevara haciendo toda la vida. El vestido para la señora Vitti estaba terminado. En esa ocasión se trataba de un modelo de noche, largo hasta los pies y de color negro. Carecía de cualquier adorno, pero el cuerpo de la propia tela, una seda salvaje, le daba toda la finura y categoría al vestido. Llevaba un corte en la cintura y unas pinzas en las caderas que resaltaban las curvas femeninas. La parte superior simulaba ser un corpiño aunque formaba una sola pieza con la falda. Los brazos iban al descubierto, tan solo unos finos tirantes sujetarían aquel sofisticado diseño al cuerpo de su destinataria.

Esa tarde me propuse una vez más completar el modelo. En esta ocasión, sabiendo que los brazos irían al aire, elegí una capa negra de terciopelo que cubriría espalda y hombros.

Sabía que los zapatos quedarían a la vista, pues aunque se trataba de un vestido largo, de falda entubada, no llegaba hasta el suelo. El modelo era tan sobrio y elegante que busqué un calzado en la misma línea, que no robara protagonismo al traje. Se trataba de una mujer con una considerable estatura, según indicaba su ficha, así que no elegí un calzado con demasiado tacón, uno intermedio me pareció lo suficientemente sofisticado para acompañarlo.

Estaba concentrada iluminando el vestido, quedaba espectacular en ese ambiente penumbroso y recargado, tan característico del *showroom,* ahora que ya se había hecho de noche. Tomé distancia del busto para imaginarme cómo luciría y mientras mi mente recreaba la figura de un mujer dentro de él, en el espejo descubrí a don Alberto observándome.

Mantuve serena la mirada. No sabía cuánto tiempo llevaba allí... Estaba apoyado en el marco de la puerta. Su expresión era seria y su mirada profunda. No se movía, solo me miraba. El silencio empezaba a notarse. Llevaba la chaqueta apoyada en un hombro y el botón del cuello de la camisa desabrochado. Sin decir nada, entró en el *showroom*. Perdí de vista su reflejo en el espejo y fui girando la cabeza para descubrir en qué zona de la estancia se ubicaba.

Se dirigió a una pequeña mesa, dejó la chaqueta sobre la butaca y en cuestión de segundos comenzó a sonar una música sugerente. En cuanto escuché las primeras notas de aquel tema, mi cuerpo se estremeció. Era el mismo disco que sonaba la noche anterior mientras poseía ansiosamente a aquella mujer. Intenté no pensar en la irreverente escena y mantener mi mente lejos de todo lo ocurrido.

Él continuó concentrado en su enigmático plan. Era evidente que no estaba improvisando nada. Me di la vuelta, sin saber qué es lo que esperaba de mí. Con él tan cerca, a solas y escuchando aquella música me resultaba muy difícil pedirle disculpas por haberme colado en el atelier la noche anterior.

Don Alberto parecía ignorarme, seguía colocando las cosas tal y como él quería que estuvieran, y después de despejar la zona central y mover algún que otro mueble, vi que acariciaba las gasas que pendían del techo, comprobando que estuvieran bien sujetas. Al verle recorrer con dulzura el tejido que ayer se había convertido en esposas para aquella mujer, se despertó de nuevo en mí la sed sobre la que me había hecho reflexionar Lei. Por fin tenía la respuesta a su pregunta: ser testigo de aquella escena había abierto un apetito en mí mucho más fuerte del que trataba de saciar inicialmente como simple curiosidad. Los gemidos de aquella mujer volvieron a estar presentes en aquella habitación. Los dos cuerpos húmedos de don Alberto y ella seguían moviéndose aún en aquel rincón entre las sedas colgantes.

Traté de recuperar el control de mi imaginación y lo busqué con la mirada. Se dirigía a mí. Pensativo, con la cabeza baja, pendiente de algo que estaba muy lejos de allí. Mi corazón empezó a latir con fuerza. No tenía ni idea de cuáles eran sus verdaderas intenciones, pero sí conocía mis deseos y no sabía si podría reprimirlos cuando estuviera tan cerca de él.

Se detuvo justo enfrente de mí. Su aroma intenso y embriagador se adueñó definitivamente de mi voluntad. Cerré los ojos intentando evadirme y unos gruesos y sedosos dedos comenzaron a rozar mis labios recorriendo el perfil de mi boca, como si pudieran dibujarla. El vello de mis brazos y los pezones reaccionaron de inmediato.

Abrí los ojos y traté reconducir nuestro encuentro hacia otro lugar.

—Perdone —dije.

Pero no obtuve respuesta de su parte. Actuaba como si no me hubiera oído. Su mirada, aunque permanecía fija en mis labios, seguía estando muy lejos de allí... No hizo ningún gesto, solo continuó rozando mi boca con delicadeza, sin mirarme a los ojos. Ahora con el dorso de su mano recibiendo mi aliento en ella. Su lengua humedeció sus labios y reconocí en él un comportamiento casi animal, como si estuviera en alerta, pendiente de atacar a su presa. Fue en ese momento cuando por fin me miró.

Encontrarme con esos ojos negros, profundos, amargos y castigados por la vida, tal y como me había confesado Lei, me hizo aún más pequeña.

—No voy a hacerle culpable de algo que yo mismo me arriesgué a que ocurriera...

No moví ni un músculo. Tragué saliva y respiré profundo. Él siguió recorriendo con su mano, apenas sin rozarme, el perfil de mi mentón y el cuello.

—Después de descubrir alguno de mis secretos más oscuros..., creo que será mejor que forme parte de ellos.

Su dedo índice volvió a mi boca y desde ahí recorrió mis mejillas, luego mi nariz, mis cejas, y después volvió a tocar mis labios, ahora entreabiertos, y por accidente entró en contacto con mi lengua, que rozó la yema de su dedo. Se detuvo en ese instante, como si por fin fuera del todo consciente de mi presencia.

—¿Ha vuelto para que ocurra? —preguntó.

Todo estaba sucediendo demasiado deprisa. Negué con escasa convicción pero sin apartar la mirada y volví a tragar saliva con el ánimo de refrescar mi garganta, que se había quedado completamente seca.

—Y ahora…, ¿desea que lo haga?

No me atreví a responder. Estaba deseosa de que ocurriera, de sentirlo dentro. Sus manos tocándome y recorriendo todo mi cuerpo igual que lo había soñado. Recorrer yo su espalda con mis manos y apretar sus glúteos contra mí, para luego gritar que no se detuviera y rogarle más y más, como había hecho esa mujer…

—Debe ser la hora —dije como último recurso para escapar.

La clienta llegaría en unos minutos.

—Es mucho más aburrido cuando no hay peligro, ¿no cree, señorita Lavigne? —Sonrió malévolo mientras deslizaba uno de sus tirantes por encima de su hombro y después el otro.

Un pequeño temblor comenzó a invadirme. Me agarró con firmeza por la cintura y se acercó mucho a mí. Podía sentir su fuerza y su virilidad.

—¿Quiere seguir adelante o prefiere abandonar el atelier a su hora? —susurró pegado a mi oreja.

No hubo respuesta por mi parte. Temí enviar el mensaje equivocado… No era dueña de mis actos sintiendo su cálido aliento en mi cuello, la firmeza de su pecho contra el mío y el poder de su masculinidad contra mi vientre.

El silencio se prolongó más de lo debido. La música seguía sonando. Don Alberto echó su cabeza hacia atrás y me miró a los ojos tratando de adivinar cuáles eran mis verdaderos deseos. Después de unos segundos, hice un sutil movimiento afirmativo con la cabeza.

—Eso ¿qué quiere decir? —me volvió a susurrar.

Sabía que debía salir corriendo, que nada bueno se podía desencadenar a partir de ese momento. Conocía sus prácticas y mi limitada experiencia. Me debía marchar sin pensarlo más.

—Quiero quedarme… —dije sin saber cuándo ni por qué mis palabras de negación mutaron en aquella frase.

No podía creerme lo que acaba de salir por mi boca. En el momento en que pronuncié aquella frase la mirada de don Alberto se volvió fuego. El mismo fuego que había podido identificar la noche anterior. Me besó lentamente. Primero los labios, luego el cuello, simulando pequeños bocados carnosos, mientras con una de sus vigorosas manos sujetaba mi cabeza atrayéndola con un poco de fuerza hacia él. Recorrió mi cuello entero hasta llegar al lóbulo de mi oreja, donde introdujo suavemente la punta de su lengua y mordisqueó algún pequeño rincón que me hizo gemir. Con su dedo índice acarició con velocidad mi columna y un escalofrío sacudió mi espalda. Aún estaba vestida y ya me sentía suya.

Me sujetó fuerte y me elevó unos centímetros en el aire para desplazarme con suma delicadeza hasta la butaca del pequeño tocador. Allí se entregó a mis pies. Se agachó y me descalzó, primero un pie, luego el otro... Llevaba unas medias de cristal de color arena. Al tacto resultaban sedosas y con sus manos bajó desde mis pantorrillas hasta llegar a mis pies. Con un masaje activó todo mi sistema sensorial. Cada roce se convertía en una experiencia nueva que mi cuerpo identificaba como puro placer.

Cuando hubo jugado lo suficiente con mis pies, elevó uno de ellos dejando mi pierna estirada. Con delicadeza lo apoyó en su hombro y con sus manos libres la acarició en sentido ascendente hasta llegar al muslo. Se detuvo en el punto exacto en el que comenzaba la liga y exhalé nerviosa una bocanada de aire. No me había dado cuenta de que llevaba un rato conteniendo la respiración. Don Alberto me dedicó una media sonrisa y volvió a concentrarse. Desabrochó con maestría las ligas y recogió mis piernas en sentido descendente. Solo el tacto de sus dedos en mi piel parecía arder.

Sin dejar de mirarme, don Alberto se puso de pie y su cintura alcanzó la altura de mis ojos. Comenzó a quitarse la camisa. Su entrepierna se situaba frente a mi mirada y pude reconocer perfectamente una forma rígida bajo la ropa. Sentí un fuerte calor interno y un deseo desmedido de tocarlo.

Tenía abiertos casi todos los botones de la camisa cuando su pecho empezó a descubrirse y me quedé aún más prendada de su cuerpo. La música seguía sonando suave y seductora de fondo. Dejó caer al suelo la camisa con un ligero toque de hombros y se volvió a poner de rodillas. Sin pudor alguno, abrió mis piernas para colocarse entre ellas y con sus manos subió delicadamente mi falda sin dejar de mirarme a los ojos. Con sus manos recorrió de nuevo mis muslos, esta vez hasta llegar al trasero, y desde allí, con un empujón enérgico, me llevó hacia él. Sentí entre mis piernas la dureza de su pene y me estremecí. Era la primera vez que me encontraba tan cerca del sexo masculino. Cerré los ojos y comenzó a rozarse con un sinuoso movimiento circular, similar al que había percibido en la prueba a ciegas a la que me había sometido en el almacén.

Su nariz y su boca se acercaron a mi escote mientras su mano comenzó a desabrocharme la camisa. No me retiró el sujetador, solo comenzó a jugar con mis pechos. Con sus dientes mordisqueó mis pezones y al humedecerse el tejido de mi ropa interior sentí el calor de su boca. Gemí a punto de perder el control y arañé sus hombros sin darme cuenta. En ese momento levantó su rostro y se abalanzó sobre mí. Su peso hizo que me reclinara hacia atrás en la butaca y escuché el sonido de su cremallera. Se estaba quitando el pantalón y lo dejó caer hasta sus rodillas. El contacto a partir de ese momento entre los dos fue casi directo, sin avanzar más allá del roce.

Yo seguía llevando la ropa interior puesta y él aún mantenía la barrera de sus calzoncillos; sin embargo, su pene apuntaba firme contra mí. Sentí cierto miedo a lo que vendría, me resultaba violento percibir esa parte tan rígida de su cuerpo. Nunca había tenido nada parecido tan cerca.

Con el roce, él también se excitaba cada vez más y lo que a mí me generaba tensión, a él lo hacía libre. Sus movimientos comenzaron a ser bruscos y salvajes. Seguía mordisqueando mi cuello y todo mi cuerpo, inspiraba de forma profunda como si pudiera interiorizar mi propio aroma y yo me empecé a retraer. Deseaba a aquel hombre intensamente, pero mi inexperiencia me fue paralizando y lo mismo que me había provocado frenesí ahora me hacía estar en alerta, pendiente del momento culminante.

Don Alberto seguía buscando nuevos rincones de mi cuerpo que explorar y con sus dedos apartó mi ropa interior. Empezó a jugar con mi sexo de forma suave y poco a poco más acelerada. En mi cabeza persistía la idea de detenerlo, pero la fogosidad del momento y el placer infinito que estaba alcanzando con esos dedos que me tocaban con sabia maestría no me permitían expresar mi negativa. No era capaz de respirar. Me tocaba sin tregua en el preciso instante y en el preciso lugar.

Intenté apartarme de su tacto, no quería dejarme llevar, pero él me obligaba a permanecer entre sus manos, ejerciendo cierta presión en mí como si ya fuera suya. Cerré los ojos y, olvidándome de los prejuicios, gemí elevando la voz hasta alcanzar el clímax más sublime que había tenido ocasión de experimentar.

Abrí los ojos avergonzada y lo que me encontré fue el rostro de un hombre tan excitado como yo misma lo acababa de estar. Deseé que me penetrara y completara el ritual que le había visto practicar el día anterior, pero al comprobar que no se detenía y que su desnudo dejaba a la vista su poderosa erección, me puse a temblar.

Él recorrió con su lengua el exterior de mi boca y mordió mi labio inferior. Después alcanzó una de mis manos con la suya y la fue guiando hacia su entrepierna. Sentí por primera un pene entre mis manos. No tenía ni idea de qué movimiento le resultaría placentero. No sabía cómo manipularlo sin hacerle daño.

Retiré mi mano con rapidez y, aún jadeante, me eché hacia atrás. Busqué con mis ojos su mirada y confesé:

—Soy virgen.

Él respiraba agitado aún, invadido por la misma excitación en la que me encontraba yo. Se quedó observándome, como si estuviera valorando qué debía hacer a continuación, y después de un prologando silencio, se puso de pie, se subió los pantalones y cerró su cremallera. Retiró su mirada y se dirigió hacia la puerta mientras se frotaba la parte trasera de la cabeza con la mano. Me sentía estúpida, infantil.

—Lo siento —dije avergonzada.

Don Alberto se detuvo al oírme, pero no se giró. La música seguía sonando, y con ella mi respiración agitada, que era incapaz de controlar. Los segundos de espera hasta que se volvió se hicieron eternos. No dio ni un paso más. Se dio la vuelta hacia mí y me miró aún descalzo, con el pecho descubierto.

—No vuelvas a quedarte en el atelier después de las diez o, entonces sí, tendré que echarte. —Y se marchó.

La música me hundió en la más profunda tristeza. Seguía sonando, sin acusar la soledad que me acompañaba, ajena a lo que acababa de suceder entre nosotros. La misma voz de la cantante que me había parecido cálida y sugerente, ahora sonaba triste y desesperada. Me sentía mal por la interrupción. Aún no sabía por qué lo había detenido, y encontrarme allí tumbada a medio vestir hacía la escena más dura si cabe.

Ese día había llegado decida a hacerle frente, a limitar su ascendencia sobre mí, y la consecuencia era que me encontraba más hundida que nunca. A su merced, una vez más. Con la sensación de haberme equivocado de nuevo sin haber recibido nada a cambio. Me encogí y lloré como un pequeño animal desvalido. Estaba agotada. Me sentí víctima una vez más.

# CAPÍTULO 27

La distancia se interpuso entre nosotros a partir de aquel encuentro en el atelier. Apenas coincidimos de nuevo. Cada día que llegaba me encontraba la ficha de una nueva clienta sobre la mesa para que incluyera toda la información en la agenda de seguimiento, y de vez en cuando, alguna nota con algún nuevo encargo sobre materiales y pedidos.

Traté de hacer mi trabajo lo mejor posible y me volqué para sorprenderlo con propuestas realmente arriesgadas. En el fondo, seguía tratando de provocar en él una reacción. Resultaba peor el castigo de su ausencia que aquel encuentro frustrado…

Seguían llegando solicitudes a diario, y una de aquellas semanas supe por la prensa que don Alberto acababa de recibir un premio que le otorgaba la ciudad de Nueva York. Era un galardón muy prestigioso que nunca se había entregado a un empresario que no fuera americano. Todas aquellas noticias me permitían tener viva su imagen y el deseo de sentirle de nuevo entre mis piernas.

Habían pasado ya diez días desde nuestro encuentro sexual cuando llegué una tarde al atelier y abrí la puerta todavía deseando encontrarlo en su interior. Todo estaba apagado como de costumbre; al encender la luz encontré sobre mi mesa una nota algo más extensa de lo habitual. La cogí temerosa, deseando que no fuera una carta de despido, y cuando la tuve entre las manos, respiré hondo y me enfrenté a ella con valentía.

*Estimada Adele:*

*Un reciente reconocimiento internacional me obliga a ausentarme de la ciudad y necesito que cancele todas mis citas de la semana próxima.*

*Atentamente,*

*Alberto Márquez*

Se trataba de un mensaje frío, puramente profesional. No era un despido, pero esa pulcritud en la escritura, sin ningún rasgo de algo más que trabajo, me dejaba claro que el intento de ser parte de su vida íntima había muerto el mismo día en que le confesé mi virginidad.

Como si fuera a sentirlo más cerca, toqué con mis manos las palabras escritas de su puño y letra. No había vuelto a quedarme en el atelier después de las diez. No sabía si su comportamiento con las clientas seguía siendo el mismo o si, después de que lo descubriera, había decidido suspender su actividad sexual, ante la sospecha de que yo pudiera estar en algún rincón oculta.

Deseaba volver a verlo por encima de todas las cosas. Había llegado a obsesionarme con él y desde aquel encuentro no tenía más ocupación que el atelier. Cuando supe que se marchaba de la ciudad, lo primero que pensé no fue en avisar a las clientas, tal y como me pedía en la nota, sino que mi pensamiento se dirigió hacia una curiosidad que hasta el momento no había sido capaz de saciar... Durante su ausencia entraría en su despacho y descubriría quién era de verdad don Alberto Márquez.

Lei había despertado esa duda en mí, posiblemente sin intención, y ahora que él no iba a estar, sería el momento más seguro para entrar en la habitación «prohibida», aquella que me podría revelar el resto de secretos que aún escondía para mí.

Dirigí la mirada a esa puerta e incluso paseé frente a ella, nerviosa. El despacho estaba cerrado y quién sabe si el propio don Alberto estaría allí dentro... Debía esperar a que llegase el lunes para intentar colarme, pero desde el momento en el que tomé la decisión ya nada distrajo mi atención.

Durante todo ese tiempo de distancia entre los dos, tuve ocasión de pensar en lo que había significado aquel encuentro y por qué su reacción había sido aquella. Tan desconcertante me había resultado que no me despidiera cuando me descubrió allí mirándolos como el hecho de que no lo hiciera una vez que había interrumpido nuestra relación sexual. ¿Por qué me seguía permitiendo estar allí?, ¿qué le aportaba yo que tuviera tanto valor como para que él obviara acontecimientos tan importantes como esos?...

# CAPÍTULO 28

Me pasé el fin de semana planeando de qué modo acceder al despacho: la puerta siempre quedaba cerrada, pero el viernes antes de irme me fijé en que unos pequeños tornillos sujetaban el pomo. Si los pudiera retirar, quizá tuviese oportunidad de acceder a la estancia sin necesidad de forzar la cerradura.

Ese lunes llegué al trabajo preparada con algunas pequeñas herramientas. No teníamos clientas, así que mi labor se concentraría en las tareas de recuento, pedido, reorganización de citas y nuevas propuestas para los modelos que ya teníamos en la sala de recepción, provenientes del taller.

Tenía bastantes gestiones que hacer, pero si dedicaba el lunes a mi incursión, el resto de la semana podría trabajar más horas para recuperar el tiempo perdido de ese primer día de la semana.

Coloqué mi abrigo en la percha de entrada y mi bolso sobre la mesa en la que habitualmente trabajaba. Rebusqué en su interior y extraje una pequeña bolsa de zapatos en la que había guardado el material que creí necesario para abrir esa puerta.

La luz inundaba todo el atelier, la primavera estaba cerca y ya empezaba a calentar el sol. En días como ese, el solemne piso lucía más espectacular aún.

Me acerqué al despacho de don Alberto y un hormigueo se apoderó de mi estómago. Estaba tan nerviosa que manejaba las manos torpemente. Busqué el destornillador adecuado dentro de la bolsa y se me cayó al suelo. Todo lo que llevaba en su interior rodó libremente provocando un sonido metálico escandaloso. El corazón se me disparó, y hasta que comprobé con la mirada que seguía estando sola en el atelier, no me agaché a recogerlo todo.

Don Alberto ya me había confirmado que no estaría, pero con semejante estruendo no pude evitar preocuparme. Estaba a punto de incumplir otra de sus normas, y pensar que pudiera entrar en ese momento y encontrarme allí agachada con todo lo necesario para asaltar su despacho provocó que me pusiera aún más nerviosa y lo recogiera a toda prisa.

Cuando lo tuve todo guardado, me eché atrás y volví a sentarme en mi silla. Sabía que no debía hacerlo y que, después de todo lo ocurrido, si don Alberto me encontraba allí dentro no habría tercera oportunidad. Comencé pues a trabajar, intentando disolver la idea que llevaba todo el fin de semana rumiando. Me puse en contacto con el taller y ordené el pedido que tenía previsto tratando de aparentar cotidianeidad. La solicitud, como ocurría habitualmente, la atendió Lei y, como siempre que trataba de evitar hablar de algo con ella, se adelantó:

—¿Sigues buscando respuestas?

Un escalofrío recorrió mi interior. Cómo era posible que, sin verme el rostro y tratando de concentrar mi atención en un pedido, pudiera saber qué pasaba por mi mente en ese preciso instante.

No le contesté. Simplemente dirigí la mirada a la bolsa llena de herramientas que se encontraba sobre mi mesa y que ella, evidentemente, no podía ver desde el otro lado de la línea.

—No sé qué lugar ocupo —reconocí.

—Pero sí sabes cuál es el que él te otorga —puntualizó.

Posiblemente yo ya supiera dónde me había situado don Alberto dentro de Silk, pero el problema era que ese lugar no era suficiente para mí...

Entendí que, con sus palabras, Lei trataba de ponerle freno a cualquier impulso que tuviera yo de ser alguien más allá de lo permitido. Entendí también que me estaba diciendo que no entrara en aquel despacho. Estaba segura de que estaría al tanto de que don Alberto no estaría en la ciudad esa semana.

—La búsqueda conlleva respuestas que pueden no ser las que uno espera —dijo justo antes de despedirse.

Colgué el teléfono tratando de no alargar más esa comprometida conversación. Me quedé pensativa mirando aquel destornillador que me permitiría entrar al despacho de don Alberto. Lo cogí y me puse de pie. Sin pensarlo más, me dirigí a la puerta de nuevo y comprobé que el tamaño de mi herramienta se adaptaba perfectamente al tornillo que sujetaba aquel pomo. Me apliqué a hacer girar el cabezal y, después de varios intentos y mucha presión, el pequeño tornillo comenzó a moverse.

Continué concentrada hasta retirar el segundo tornillo ubicado en la parte inferior. Coloqué con sumo cuidado las piezas en el suelo, justo al lado del quicio de la puerta, y toqueteé el interior de la cerradura con las puntas de los dedos hasta que presioné una pieza que me permitió abrir el despacho sin apenas hacer fuerza.

La hoja se entreabrió tan solo unos centímetros. La luz estaba apagada, pero la claridad que entraba por la ventana hacía que la estancia resultara cálida y acogedora.

Empujé la puerta y se abrió lentamente sin hacer ruido. Su mesa de trabajo capitaneaba la habitación. Una silla imponente de piel oscura completaba la zona de trabajo. En una de las paredes se elevaba una librería enorme hasta el techo y en ella se encontraban cientos de libros, casi todos relacionados con moda, tejidos, tintes… También me pareció que alguno hacía referencia a estructuras y arquitectura, pero a esa distancia podía estar equivocada, porque aquellos los guardaba a mucha altura.

Puse un pie dentro de la estancia y comencé a recorrer el interior maravillada, deteniéndome en cada detalle que pudiera darme alguna pista sobre sus gustos, deseos, pasiones… y lo que más me interesaba: su herida del pasado y sus actuales motivaciones.

Un gran sillón de piel del mismo tono que su silla de trabajo ocupaba un rincón. Desde él, se apreciaba todo el horizonte que el gran ventanal te permitía observar de la ciudad de Nueva York. Parecía un lugar de descanso y reflexión. Me acerqué a su mesa perfectamente ordenada, sobre la que se encontraban algunos periódicos, entre ellos, el que anunciaba su premio internacional. También estaba colocado sobre la mesa el galardón que le habían entregado recientemente, una figura abstracta que podía evocar unas curvas de mujer, y debajo una placa con su nombre y un sello con la bandera estadounidense.

Seguí recorriendo la estancia y, tras rodear la mesa, me senté en su silla de trabajo. Ubicada allí, traté de imaginar en qué pensaba cuando se encontraba en ese mismo lugar trabajando. No había nada que resultara provocador o diferente. Nadie que estuviera en ese despacho podría delatar que don Alberto había construido su atelier no solo en torno a la moda sino también a partir de las relaciones íntimas con sus clientas…, o por lo menos eso parecía.

Me quedé allí un buen rato sentada, con la cabeza apoyada en el respaldo de piel. Cuando bajé la mirada, descubrí que había dos cajones en la parte inferior de la mesa. Sobre ella, reposaba un abrecartas con una pluma antigua y un tintero, un bote de piel con dos bolígrafos y dos lápices perfectamente afilados. También un reloj de mesa, y ningún objeto personal.

Abrí con delicadeza uno de los cajones que acababa de descubrir y encontré una carpeta de color marrón con las iniciales de don Alberto escritas a lápiz: «A. M.». La cogí también con cuidado para evitar que se cayera cualquier papel suelto que pudiera contener. La coloqué sobre la mesa y la abrí. Se trataba de una carpeta llena de dibujos del propio don Alberto. Borradores, trazos sueltos, ideas de futuros modelos. Conforme pasaba las hojas descubrí algunos más completos, incluso con marcas de color que definían perfectamente los tejidos en los que estaba pensando. Encontré entre ellos el vestido de la embajadora. Me paré en él con mayor detenimiento, ya que podía reconocer cada detalle que yo misma había apreciado con mis propias manos. Cerré la carpeta y la coloqué de nuevo en su cajón.

No había nada más dentro de él, así que lo cerré. Después dirigí mis manos hacia el otro, que estaba en el lado opuesto de la mesa y tiré de él con fuerza, pero no se abrió. Resultaba extraño porque era exactamente igual que el otro. No tenía ninguna llave, únicamente un sencillo tirador, así que lo intenté de nuevo mediante un pequeño balanceo hacia dentro y hacia fuera y finalmente cedió.

En este cajón don Alberto almacenaba recortes de prensa española en los que mencionaban a un tal Mateo Ruiz-Lagasca como el empresario del año. Me detuve en cada una de las noticias: en todas ellas se mencionaban las galerías Velvet. Parecía una empresa ubicada en Madrid, por aquel entonces gestionada por un magnate italiano apellidado Cafiero. Había algunas fotos de colecciones de un diseñador de gran reputación llamado Raúl de la Riva y miles de noticias relacionadas con la carrera meteórica de una tal Ana Ribera.

Era una chica morena, guapa, sencilla pero con mucho estilo. Entre aquellas noticias, encontré destacado con un círculo uno de los párrafos y al leerlo descubrí que aquella mujer conocía a don Alberto Márquez:

> Mi carrera nunca hubiera sido posible sin el apoyo y confianza de don Alberto Márquez, que renunció a todo por ver cumplidos mis sueños.

Una sensación incómoda recorrió mi cuerpo, similar a la que había sentido recientemente al descubrir a aquella chica en casa de Thomas. No sabía quién era Ana Ribera ni qué representaba para don Alberto Márquez, pero guardaba cientos de recortes relacionados con ella, y ella reconocía que sin él nada hubiera sido lo mismo.

Me leí todos los artículos sobre esa chica y cuando acabé, los guardé de nuevo en aquel cajón. Entendiendo que eran los carriles de madera los que entorpecían su movimiento, utilicé ambas manos para conseguir cerrarlo y al empujarlo en un vaivén hacia fuera y hacia dentro, el movimiento del cajón se precipitó y se cerró dando un golpe en la parte trasera de la mesa. Justo a continuación de ese sonido seco, sentí otro en el suelo, como si algo pesado acabara de caer. Me retiré hacia atrás en la silla para poder ver de qué se trataba y descubrí un libro de tamaño mediano y aspecto antiguo sobre la alfombra.

Me agaché atraída por esa nueva sorpresa. No sabía de dónde había salido aquel tomo. Antes de cogerlo investigué el tablero de la mesa por su parte inferior y descubrí una especie de trampilla abierta, justo detrás del cajón que acababa de cerrar. Muy posiblemente cuando golpeó la parte trasera, activó el mecanismo que abría ese falso fondo y había dejado caer aquel libro que ahora mismo tenía frente a mí.

Me quedé mirándolo como si fuera a decirme algo. No se escuchaba en el atelier nada más que mi respiración. Pasé mi mano por la cubierta y acaricié su piel desgastada. Se notaba que había viajado de mano en mano, no era un libro cuidado de biblioteca. Me tomé un tiempo antes de abrirlo y cuando me decidí encontré una frase escrita a mano con el trazo caligráfico de don Alberto Márquez que decía: *«Diario de un viaje»*. Y en la siguiente página, otra: *«Como antídoto a tu falta...»*.

En cuanto leí esa segunda frase, fui consciente de que estaba a punto de violar la intimidad más profunda de don Alberto; sin embargo, el deseo por descubrir quién era él realmente pudo mucho más y seguí con la página siguiente:

*Sé que necesitamos tiempo y distancia para superar los golpes que hemos recibido, pero soy un hombre condenado a no poder amar a nadie más que a ti.*

*Ana, volveré a buscarte, y esta vez nada ni nadie podrá separarnos...*

# CAPÍTULO 29

*4 de julio de 1960*

*Hola, amor, hoy te echo en falta más que nunca. Hace un año que abandoné España, para encontrarle un sentido a mi vida, más allá de ti. Después de este tiempo, sé que no sucederá nunca..., debo aceptar tu decisión de no hacernos daño, sin embargo, tu ausencia me hiere profundamente [...].*

*15 de octubre de 1960*

*Estoy recorriendo Oriente en busca de respuestas que me den algo de paz. Mientras me pierdo y busco ese nuevo aliento que no encuentro, recorro los rincones más perdidos para intentar crecer como persona [...].*

*2 de enero de 1961*

*Empiezo a pensar que quizá ya no pueda volver a tu lado nunca [...]. Permíteme que te siga queriendo aunque asuma la distancia que aún me impones. Con el tiempo esperaba que contestaras a alguna de mis cartas [...].*

*5 de marzo de 1961*

*Felicidades, Ana. Hoy te hubiera sorprendido con algo especial por tu cumpleaños, aunque posiblemente ya haya alguien que te haga feliz [...].*

*3 de junio de 1961*

*Llevo casi dos años recorriendo el mundo y empiezo a creer que ha llegado el momento de que mi viaje tome el rumbo de vuelta a Occidente [...]. He descubierto las sedas más hermosas que nunca antes había alcanzado a imaginar [...]. Hoy empiezo mi primera negociación [...] nuevamente me han engañado con el intercambio de mercancía [...]. No sé si tiene sentido, pero ¿qué lo tiene, desde entonces...?*

Me encontré con cientos de páginas en las que don Alberto se desnudaba para desahogarse con esa mujer; Ana Ribera. Ahí estaba la herida del gran magnate. Su talón de Aquiles, su gran debilidad. Todo se remitía a ella y se dirigía a ella. Su vida no tenía sentido si no era con ella, pero posiblemente ese ejercicio de catarsis que le permitía estar escribiendo a diario en aquel cuaderno lo libraba de la ansiedad de sentirse solo. Eso era don Alberto. Un alma solitaria, que poco a poco fue descubriendo, según sus propias palabras, que el tiempo lo había convertido en un animal feroz y salvaje, que buscaba su camino en soledad con el ánimo de no atacar a nadie.

Quizá por esa razón no había trabajado con nadie en el atelier antes. Fue muy claro cuando yo me incorporé, nunca había contado con el apoyo de nadie más, salvo en el almacén. Trataba de evitar el contacto con las personas, pero después de leer una buena parte de su diario, me pareció que el contacto no lo evitaba con todo tipo de personas, sino especialmente con las mujeres. Por eso limitaba sus visitas al atelier. Por eso se protegía de mantener una relación duradera con sus clientas. Tres únicas pruebas y no volvía a verlas nunca más.

Seguí leyendo el diario en el suelo, en el mismo sitio en el que había caído por sorpresa, y se me fue echando la noche encima. Quería seguir descubriendo qué había encontrado en ese viaje; detallaba sus encuentros con los proveedores que finalmente se convirtieron en fieles engranajes de su negocio y describía parajes que yo jamás había tenido oportunidad de ver: montañas nevadas, cerezos en flor, lagos, inmensas extensiones de verdes arrozales, paisajes rojizos, naranjas, amarillos, nenúfares flotantes... No solo había recorrido Europa y China, sino también Japón. Allí practicó la meditación, profundizó en la filosofía oriental, y el fruto de ello se palpaba en su discurso. En las entradas de su diario escritas durante su estancia allí, el modo de expresarse resultaba más místico de lo habitual...

Siguiendo las fechas de cada entrada pude confirmar que pasó un largo periodo ausente, sin escribir, y cuando por fin lo hizo, ya había conocido a Lei. No daba muchos detalles de su primer encuentro, pero sí contaba que una mujer lo había acogido como si fuera parte de su familia. Algo especial los unió, la sincera relación que establecieron entre ellos desde el primer día hizo que don Alberto se sintiera más arropado que nunca durante su largo viaje e incluso retrasase, en agradecimiento a su acogida, las fechas de sus billetes para Europa a fin de poder volcarse con la familia Yang en la recolección de arroz que debían terminar antes de que llegara el invierno.

En aquellas páginas descubrí que Lei tenía dos hijas, posiblemente las chicas que se ocupaban de los arreglos florales en el almacén, y una tercera más pequeña, que según describía don Alberto era la más hermosa de las tres. Abandonó el hogar casi siendo una niña y pronto se convirtió en madre. Don Alberto nunca oyó hablar de ella mientras convivió con los Yang, pero una mañana, dos días antes de volver a Europa, apareció la hermosa joven caminando, con claro aspecto de estar necesitada, buscando a Lei.

*1 de agosto de 1961*

*Llegó sola con la mirada perdida y el rostro demacrado. Sin embargo, su estado no impedía reconocer su belleza. Quiero hablarte de ella, porque siempre será parte de mi vida [...]. Se derrumbó en mis brazos cuando perdió las fuerzas al querer gritar el nombre de su madre [...].*

Se llamaba Mei y acababa de perder a su bebé de dos años, víctima del hambre. Lei lloró durante meses hasta que vio recuperarse a su hija pequeña físicamente. Estaba desnutrida, necesitaba comer, se había instalado en una zona de China en la que cientos de familias estaban muriendo por la misma causa. Al igual que otros muchos millones a lo largo de todo el país.

Don Alberto cambió sus planes de vuelta y decidió quedarse. Ayudó a la familia Yang a trabajar en el campo más allá de lo planificado y convirtió la recuperación de Mei en una lucha personal. Sentía que alguien lo necesitaba por primera vez de verdad. Llevaba años buscando una nueva motivación y salvar a Mei, no solo de su desnutrición sino de su desgracia más íntima, se convirtió en un reto crucial para él. Su vida volvía a tener un sentido.

Tal como describía en el diario, cada madrugada se levantaba muy temprano y se marchaba a trabajar en las plantaciones con el resto de la familia. Lei no se separaba de su delicada hija, oraba sin descanso y preparaba ofrendas nuevas cada día.

Poco a poco Mei se fue recuperando físicamente, pero su mirada seguía apagada y muy lejos de allí. No hablaba con nadie, se limitaba a vagar por la casa. Pasaba mucho tiempo tumbada. Don Alberto trataba de darle todo el espacio que parecía necesitar para sobreponerse, pero cada tarde antes de la cena, casi como un ritual, se acercaba a ella y le preguntaba si le gustaría hablar sobre algo. Mei siempre negaba con la cabeza y una lágrima descendía por su hermoso rostro como respuesta.

Una de esas tardes en las que don Alberto volvió a hacerle la misma pregunta, la encontró mejor. Mei volvió a negar que necesitara hablar de nada, pero su mirada ya no se humedeció. Quiso salir a dar un paseo a solas, después de tantos días metida en casa, y todos se alegraron de aquel signo de evidente mejoría.

Llegó el atardecer y en la casa disfrutaron de un té blanco como símbolo de celebración; conforme se ocultaba el sol, la familia Yang salió a compartir aquel cielo de colores... Amarillo, luego naranja y finalmente de un rojo intenso.

*13 de septiembre de 1961*

*No podré olvidar jamás esa imagen del cielo encarnado envolviéndonos, que se mimetizaba con el bosque de árboles rojos que circundaba la casa. Una imagen tan intensa que me hizo llorar en silencio, sin conocer muy bien la razón. Me sentía satisfecho por la recompensa a todo el esfuerzo realizado, pero también profundamente solo. No estabas allí. Con ese nudo en el pecho, presentí que el paisaje tan rojo trataba de decirnos algo, no únicamente de ofrecernos un momento sublime. Me levanté afligido, con un mal presagio. Mei no había vuelto de aquel paseo solitario y yo mismo podía apreciar el dolor tan profundo que debía sentir frente a esa belleza infinita, solo comparable a la hermosa ausencia que ya nunca volvería...*

*Busqué desesperado entre los árboles que rodeaban la finca y allí la encontré. Pendida de uno de ellos. Flotando en el aire como ese ángel que recogí entre mis brazos a su llegada. Pronto la tuve entre ellos de nuevo: ahora su cuerpo estaba inerte, solitario, ausente de alma..., pero con un gesto plácido y sereno. Lo más cercano a la felicidad que yo había visto en su expresión.*

Con un nudo en la garganta y alguna lágrima recorriendo mis mejillas, dejé de leer el diario. Me puse de pie y coloqué en su interior una pequeña hoja para señalizar la página en la que debía continuar la lectura. Me dirigí al baño y me lavé la cara, necesité refrescarme y respirar hondo un par de veces para recuperar el ánimo con el que había iniciado ese proceso de búsqueda. No pretendía llegar a conocer tan íntimamente las historias de viaje de don Alberto cuando comencé a leer aquel cuaderno... Tampoco imaginaba que la vida lo hubiera castigado tanto; al fin y al cabo, la imagen que proyectaba en Nueva York estaba muy lejos de ese drama que lo acompañaba.

Por fin entendía el origen de esa mirada taciturna. No sé si el señor Márquez era del todo consciente de lo que proyectaba en Mei, pero leyendo sus escritos era evidente que tratando de salvarla a ella, esperaba salvarse él. Al igual que ella, también había perdido a la persona más importante de su vida, y si Mei conseguía superar esa falta, él esperaba poder hacerlo también. Por eso su inesperada muerte provocó una espiral de dolor aún mucho más dañina de la que ya sufría y se convirtió en ese hombre solitario y enigmático que yo más tarde conocí.

Sentí ganas de abrazarlo, de amarlo, de darle todo el cariño que necesitaba, de curar esa herida que lo torturaba y conseguir que se sintiera en paz y pudiera volver a disfrutar de la vida de nuevo sin esa carga.

Me había quedado embobada, sumida en mis pensamientos, mirando por la ventana, cuando oí que la puerta principal del atelier se cerraba. Di un brinco y traté de ocultarme dentro del despacho, ya no me daba tiempo a salir, y con el corazón bombeando con fuerza, visualicé el aspecto que debía presentar el pasillo con el pomo de la puerta desmontado y tirado en el suelo. Las horas habían pasado sin darme cuenta y estaba claro que quienquiera que hubiese entrado no esperaba encontrarme allí. Se supone que debía haber abandonado el atelier a las diez de la noche y serían cerca de las seis de la madrugada.

Durante un tiempo que se hizo eterno, cerré los ojos y recé. No volví a sentir ni un solo movimiento, pero justo cuando iba a salir, oí con nitidez cómo alguien abría las ventanas. El sonido del tráfico se percibía ligero, Nueva York aún estaba amaneciendo. Más tarde las ventanas se cerraron y el sonido cambió y se hizo más hermético. Supuse que la persona que había entrado era la mujer de la limpieza. Lo confirmé según fui detectando cómo llenaba los cubos de agua, el frotar de una bayeta contra los cristales, un cepillo en el suelo y después un aroma a detergente perfumado que llegaba hasta el despacho en el que me encontraba oculta.

Durante la larga espera los ojos se me fueron cerrando poco a poco, me había quedado la noche entera atrapada leyendo el diario y el cansancio me fue venciendo sin darme cuenta, hasta que unos pasos recorrieron el pasillo y se detuvieron a la altura del despacho. Me reactivé al instante, como si el sueño se hubiera desvanecido. De nuevo mi corazón bombeó con fuerza. La limpiadora debió quedarse observando el estropicio al otro lado de la puerta. No podía ni imaginarme qué estaría pensando al ver que alguien había asaltado aquella habitación en la que se encontraba la celosa intimidad de Don Alberto Márquez... Esperé un poco más sin moverme de mi escondite, tratando de controlar mi respiración para no ser sorprendida, y en ese ejercicio de autocontrol, volví a oír la puerta de la entrada, pero esta vez cerrándose con un portazo.

No había escuchado el sonido de los pasos alejándose hacia la salida, así que temí que la persona siguiera allí, al acecho frente a la puerta del despacho, y que ese nuevo sonido proviniera de otro de los empleados que acabara de llegar. Nunca había estado en el atelier por la mañana, así que no podía suponer qué entradas y salidas eran las habituales.

Agucé el oído, pero no escuché nada. Me mantuve quieta un rato más hasta cerciorarme de que no percibía ni un mínimo movimiento, y entonces decidí salir lentamente de debajo de la mesa y acercarme a la puerta para comprobar que quien fuera que hubiera estado allí ya se había marchado.

Salí del despacho de puntillas, aún llevaba el diario en la mano y me apuré para recomponer la cerradura. Recorrí el pasillo a toda prisa y en ese intento de huida silenciosa, algo resbaló del diario que redujo su volumen y resonó contra el suelo con un sonido metálico. Miré a mi espalda para comprobar de qué se trataba; al principio no vi nada, pero tras retroceder dos pasos, en una esquina reconocí una llave. Miré a ambos lados una vez más para confirmar que no había nadie y la recogí con la inquietud de no saber adónde me llevaría esa nueva sorpresa. La introduje en el bolsillo de mi falda y me marché corriendo del atelier.

Me pasé todo el camino a casa observando aquella llave. Me resultaba familiar, pero estaba colgada de un cordón de color rojo intenso que no había visto antes. Tenía pendiente buena parte de la lectura del diario; después de la sobrecogedora historia de Lei, me había quedado muy impresionada, y el trayecto del viaje a casa me dio la tregua necesaria para reflexionar y tomar algo de distancia.

No podía dejar de pensar en ella. Cómo habría alcanzado ese estado de serenidad después de haber perdido a una hija de esa manera. A mi mente voló la imagen de aquella noche en que trataba de huir del atelier, aparecí en la puerta del almacén y encontré a Lei orando con una pequeña ofrenda a sus pies. Quizá tuviera algo que ver con Mei…

Apreté el diario contra mi pecho y respiré hondo, como si estuviera abrazando a la venerable anciana.

De haber compartido conmigo algo así, no habría acudido a ella con problemas tan banales como los míos.

El autobús se detuvo y guardé la llave. Bajé agotada, cada minuto acusaba más la falta de descanso. Llegué a casa y, sin cambiarme, me tendí en la cama. La idea era reencontrarme con aquellos textos y descubrir si alguno de ellos hacía referencia a una llave, pero en cuanto reposé la cabeza en la almohada, cerré los ojos disfrutando del placer de estar a salvo y me quedé profundamente dormida.

# CAPÍTULO 30

*20 de mayo de 1962*

*Querida Ana, mi silencio solo ha sido tiempo de refugio y maduración, pero te he tenido presente a cada instante. Creo que solo saber que iba a volver a escribirte me ha dado el aliento para tratar de vencer las tentaciones que con seguridad me conducirían a un camino peor. He logrado asentarme en Nueva York, y conmigo toda la familia Yang. No ha sido sencillo, pero no podía permitirme un nuevo fracaso. Así siento la pérdida de Mei.*

*He tenido mucho tiempo para pensar qué quiero hacer de mi vida, pero después de esta larga reflexión, me parece egoísta pararme en mi deseo cuando tengo un deber pendiente con ellos... Voy a quedarme aquí. Por lo menos un tiempo. Tratando de construir algo a partir de la buena oportunidad que me brinda esta gran ciudad. Montaré un atelier de alta costura. He aprendido mucho durante mis viajes y los proveedores que he conseguido me permitirán ofrecer un género único que nadie más que yo poseerá. Cuando trabaje lo haré aislado, sin engañarme. Así es cómo me siento... Solo.*

*Deséame suerte. Yo, mientras, desearé que un día vuelvas y llenes ese vacío tan grande que provoca tu ausencia y que, de algún modo, Mei me enseñó que nunca podré suplir si no es contigo. Ni siquiera con el paso del tiempo.*

Seguía acostada en la cama, sin haber comido nada desde que me había despertado. Solo tenía una hora antes salir de nuevo hacia el atelier y me quedaba aún mucho diario. Comencé a hojear las páginas en busca de alguna referencia a esa llave que había caído de su interior. No encontré nada, todo eran declaraciones de amor a Ana. Profundas, sinceras, entregadas... Me imaginé la emoción que podría llegar a sentir esa mujer si algún día pudiese leer ese diario. Continué pasando las páginas y en una de ellas encontré pegada una fotografía de ella. La recordaba por el recorte del día anterior, que había visto en una de las carpetas del despacho. La instantánea del diario estaba muy desgastada, apenas podía reconocerla... Moví el cuaderno para intentar que la luz incidiera de tal modo que me permitiera reconocer los detalles mejor. Parecía que iba elegantemente vestida y con el pelo recogido en un moño alto. Sonreía feliz.

Perdí la noción del tiempo mirando aquella fotografía, trataba de entender qué escondía de especial esa mujer para que don Alberto se sintiera tan desdichado sin ella. Luego un breve pitido de mi reloj me avisó de que el tiempo pasaba y que sería imposible detenerme en cada página. Liberé la presión del dedo pulgar en el canto del cuaderno y dejé que volaran unas cuantas. En la siguiente entrada don Alberto describía los pasos que iba dando para conseguir que el negocio de Silk fuera creciendo y pronto triunfara. También hablaba de su relación con la familia Yang, su importante labor en el almacén, y de cómo iban curando entre todos esa herida compartida o, por lo menos, cómo conseguían anestesiar el dolor que la pérdida de Mei había provocado en todos ellos. Sin embargo, conforme pasaba las hojas, el tono de sus palabras no transmitía lo mismo. Posiblemente habrían aprendido a convivir con el dolor, pero la expresión de don Alberto cada vez era más amarga.

Quise darle otro empujón a la lectura y dejé volar de nuevo algunas hojas, de modo que me acerqué al final del diario sin encontrar referencia alguna de la llave. Ya solo quedaban dos páginas para terminarlo y al pasar la anteúltima, me encontré con una hoja totalmente diferente al resto. Contenía un dibujo de un vestido de mujer y, prendidas a su lado con un alfiler, dos minúsculas muestras de tela roja. Una seda salvaje y una gasa.

El boceto representaba un modelo con un estilo más cercano a la moda de los años cincuenta que a la tendencia actual. Tenía la cintura muy marcada por un cinturón ancho drapeado. La falda tenía bastante volumen y llegaba hasta mitad de la pantorrilla. Según el dibujo, la parte del pecho llevaba un corte palabra de honor, y sobre él se superponían dos piezas de gasa casi transparentes, en el mismo tono del vestido. Par-

tían del cinturón y subían por el pecho hasta anudarse detrás del cuello.

Cuando lo vi me recordó a un traje que lucía la actriz Marilyn Monroe en una de las películas de las que Thomas me había llevado a ver en el cine. En su caso, era de color blanco y la falda estaba plisada pero, a grandes rasgos, ambos compartían un estilo parecido.

Pasé la página una vez analizado el diseño, y entonces me encontré con una sola frase que decía:

*Maldecirás el sol que alumbra tu desgracia. Mary W. Shelley.*

Y justo en la página contigua se podía percibir con detalle la silueta que había dibujado una llave que acostumbraba a reposar ahí. Me senté de inmediato en la cama y busqué con ansiedad la llave que el día anterior me había llevado a casa. Revolví todas las sábanas y el interior de la almohada, pero no encontré nada. Sabía que debía estar en la cama, la noche anterior me había quedado dormida con ella y el diario. Asomé la cabeza para mirar por el suelo y allí la encontré, tirada sobre la alfombra.

Me estiré hasta hacerme con ella y, cuando la tuve entre las manos, abrí de nuevo el diario y la coloqué sobre la marca. La llave encajó a la perfección. Ese era el lugar en el que se guardaba habitualmente. Un escalofrío recorrió mi cuerpo: había dado con la clave que buscaba.

Salté de la cama y me fui a la ducha. Me arreglé a la carrera y salí de casa con el diario en la mano, quedaba poco tiempo para que dieran las tres de la tarde y aún tenía que llegar al atelier. No tuve ocasión de volver a pensar en la llave, pero esta vez me aseguré de llevarla bien sujeta. Estaba a punto de desvelar uno de los grandes secretos de don Alberto Márquez, pues a partir de ella no había nada más escrito en el diario. Esa llave era un punto y final o una entrada a una nueva forma de expresarse y mantenerse en contacto con Ana.

# CAPÍTULO 31

Recopilé todas las llaves de las distintas estancias del atelier y las coloqué sobre mi mesa de trabajo. Descarté con rapidez las que se alejaban de la forma y el tamaño de la que había aparecido en el diario y finalmente me quedé con dos de ellas que podían ser prácticamente la misma.

Me dirigí a las dos puertas que estaban asociadas a dichas llaves y observé ambas cerraduras para tratar de imaginar en qué otra zona del atelier podría haber una puerta semejante... No me sonaba que hubiera más entradas que las que yo tenía a mi alcance, pero dedicando especial interés a las paredes, recorrí con detenimiento todo el local. Me paré en cada armario, comprobando que no hubiera un trasfondo. En todos los rincones en los que encontraba un mueble de gran tamaño me asomaba por debajo o por un lateral y trataba de advertir si detrás se escondía alguna puerta. Por último, retiré las alfombras en busca de alguna trampilla en el suelo que pasara desapercibida a simple vista.

Por más que busqué no encontré nada. Empecé a pensar que en realidad esa llave no debía remitirme necesariamente a una estancia dentro del atelier. Podría pertenecer a una puerta o un armario de su casa, del almacén o incluso a un antiguo mueble que formara parte de un simple recuerdo. No tenía nada a lo que agarrarme para seguir buscando. Sin embargo, antes de rendirme volví a mi mesa, me senté sobre ella y repasé los acontecimientos tal y como habían sucedido:

1. Había encontrado el diario oculto bajo la mesa del despacho de don Alberto Márquez.
2. En su interior se marcaba la silueta de la llave, lo que confirmaba que llevaba mucho tiempo ahí guardada.
3. La llave se había caído del diario con facilidad, por lo que deducía que se sacaba de él con asiduidad, o de lo contrario don Alberto la tendría mejor sellada.

Obviamente todo eran suposiciones, pero si don Alberto conservaba su diario tan cerca de él cuando ya no escribía ninguna anotación desde hacía más de dos años, y esa llave abría alguna estancia del atelier... La única opción que quedaba es que esa estancia estuviera situada dentro del propio despacho de don Alberto Márquez. La estancia prohibida. El lugar en el que pasaba horas y horas sin que nadie supiera qué hacía dentro...

Ya tenía previsto volver a entrar allí para devolver el diario a su lugar, pero mientras lo estaba leyendo y después de lo sucedido la madrugada anterior, había decidido aminorar los riesgos y no volver a desmontar la cerradura si no era estrictamente necesario. Sin embargo, sintiéndome presa del enigma que conllevaba la aparición de esa llave asumí que, con tal de completar el rastreo de esa puerta oculta, devolvería el diario ese mismo día y no volvería a entrar nunca más.

Cogí las herramientas que aún guardaba dentro del bolso y, al enfrentarme a la puerta del despacho, me percaté de que precisamente de esa estancia era de la única que no tenía llave. ¿Y si la que había encontrado no era más que la que permitía entrar en él? En el fondo resultaría algo decepcionante...

Saqué la llave de mi bolsillo y, al introducirla, encajó bien, sin necesidad de ningún forcejeo; sin embargo, al intentar girarla se quedó bloqueada y no dio la vuelta necesaria para poder abrir. La extraje y la guardé otra vez en mi bolsillo. A continuación, con sumo cuidado, fui retirando los tornillos que sujetaban el pomo de la puerta y desmonté el mecanismo, ya casi con pericia, hasta que cedió.

El despacho estaba tal cual lo había dejado el día anterior. La mesa perfectamente colocada. Todo organizado con un orden extremo. Lo recorrí con los ojos bien abiertos. Toqué la enorme estantería. Era de madera, hecha a medida, a propósito para esa estancia, resultaba imposible de mover.

En todo momento tuve presente el paso del tiempo, no podía volver a correr el riesgo de que me sorprendiera nadie allí dentro, así que debía evitar que las horas se me echaran encima.

Acaricié con la mano el lomo de algunos libros, los únicos cómplices de los secretos de don Alberto. No había mucho mobiliario más allá de su gran mesa y su butaca, de forma que los rincones quedaban expuestos a la vista. Di una vuelta sobre mí misma y entendí que no estaba en mi mano resolver el enigma, no detectaba ningún lugar en el que pudiera estar ubicada una puerta secreta.

Me sentí decepcionada. Era tanta la excitación por seguir descubriendo qué más escondía don Alberto en el atelier que abandonar ese pequeño juego era como rendirme antes de tiempo. Cogí la llave, aún dudando sobre lo que debía hacer, la coloqué en el lugar que le correspondía dentro del diario y lo cerré.

Suspiré hondo y me agaché. Me coloqué de cuclillas para devolverlo al lugar en el que don Alberto lo guardaba. Justo detrás del cajón izquierdo, debajo de la mesa. Giré la cabeza hacia arriba, aún agachada, y descubrí el mecanismo que activaba la trampilla. Dejé por un momento apoyado el diario en el suelo para liberar las dos manos y me acerqué un poco más al cajón que estaba en contacto con el hueco para guardar el diario.

Probé a hacer un juego de palanca con mis manos para confirmar que quedaría bien sujeto, sin signos de haber sido sustraído y devuelto. Lo repetí un par de veces y cuando tuve claro cómo funcionaba, extendí la mano derecha hacia atrás y empecé a palpar el suelo sin dejar de mirar el hueco para evitar tener que volver a empezar.

Moví la mano a ciegas de un lado a otro, pero no me topaba con el diario. Me vi obligada a echarme un poco más hacia atrás y en ese intento conseguí tocar una punta del cuaderno, que seguía sin estar a mi alcance. Me estiré un poco más, conservando la mano izquierda en la trampilla, pero al separarme esos centímetros, perdí el equilibrio y caí de nalgas. Debía volver a empezar.

Emití una especie de gruñido por haber dejado tan lejos de mi alcance el diario y, aún tendida en el suelo, a la vez que comenzaba a incorporarme, mi mirada se desvió hacia arriba y descubrí una pequeña puerta en el mismo techo de la estancia. Era como una tapa camuflada en el artesonado del techo, pero que claramente se podía mover si se manipulaba, ya que no tenía ningún tipo de cerradura a la vista.

Un nuevo pálpito reactivó mis esperanzas. Sin pensarlo ni un momento, cogí la llave del interior del diario y trasladé la escalera de la librería al punto exacto en el que se encontraba aquella tabla. Subí decidida y cuando estaba justo debajo de la pieza móvil, la empujé hacia arriba y descubrí que en aquella especie de falso techo había una entrada a una buhardilla. Arrastré la tabla hacia el interior del hueco y la dejé allí mismo apoyada. Tuve que apartarme, porque al moverla cayó algo de polvo y las partículas quedaron flotando en el aire. Con una mano despejé el camino y continué subiendo por la escalera, hasta que me planté en el interior de aquel extraño espacio.

Me imaginé que estaría camuflado en la azotea del edificio o algo parecido. Entraba luz desde alguna pequeña ventana situada en la parte alta de la pared, pero el hueco no estaba muy bien acondicionado. Me dio miedo recorrerlo sin apenas ver nada, pero cuando hube avanzado un par de metros, descubrí una puerta con una cerradura similar a las que había visto abajo.

El bombeo de mi corazón se aceleraba. Saqué con cierto temor la llave de mi bolsillo y después de refrescarme la boca con mi propia saliva, introduje la llave y la giré sin esfuerzo alguno. La cerradura hizo clic y la puerta se abrió quedando muy arrimada al umbral. Dudé antes de empujarla. Mis ojos se habían acostumbrado algo más a esa penumbra, pero seguía sin poder imaginarme con qué me encontraría al otro lado.

Decidida a averiguarlo, le di un fuerte empujón con las dos manos y me mantuve allí mismo parada, sin dar un paso adelante. No se movía nada dentro de la nueva estancia, así que me atreví a entrar. A la derecha de la puerta localicé un interruptor. Lo pulsé para abandonar esa oscuridad y después de algún parpadeo, se hizo la luz en aquel misterioso lugar.

Se me heló la sangre cuando me enfrenté a aquella terrorífica estampa.

Era un taller de costura. En el centro, una mesa de corte con una máquina de coser. Tras ella, un gran armario que almacenaba el material necesario para desarrollar la tarea. Podría reconocerse cierto encanto en el lugar. Era todo de madera, pintado en tonos muy claros y con alguna columna de hierro que sujetaba la estructura. Carecía de ventanas y se iluminaba únicamente con luz artificial. En cada esquina, un enorme espejo que permitía ver en su reflejo la totalidad del espacio. Pero eso no era lo impactante... Lo que me dejó sin habla, incapaz de reaccionar, era que allí donde mirase me encontraba el mismo modelo femenino confeccionado exactamente igual una y otra vez.

El vestido rojo que aparecía dibujado en su diario. Cortado a la cintura, con dos tiras de gasa sobre el pecho que se anudaban en el cuello. Debajo de ellas, el mismo escote recto palabra de honor, y la falda con bastante cuerpo, confeccionada en la seda salvaje que correspondía a la pequeña muestra sujeta en el diario con unos alfileres, y que llegaba hasta media pantorrilla.

Me adentré despacio en la buhardilla y empecé a contar el número de ejemplares del mismo modelo que me iba encontrando: uno, dos, tres, cuatro, cinco, seis, siete, ocho... Conforme iba avanzando iba encontrando más y más y más. Veinticinco, veintiséis, veintisiete... Treinta y dos, treinta y tres, treinta y cuatro...

Los había por todas partes. La gran mayoría, colgados en largas barras uno detrás de otro, como si fueran armarios a la vista. Otros estaban almacenados en cajas como si fueran a ser entregados. Al llegar al final de la habitación seguía encontrando más y más vestidos: todos confeccionados a partir del mismo modelo, todos con las mismas medidas, lo que confirmaba que había una única y evidente destinataria.

Me di la vuelta al llegar al final y volví recorriendo el otro lado del taller. En esa ala seguí encontrándome decenas y decenas del mismo traje, siempre también en el mismo color. Ese rojo intenso. Cuando llegué al cincuenta y ocho dejé de contar. Mirase donde mirase, allí encontraba la misma mujer. El tormento de don Alberto. La reconstrucción de aquella figura femenina con la que se reencontraba desde aquella última frase de su diario.

Sentí la necesidad de abrir el diario para volver a verla. Encontré con facilidad la página con su fotografía y cuando la tuve enfrente, la imagen se hizo más terrorífica aún. En aquella fotografía casi velada, Ana llevaba puesto ese mismo vestido que ahora él confeccionaba una y otra vez.

Ahora ya no le valía con dirigirse a ella a través de unas palabras en un papel. Ahora lo que necesitaba era su forma física y, ante la incapacidad de tenerla, confeccionaba de manera obsesiva el mismo vestido como si fuera a ser capaz de darle vida.

Me entristecí imaginando a don Alberto torturándose durante horas rodeado de aquella colección obsesiva. La herida de la que hablaba Lei era mucho más profunda de lo que yo nunca hubiera imaginado.

Enseguida me sentí mal por estar en aquel taller secreto. Por haber invadido su intimidad. Me avergoncé de mi comportamiento y me alejé de allí con un nudo en la garganta. Resultaba demasiado doloroso.

Intenté colocar todo tal y como estaba en el despacho antes de que yo lo invadiera. Devolví el diario a su lugar bajo la mesa, guardando en su interior la llave que acababa de utilizar. Seguía sintiéndome incómoda por mi actuación de estos dos días. Me despedí de algún modo del despacho, nunca volvería a indagar nada más sobre la vida pasada de don Alberto Márquez. Mi atracción por él seguía estando muy presente, pero después de descubrir todo el dolor que escondía su alma, mis sentimientos se habían vuelto más profundos, o así lo sentí yo en aquel momento.

—¿Qué está haciendo ahí, señorita Lavigne? —Sonó su voz detrás de mí.

Yo estaba saliendo por la puerta de su despacho de espaldas, dedicándole esa última mirada de despedida al interior.

Me di la vuelta lentamente. No sentí miedo. Tampoco me pregunté qué hacía él allí si tan solo habían pasado dos días de la semana que dijo que iba a estar fuera... Posiblemente la persona que había descubierto mi allanamiento del día anterior lo hubiera alertado, y por la hora en la que se presentaba el señor Márquez, parecía que no tuviera dudas sobre que la única sospechosa de aquel incidente era yo.

Lo miré a los ojos y en ellos solo pude ver una profunda tristeza... Vestía de traje, tan impoluto y masculino como siempre. Llevaba el botón del cuello de la camisa desabrochado, ese cuello que hacía tan poco mi rostro había rozado. A pesar de estar vestido pude imaginarlo sin ropa, tal y como lo recordaba. Volví a encontrarme con sus carnosos labios y deseé que me besara apasionadamente como si de una película se tratara. Que se dejara llevar sin prejuicios ni normas y me amara allí mismo, despreocupados de cualquier fantasma del pasado. Quise abrazarlo fuerte y que se hiciera pequeño a mi lado. Ser por una vez su protectora para que dejara de sufrir. De seguir encerrándose en aquel lugar que utilizaba como tortura.

Era imposible negar lo evidente, me había descubierto con el pomo de la puerta desmontado, inventarme una excusa era inútil, pero sobre todo, mi impulso no fue cubrirme, sino abrazarlo. Di un paso adelante para acercarme a él y antes de que pudiera dar el segundo, me señaló la puerta de la calle.

—Fuera de aquí —dijo sin levantar la voz.

Le pedí que me dejara hablar, quería compartir con él la intimidad que había violado. Estaba dispuesta a confesar lo que había hecho durante esos dos días, hacerle partícipe de que ya no había secretos entre los dos, que podíamos hablar abiertamente de todo lo que lo atormentaba, pero no me dejó empezar. Me cortó con la primera palabra.

—Quiero que se marche de aquí para siempre —me dijo.

Lo tenía tan cerca que podía olerlo y al mirarlo a los ojos sentí cómo su amargura se apoderaba de él. Me reconocí profundamente enamorada.

—No quiero estar en ningún otro lugar más que aquí —dije sin saber de dónde nacía esa desvergüenza tan impropia de mí.

—He dicho que se marche —insistió conteniendo su rabia.

—Yo puedo ayudarle… —le dije, sin referirme al atelier.

—¡Fuera! —gritó hasta sobresaltarme.

—Yo no quería…

—Eso debió pensarlo antes de entrar en mi despacho.

Entonces fui consciente de que ese sería el final de mi estancia en Silk. Levantó la voz y me habló tal y como lo había hecho cuando se enfadó conmigo en su casa, aquella vez que se había hecho cargo de mi desmayo y, tras mi enfado, me invitó a marcharme…

—Son pocas las reglas que le he impuesto y muchas las que ha incumplido, en realidad se las ha saltado todas. Quiero que se vaya de este atelier y no vuelva a cruzarse en mi camino.

No pude evitar que una lágrima resbalara por mi mejilla.

—Le juro que me centraré solo en lo que usted necesite de mí.

Por un momento pensé que había conseguido algo con mi insistencia. Su silencio se prolongó más de lo debido, después don Alberto bajó la cabeza y se dirigió a mí casi con un susurro:

—Lo que necesito de usted es que se vaya ahora mismo.

Y sin más, enfiló el pasillo. Al pasar a mi lado cerré los ojos dándolo por perdido y absorbí todo su aroma para intentar llevarme conmigo parte de su esencia. No lo hice de forma premeditada, creí que era la despedida. Esta vez sí le había perdido para siempre…, y nadie más que yo era responsable del desastre.

En silencio me dirigí a mi mesa y recogí mis escasas pertenencias, entre ellas, la bolsa de herramientas con la que había cometido la intrusión. Las desprecié tirándolas a la papelera. No quería volver a verlas. No quería que me recordaran la torpeza y el final de lo que podía haber sido mi vida junto a él…

Antes de salir por la puerta, eché una última mirada a todo ese lujo que me rodeada. Sin lugar a dudas, estaba muy lejos de pertenecer a él. Por último, miré hacia el largo pasillo y advertí que don Alberto se encontraba en el *showroom*. Ya eran más de la diez, pero teniendo en cuenta que había anunciado que esa semana no estaría, no habría ninguna cita que atender.

Las imágenes de su diario se fueron representando en mi cabeza como diapositivas proyectadas a gran velocidad, y después comencé a visualizar las imágenes más impactantes que me había concedido ese atelier. Sentí un vértigo parecido al que experimentaba la gente que estaba cercana a la muerte, como si marcharme de Silk supusiera el final real de mi vida.

Comencé a sentir ansiedad, frío, miedo, y movida por una fuerza inexplicable, me dirigí hacia la estancia en la que él se encontraba. Caminé con firmeza, sin pensar qué iba decir al llegar. Me había echado de su atelier por asaltar su intimidad, por incumplir todas las normas que me había impuesto; sin embargo, yo me sentía segura de merecer una nueva oportunidad. Solo yo conocía el estado de ánimo en el que se encontraba, no había compartido aquellos secretos con nadie más, solo yo estaba en disposición de ayudarlo, y cada segundo que pasaba sentía que lo quería más.

Crucé el umbral del *showroom* y me lo encontré de espaldas mirando por la ventana. Justo delante de esa gran cristalera con forma de diamante.

—Sé que no pudiste salvarla y que te castigas por ello.

De esa forma le hice saber que había leído su diario. Hasta entonces podía haber sospechado que simplemente me había colado en su despacho. Se giró hacia mí lentamente, con la expresión transformada. No dijo nada. Se limitó a mirarme con dureza, esperando alguna explicación más por mi parte que confirmara que estaba hablando de lo que él creía.

—No buscaba el diario cuando entré en tu despacho. Solo una explicación a tu comportamiento con las mujeres.

Fui capaz de mantener la calma y hablar con autoridad, tanta como para tutearle.

—Tú viniste a buscarme. Tú me observaste durante días. Tú me entregaste las llaves del atelier, sabiendo a qué prácticas te dedicabas. —Empecé a caminar hacia él mientras me crecía en mi discurso—. Tú me quisiste dentro de tu mundo. Tú me sedujiste en el almacén, hasta provocar mi primera excitación. Tú me quisiste incorporar a tus oscuros secretos en el *showroom* y tú…

—¡Basta! —gritó para que me detuviera.

Ya solo quedaban unos centímetros de distancia entre nuestros cuerpos. Me quedé mirando su cara, su mirada enfurecida, su boca que aún jadeaba por el reciente grito. Yo ya no tenía nada que perder y lo deseaba más que a nada en el mundo. Así que traté de provocarlo por última vez…

—No acumules más fantasmas y reconoce que no quieres que me vaya. ¿O acaso no eres tú el que me atrajo a este oscuro mundo al que perteneces?

Nos quedamos clavados, mirándonos el uno al otro. Su respiración fue profunda e intensa. No me movería de allí hasta que él reconociera que todo lo que yo acababa de decir era cierto. Sabía que había dado un paso adelante muy peligroso hablándole de cuestiones tan personales, pero ignorar que conocía sus miedos era alejarme aún más de él.

—Deja que me quede —susurré tratando de no romper el momento.

Levantó la cabeza como si quisiera marcar una distancia entre nosotros que físicamente no existía y se quedó pensativo. Yo, sin embargo, me acerqué un poco más y puse mis manos sobre las solapas de su chaqueta. Sentí cómo se hinchaba su pecho vigoroso al respirar.

—Quiero hacer algo por ti —dije.

Bajó la mirada y se detuvo en mis manos colocadas sobre su torso, después volvió a mirarme. No había sido consciente de haber roto esa barrera que siempre se interponía entre nosotros y al darme cuenta de que le estaba tocando, retiré cuidadosamente las manos y miré al suelo tratando de esconder mi apuro.

—No tienes por qué hacerlo —dijo.

Sentí su mano acariciando mi mentón y después guiándome de nuevo la vista hacia arriba.

—Retirar las manos, digo… No tienes por qué hacerlo.

No supe qué decir. No esperaba nada como eso. Solo aspiraba a quedarme en el atelier y poder ayudarlo poco a poco a recuperarse de sus heridas.

Sentí que se me secaba la garganta, tragué saliva y humedecí mis labios con mi propia lengua. El movimiento fue más pausado de lo que hubiera querido, pero la tensión era tal que ni si quiera mis movimientos resultaban tan ágiles como debieran. Don Alberto se quedó prendido de mi boca y pude sentir que su mente se alejaba de allí... Sin volver a levantar los ojos, empezó a caminar misterioso y se alejó de mi lado sin decir nada. Me quedé parada, a la espera de que él llevara las riendas. No sabía qué era lo que iba a ocurrir a partir de entonces, pero lo que sí sabía era que estaba dispuesta a todo.

Durante un rato lo perdí de vista, me inquieté y volví la cabeza para seguir sus pasos, que resonaban en toda la estancia. Cerró la puerta de la habitación, después corrió la gran cortina y cuando estuvimos del todo a oscuras, se dirigió a uno de los focos que habitualmente iluminaban los vestidos que presentaba a sus clientas y lo orientó hacia mí. Estaba justo a mi espalda y al encenderlo sentí su calor en todo mi cuerpo. Llevaba puesta una camisa de gasa de color claro que al contraluz de aquel foco dejaba entrever mi silueta perfectamente. Me sentí violenta y crucé una mano sobre el brazo contrario para tratar de cubrirme parte del cuerpo.

Don Alberto continuó en silencio, observándome. Me rodeó y se colocó justo enfrente de mí para valorar el contraluz de aquel foco que acababa de prender. Lo hacía de un modo profesional, como si fuera una clienta probándose uno de sus modelos. No atendía a mi mirada, solo observaba cada detalle de mi cuerpo. Al ver mi brazo cruzado sobre el pecho tratando de autoprotegerme, dirigió suavemente su mano hacia la mía y fue soltando cada uno de mis dedos para dejar a la vista mi silueta completa de nuevo. Me miró con descaro el pecho, la cintura, las caderas, y después de recorrer mi cuerpo entero, giró su rostro hacia la derecha y extendió una mano.

Un terciopelo negro aguardaba esperando en el respaldo de la butaca en la que las mujeres solían dejar su ropa. Era una pieza igual que la que había utilizado conmigo el día de la gran prueba en el almacén. Llevaba mucho tiempo preguntándome qué uso le daba en ese otro contexto, y ahora que estaba entre sus manos, no pude evitar recordar mi estremecimiento de aquel día, sintiendo su virilidad mientras se balanceaba sobre mí provocando un infinito placer.

Me miró mientras acariciaba la pieza con suavidad. Lo hacía con cierto morbo, como si él también estuviera recordando aquel encuentro.

—¿Puedo taparte los ojos? —me preguntó.

Su tono era sereno y extremadamente amable. Ya no quedaba nada de la autoridad que hacía un rato había tratado de imponer para que me fuera.

Miré el trozo de terciopelo que aún acariciaba con las yemas de sus dedos y luego lo miré a él. No sabía muy bien hasta dónde llegaría su propuesta, ya no estaba a prueba en el almacén…

Dudé por un momento, pero intenté que no se notara. La última vez que nos habíamos encontrado tan cerca había sido yo la que había provocado que se marchara confesando que era virgen, y esta vez no quería que nada lo detuviera.

Asentí con la cabeza y acepté por tanto que me vendara los ojos. Él, sin hacer ningún gesto, extendió la banda de tela entre sus manos y se colocó justo delante de mí para cubrirlos. Enseguida dejé de ver todo lo que estaba a mi alrededor, sentí el aroma de su cuerpo, la fuerza de sus brazos que ahora me envolvían casi sin tocarme y su respiración profunda y sosegada. Todo parecía bajo control. Bajo su control.

Rodeada de él, pero apenas sin tocarlo, sentí poco a poco la presión de aquel nudo que se hacía fuerte contra la parte trasera de mi cabeza. A partir de ahí, silencio y poco después… el crujir del suelo, un par de pasos que se alejan, una música que nos envuelve y el chirriar de aquel foco que hacía unos segundos apuntaba contra mi cuerpo. Un ambiente sugerente y seductor, un grueso dedo que se deslizaba sin ser esperado lentamente en el interior de mi boca, y de pronto, distancia de nuevo.

Respiraba nerviosa y excitada. Cada segundo sin él provocaba más mi deseo y más temor por lo que pudiera avecinarse.

—¿Estás segura de que realmente quieres quedarte? —Sentí su calor en mi nuca.

—Sí —contesté.

—No soy quién para robarte un momento tan especial…

Me mordí el mismo labio que hacía unos segundos él había acariciado con provocación. Entendí que se refería a mi virginidad. No quería parecer una cualquiera, pero nadie me hacía sentir lo que él lograba solo con una mirada. Nunca había imaginado cómo sería mi primera vez, pero sí cómo debería sentirme y sabía que ese era el momento adecuado.

—No tengo nada más que esperar —dije.

Se hizo un nuevo silencio, que ahora cubría un cálido tema de soul proveniente del tocadiscos que hacía un rato don Alberto había encendido. Después de escuchar un suspiro profundo, sentí cómo su dedo índice se posaba en mi nariz y poco a poco descendía por mi boca, mi cuello, mi escote, y al llegar al pecho comenzaba a jugar dibujando pequeños círculos que generaron un hormigueo intenso por todo mi cuerpo. Mi camisa neutralizaba sutilmente sus caricias. Primero se paró en un pezón, y después de sentirlo endurecido, jugueteó con el otro hasta que reaccionó del mismo modo. No podía ver su rostro, pero trataba de imaginarlo. Resultaba tan excitante…

El roce de su dedo pronto se situó cerca de mi vientre, trazó círculos más grandes y espirales que descendían hasta llegar a la altura del pubis. Continuaba estando vestida, pero sentir su mano tan cerca de mi sexo hizo que mi vientre se contrajera y mi cuerpo entero comenzó a temblar tímidamente.

Don Alberto se detuvo. Retiró su mano y perdió el contacto conmigo. Oí sus pasos rodeándome, y al llegar a mi espalda, sentí cómo el foco dejaba de apuntarme tan directamente y poco después sus labios comenzaban a recorrer con pequeños bocados mi cuello y la parte trasera de mi oreja. Desde esa posición, colocado justo detrás de mí, comenzó a desabrocharme los botones de la camisa, como si fuera la suya propia, envolviéndome con sus brazos.

El tercer botón acababa de desprenderse cuando su mano derecha se introdujo en el interior de mi camisa hasta alcanzar mi pecho izquierdo. Con sus dedos comenzó a acariciar mi pezón, ahora directamente sin el filtro de la ropa. Sentí que empezaba a descontrolarme. Conforme me excitaba, respiraba más profundamente y en una exhalación emití un pequeño gemido. Don Alberto me empujó hacia él con fuerza y sentí su cuerpo en mi espalda. Él también estaba excitado.

Continuó desabrochándome la camisa sin llegar a abrirla por completo. Después tiró con suavidad de los laterales hacia arriba y consiguió que saliera del interior de mi falda, que segundos después consiguió desabrochar y dejó caer en el suelo dejando al descubierto mi sencilla enagua.

Retiró por completo mi camisa y tras deshacerse de ella, me acarició con las palmas de sus manos los brazos, que mantenía tendidos a lo largo del cuerpo, después recorrió la curva de mi pronunciada cintura y siguió deslizando ambas manos hasta llegar a mis nalgas, bajo el sedoso tejido de la combinación. Continuó descubriéndome y encaminó sus manos hacia delante, para acariciarme primero las caderas y finalmente los muslos.

Me empujó de nuevo contra él, hasta tenerme pegada a su abdomen, a su pecho firme. Siguió acariciando la cara interna de mis piernas y cuando sentí que sus dedos se acercaban en exceso a la parte más íntima que aún cubría la fina lencería, arqueé mi espalda hacia atrás y contuve la respiración. Don Alberto se acercó a mi oído y con una sugerente voz me habló cálidamente:

—Relájate, Adele. No haremos nada que tú no desees.

Su mano acarició una vez más mi pecho, como si tratara de relajarme, y a continuación lo agarró con fuerza y lo presionó mientras empujaba su pelvis contra mí para que pudiera sentirlo. La pasión se apoderó de los dos y sentí que en el movimiento repetido de acariciar y presionar mi pecho lo dejaba expuesto fuera de mi combinación. Don Alberto me giró con decisión y se abalanzó sobre él. Comenzó a besarlo, a lamerlo, a chuparlo y continuó con el otro de igual modo. Hacía presión sobre ellos y respiraba profundo como si tratase de grabarse el aroma de mi piel. Me volvía loca sentir esa inspiración tan profunda sobre mí.

Después se fue agachando poco a poco... Lo imaginé de rodillas besando mi vientre, aún sobre la combinación de raso. Luego descendió más abajo, hasta llegar a mi entrepierna, y allí, como si fuera un animal salvaje que tratara de rastrear el terreno, rozó su cara contra uno y otro lado, inspiró profundo y me levantó solo un poco la combinación. Un aire cálido proveniente de su boca empezó rozar la piel de mi entrepierna: don Alberto soplaba suavemente sobre mi sexo y el entorno de esa delicada zona. Deseé que me poseyera en ese mismo instante, que se introdujera en mí para poder sentir su verdadero calor en mi intimidad más profunda.

—Libérate, Adele —dijo excitado al sentir que aún mantenía cierta tensión en las piernas.

Relajé mi cuerpo entero, y en esa distensión, don Alberto se hizo fuerte y arrancó mis bragas sin que pudiera reaccionar. Volqué mis caderas hacia atrás de forma instintiva, tratando de protegerme de aquel hombre al que deseaba ardientemente y al mismo tiempo temía.

Don Alberto se puso de pie, me elevó con la misma sensación de ligereza que la primera vez y me sentó sobre uno de los muebles que se apoyaban contra la pared. Mi pecho quedaba a la altura de su rostro y nuevamente comenzó a besarlo, pero esta vez de un modo mucho más feroz. Empujaba mi cuerpo contra el suyo, podía notar la fuerza de su masculinidad, aún protegida por las últimas prendas que no se había quitado. El torso sí lo tenía al aire y pronto sentí sus dedos entre mis piernas.

Mi respiración enseguida se entrecortó y traté de limitar el movimiento de sus manos para huir de ese intenso placer. Él, sin embargo, agarró con fuerza cada uno de mis brazos y los colocó por encima de mi cabeza. Una vez allí, liberó una de sus manos y con la otra siguió sujetándome para impedir que interviniera en su estimulación.

Aguardaba en alerta. La libertad de su otra mano significaba que pronto me estaría tocando de nuevo; sin embargo, ocurrió algo que no esperaba. Una gasa de las que pendían del techo del atelier rozó mi rostro de forma inesperada. No pude evitar un pequeño sobresalto.

—Confía en mí —dijo—. Haré que nunca olvides esta primera vez.

Y llena de temores me dejé atar tal y como había visto que hacía con otras mujeres…

Enseguida me encontré presa. Lo hizo rápido, con destreza, tenía mucho entrenamiento en aquella práctica. Ya no solo tenía cubiertos los ojos, ahora tampoco podía tocarlo. Estaba a su merced.

Con sus manos recorrió ambos costados de mi cuerpo pasando por los pechos, la cintura, las caderas, hasta que de nuevo sentí un roce entre las piernas. Se tomó un tiempo para retomar el punto exacto en el que nos habíamos quedado, y una vez que los dos estábamos nuevamente conectados, noté cómo uno de sus dedos se introducía en mi cuerpo. Estiré mi espalda, tratando de alejarme, pero cualquier movimiento resultaba vano. Ya estaba dentro de mí.

Me agarró por la cintura fuerte y me inmovilizó aún más. Me palpaba con auténtica maestría y libertad y exploró cada rincón de mi sexo, primero con un dedo y después con dos. Me tocaba por dentro y por fuera, hasta que no me pude contener y empecé a gemir muy alto y a jadear. Quería que no parara nunca, que siguiera dándome ese placer. Pronto comencé a percibir que mi vientre se contraía acompasado con mi respiración, que se entrecortaba en los momentos más álgidos de la estimulación a la que estaba siendo sometida.

Estaba a punto de perder la conciencia con tanta excitación cuando supe que era su lengua húmeda la que recorría mi sexo y sus dientes los que mordisqueaban suavemente mis ingles. Fui incapaz de detenerme, de controlar mi expresión, inspiré con la boca abierta, necesitaba una gran bocanada de aire para poder afrontar esa sublime sensación, y mientras su lengua se movía velozmente por mi sexo, gemí y resoplé como si nadie pudiera oírme. No sabía que el placer podía llegar tan lejos...

Cuando hubo terminado todo, me sentí avergonzada. Unos pequeños calambres recorrieron mi vientre y comencé a temblar.

—Lo has hecho muy bien... —dijo don Alberto.

Me parecía increíble que estuviera ahí conmigo. Comenzó a besarme y abrazarme para que no me sintiera sola. Me desató las manos con delicadeza y sensibilidad y al librarme de las gasas lo abracé y me acurruqué en él. Me dejó reposar un rato y cuando sintió que estaba más tranquila, comenzó a besar mi cuello de nuevo y con su lengua recorrió el interior de mi oreja.

Cualquier pequeño aliento me hacía estremecer. Era tanta la sensibilidad de mi cuerpo que todas las caricias que ahora me dedicaba, además de reconfortarme, provocaban un deseo ardiente a la vez. No alcazaba a verlo, mantenía mis ojos ocultos bajo aquel terciopelo negro y así lo quise. Prefería no correr el riesgo de perder la magia que se había creado.

Acaricié su cuerpo mientras me besaba: su cabeza, su pelo, sus fuertes hombros y lo envolví con mis piernas para aproximarme más a él. Cuando lo tuve tan cerca, comprobé que seguía manteniendo puesta algo de ropa y yo misma comencé a retirársela, despojándolo de todo con su ayuda.

De nuevo se acercó a mí, ahora ya sin nada. Su pene estaba totalmente firme y mi cuerpo preparado para recibirlo. Separé mis piernas para invitarlo a seguir adelante y así facilitar nuestro encuentro. Su cabeza estaba cerca de la mía y ahora fui yo la que decidí susurrarle algo al oído, tratando de alentarlo a olvidar deudas pendientes:

—A mí ya me has salvado…

Y después de unos segundos de silencio en los que percibí, por su respiración, que su instinto animal poco a poco se desbocaba, don Alberto me empujó contra su cuerpo y se introdujo en mí poderosamente, dejándome sin respiración. Sintiendo la tensión de su cuerpo en el mío, sin poder frenar esa inmensa posesión que tan apasionante resultaba, a la vez que dolorosa y placentera.

No podía verlo, pero sí podía imaginarme su torso griego moviéndose enérgicamente contra el mío y sus glúteos contrayéndose una y otra vez. Me empujaba cada vez con más con fuerza, y a pesar del dolor, el placer se multiplicaba a cada embestida. Comenzó a emitir pequeños y entrecortados gemidos. Su placer provocaba más placer en mí y según su movimiento se hacía cada vez más veloz, yo deseaba que no dejara de moverse. Coloqué mis manos en sus glúteos y lo empujé contra mí, para que siguiera. A mi presión, él reaccionó con más fuerza aún y continuó invadiéndome salvajemente, mientras los dos jadeábamos hasta fundirnos en el éxtasis de una experiencia sexual única e inolvidable.

## CAPÍTULO 32

Después de aquel encuentro hubo muchos más. Cinco días envueltos en la pasión más absoluta, manteniendo intensas y dilatadas relaciones sexuales. No dio pie a tratar ningún tema personal, pero a mí me bastaba... Nuestra relación se limitaba a saciar una atracción desenfrenada.

Cada día una nueva práctica, y con cada práctica una nueva experiencia. En tan solo una semana pude comprobar que había infinitas posturas de amar, conocer las zonas más erógenas de mi cuerpo, que se podía dilatar el placer y guiar la relación para alcanzar un clímax mayor al final. Aprendí cómo acariciar, rozar y excitar al hombre que me había hecho perder la cabeza y cómo mantener la mirada en sus ojos mientras me tocaba y estimulaba sin ruborizarme. Me liberé por completo. Cinco días dedicada a recorrer su cuerpo y desarrollarme como mujer. Me sentí plena. Creí ser dueña de mis actos y me dejé guiar por su experiencia para aprender sin tapujos, participando en cada uno de sus juegos y propuestas, confiando en él ciegamente, entendiendo que los dos nos íbamos enganchando el uno al otro por igual…

Durante el día cada uno volvía a su rutina particular. Desconocía qué ocupaciones tenía don Alberto el resto de las horas que no pasaba conmigo, pero tampoco me importaba. Apenas comía, llegaba a casa y me metía en la cama agotada, hasta la mañana siguiente. Al levantarme, el único objetivo que perseguía desde primera hora era llegar puntual al atelier, donde sabía que me estaría esperando mi amante y maestro.

Era consciente de que esa semana no duraría para siempre, las circunstancias se habían conjurado para disponer de un tiempo que habitualmente él no tenía. Debido a su viaje internacional, había cancelado sus citas, pero a partir del lunes todo volvería a la normalidad.

—Quiero coser para ti —le dije el domingo después de nuestro encuentro.

No se lo esperaba. Aún estaba a medio vestir y se detuvo para observarme y confirmar que hablaba en serio.

—Sé que hay modelos que solo están en tu mano y quiero poder ayudarte con ellos.

Creía que así podría colarme, de algún modo, en su rincón más íntimo y desde allí liberarlo de ese yugo del pasado. Iría conquistando con mi trabajo y compañía ese corazón herido.

—¿Qué sabes de ese taller, Adele?

Fue entonces cuando me di cuenta de que quizá

mi propuesta trajese más problemas que soluciones a nuestra relación. Cuando don Alberto Márquez me había sorprendido en Silk dentro de su despacho, nunca me preguntó hasta dónde había llegado mi curiosidad...

—Todo —contesté.

Y sin venirme abajo, tratando de mantener la compostura, confesé mi pecado para que no tuviera duda de que ya no había secretos entre nosotros, ni motivos por los que alejarme de él.

—El día que apareciste por sorpresa en el atelier estaba colocando el diario que accidentalmente llegó a mis manos y descubrí la trampilla que llega a ese taller secreto. Lo sé todo. Lo he visto todo.

Por un instante se quedó mirándome fijamente y después se tocó el pelo pensativo.

—Quiero ayudarte. Sé que podré confeccionar tantos modelos como quieras. —Me escuchaba en silencio—. Mi abuela se ocupó de enseñarme patronaje cuando era niña. Nadie más lo sabrá. Solo tú y yo. Solos..., tú... y yo...

La mirada de don Alberto se concentró más que nunca en sus pensamientos. Tragó, apretó sutilmente las mandíbulas y me miró.

—Te daré unos bocetos y cada semana confeccionarás uno de ellos —dijo serio, retomando su rol de jefe.

No había ninguna concesión al amor. A sentir que nuestra relación ya era otra...

—Tu labor ya no estará aquí abajo, sino arriba. No tendrás derecho a acceder al atelier más que cuando yo te lo pida. Tu entrada al taller la harás por la azotea del edificio, yo mismo te enseñaré el camino, y cada vez que remates un modelo, me lo podrás dejar en mi despacho, al que accederás por la trampilla interna.

Paseaba de un lado a otro con las manos en los bolsillos, mientras me daba todas esas instrucciones.

—Yo dejaré colocada la escalera para que puedas bajar y subir de nuevo. No debo encontrarte por aquí, solo quiero que me demuestres qué es lo que sabes de confección. ¿Lo has entendido?

Asentí con la cabeza, intentando interiorizar toda aquella información.

—¿Comienzo con el modelo rojo? —pregunté.

Y en ese momento la ira lo invadió, la expresión de su mirada se convirtió en la de un enloquecido y se acercó a mí, me agarró con fuerza de un brazo y me ordenó sin levantar la voz:

—Ni se te ocurra tocar ese vestido.

Me quedé quieta sin pestañear. Temerosa de su reacción. Miré su mano, que aún me apretaba con fuerza, y entonces me soltó. Sentí que todo estaba a punto de romperse de nuevo y quise evitar perder la oportunidad de quedarme allí con él. No iba a ser fácil curar esa herida, pero a esas alturas ya estaba perdidamente enamorada de él.

—¿Me enseñas el camino? —le pregunté antes de que abandonara la sala.

Don Alberto se volvió.

—A la azotea —puntualicé.

—Sígueme.

Y me fui tras él.

## CAPÍTULO 33

Ese día salí del atelier sabiendo que empezaba una nueva etapa de mi vida. Aún había temas que no se podían tocar, pero si había accedido a que trabajara en ese lugar tan íntimo y personal, era porque había encontrado un hueco para mí dentro de su tormento. Desde allí precisamente trataría de devolverle la luz a su vida.

Salí del portal concentrada en todo lo ocurrido y al poner un pie en la calle, descubrí que alguien me esperaba apoyado en un coche. Era Thomas. Nada más verme se incorporó y yo detuve el paso.

No esperaba encontrarlo allí. Nos quedamos uno frente al otro sin decir nada. La última vez que nos habíamos visto me había marchado en aquel autobús tratando de huir de su confesión sobre la relación que mantenía con su exnovia.

—Llevo más de una semana intentando localizarte…

—¿Cómo me has encontrado?

Hablaba a la defensiva, pero en realidad estaba tratando de proteger lo mal que me sentía. Thomas no debía estar allí, nadie debía saber dónde trabajaba. Esas eran parte de las reglas del juego con don Alberto. Por otra parte, seguía sin ser sincera con él, lo juzgaba por ocultarme su relación con aquella chica y yo estaba haciendo lo mismo.

—Pensé que te había pasado algo y fui a ver a Julia —me explicó.

Bajé la cabeza y asentí. Thomas dio un paso adelante y se acercó mucho a mí.

—Te quiero, Adele.

Fui incapaz de hablar. Solo alcancé a negar con la cabeza y cerré los ojos para contener la emoción. Sentía que aquella declaración llegaba tarde, que no era el momento para pronunciarla. El problema no era él, era yo…

—Esto es una locura, Thomas. No hace ni dos semanas estabas viviendo con otra mujer.

Retomé el paso y él vino detrás.

—Me importa una mierda esa mujer. Yo no sabía que tú…, siempre me rechazabas, nunca pensé que realmente podría…

—Déjalo, Thomas —lo interrumpí.

Y en ese momento dio un par de pasos más grandes y se situó frente a mí bloqueándome el paso.

—He pasado la peor semana de mi vida. No quiero que se vuelva a repetir. Te necesito, Adele.

Una lágrima recorrió el rostro de Thomas, aunque enseguida trató de ocultarla mirando hacia otro lado y secándose con la mano. Me sentí un monstruo. Thomas debía saber que desde hacía ya un tiempo me acostaba y despertaba deseando a otro hombre. Debía conocer que don Alberto Márquez recorría habitualmente con sus manos mi cuerpo entero, que besaba cada pedazo de piel que recubría con sus gasas, terciopelos, plumas y todos aquellos tejidos con los que explorábamos sensaciones nuevas en el atelier.

Si fuera honesta, por la amistad y confianza que nos había unido, debía confesarle a Thomas que me había vuelto loca por una ardiente relación en la que cada noche aprendía cosas nuevas y que llevaba haciendo el amor desenfrenadamente cinco días, esos mismos cinco días que para él habían supuesto la peor semana de su vida. Debía saber que mientras él lloraba por mi ausencia, yo gemía de placer, y que si apostaba por un hombre en ese momento, no era él.

—Lo siento, Thomas, pero yo ya no soy la persona que tú crees —le dije con sinceridad.

—¿Qué quieres decir…?

Me miró tratando de adivinar qué se escondía detrás de esa misteriosa declaración que acababa de hacer. Mis ojos se cargaron de lágrimas, aunque traté de no dejarlas caer. Parecía un niño esperando que lo salvaran.

—Estoy enamorada de otro hombre.

Su boca se entreabrió. Posiblemente fuera lo último que esperaba de mí. Dio un paso y yo tendí mi mano con intención de tocarlo, pero Thomas no esperó más y se marchó. Me di la vuelta para verlo alejarse mientras mis lágrimas, ahora sí, brotaban de manera incontrolable, debido a un profundo sentimiento de culpa.

Thomas se alejaba en la oscura noche, sin despedirse. No quise moverme hasta no perderlo de vista y cuando ya enfoqué un punto de referencia más cercano, descubrí la figura de don Alberto Márquez en el portal, de modo que había sido testigo de nuestro encuentro.

No me pidió ninguna explicación, ni siquiera se dirigió a mí. Salió del portal, se subió al coche que lo esperaba y se marchó. Yo me quedé allí sola, perdida, sin saber cómo actuar, maldiciendo el encadenado desencuentro que acababa de vivir con los dos hombres más importantes de mi vida.

# CAPÍTULO 34

No había podido quitarme de la cabeza la expresión del pobre Thomas al recibir mi noticia. Tampoco la mirada de don Alberto, igual de sorprendido, al verme llorar por otro hombre. Se marchó como si no me hubiera visto, como si no hubiera sido consciente de que era yo la que estaba allí.

Esa mañana había amanecido con la sensación de haberme equivocado con uno y con otro, pero ya no había nada que hacer, no podía dar marcha atrás.

Llegué nerviosa al taller. Como si fuera mi primer día una vez más. Me bajé del ascensor en la última planta, como era habitual, pero en esa ocasión la puerta a la que me dirigí no fue la solemne y recia que se situaba justo enfrente del ascensor. Mi nueva entrada se situaba un piso más arriba y solo podía recorrer ese último tramo caminando.

Subí las escaleras que me llevaban hasta la azotea del edificio. Tenía una entrada algo abandonada, era una zona que no frecuentaba la vecindad y eso se notaba porque no la mantenían en tan buen estado como el resto del edificio. Era una bajocubierta, no estaba preparada para tener nada más que trasteros o máquinas de servicio; sin embargo, don Alberto encontró allí el espacio perfecto para aislarse del mundo.

Abrí la pequeña puerta de madera por la que se accedía al pasillo que recorría la azotea y caminé temerosa, guiada por la luz que se colaba desde un pequeño ventanuco. Era precisamente allí donde se encontraban la trampilla de don Alberto y el acceso al taller secreto. Ya eran las tres en punto.

Utilicé la copia de la llave que él me había dado el día anterior antes de marcharme. Al entrar pulsé el interruptor de la luz y tras ese breve parpadeo que ya conocía de la vez anterior, la estancia se iluminó. Fue asombroso ver el cambio. Ni un solo vestido rojo colgaba de las paredes. Todo estaba perfectamente limpio y no había nada más que los muebles con los accesorios propios de un taller de costura. La mesa de corte y la máquina de coser eran las protagonistas de la estancia.

La recorrí impresionada hasta la zona de trabajo, y allí me senté a observar el impactante cambio. Estaba tratando de recrear la imagen de todos aquellos vestidos rodeándome en mi visita clandestina cuando don Alberto apareció en el centro del taller. Lo miré de abajo arriba, recorriendo su figura, y lo deseé. No había cambiado nada desde ayer. No para mí… Sentía el dolor tan grande de Thomas, pero estaba enamorada del hombre que tenía frente a mí o por lo menos así me lo parecía entonces.

Se acercó despacio a mí, llevaba una carpeta en la mano y se comportaba como si nada hubiera pasado la noche anterior, o quizá sí...

—Buenas tardes, Adele.

Su tono era neutro y profesional. Era evidente que venía a trabajar. Se acercó a mi mesa y abrió la carpeta. De ella sacó tres bocetos muy elegantes, pero de sencilla confección. Dos vestidos y una falda. El primero de ellos era un vestido largo dibujado como una columna recta de tela, sin mangas y con un lazo en la cintura. El tono del tejido era rosa y parecía que fuera un brocado o cualquier otra tela que aportara aquella peculiar textura.

El segundo modelo tenía corte evasé. Era un traje de diario, una especie de bata con bolsillos, suelta en la cintura y con cuello a la caja. Tampoco tenía mangas, así que tampoco su confección debía ser complicada.

Por último, la falda; en este caso, la pieza más sencilla. Era estrecha, con un largo hasta la rodilla, una pequeña cinturilla y una abertura en la parte trasera.

Después de estudiar los bocetos lo miré a él. No sabía exactamente qué es lo que quería.

—Elige uno y te daré veinticuatro horas para demostrarme que sabes coser.

Nunca había cortado ni cosido de manera profesional, pero se lo había visto hacer mil veces a mi abuela cuando era niña y con ella confeccionaba la ropa de todas mis muñecas. Hacía mucho de aquella experiencia y posiblemente veinticuatro horas fuera muy poco tiempo para cualquiera. No obstante, no quise quedarme atrás en el reto y señalé el vestido largo, la pieza más importante de las que traía. La cara de don Alberto se relajó y pude entrever una ligera sonrisa. Recogió los otros dos bocetos y se encaminó hacia la puerta.

—No tengo el tejido necesario para trabajar —dije antes de que cruzara el umbral.

Entonces volvió atrás, se dirigió al mueble que contenía el material de costura y al abrir las puertas de la parte inferior, pude ver las piezas de tela preparadas para cada una de las elecciones. Sacó la correspondiente al modelo escogido y la puso sobre la mesa en la que yo me encontraba.

—Aquí tienes.

Efectivamente se trataba de una tela brocada en tonos rosas para el vestido y un crepé gris para el fajín. Todo estaba listo para comenzar, solo dependía de mí que todo saliera bien. Don Alberto no dijo nada más, se dio la vuelta y se marchó de nuevo hacia la puerta.

—Mañana comprobaré si realmente tiene sentido seguir adelante con tu propuesta, Adele.

—Alberto —le llamé antes de que abandonara la sala—, ayer…

—No es momento para el ayer. Concéntrate en tu tarea.

La puerta tembló al cerrarse enérgicamente y con ella mi cuerpo entero. Quise hablarle de Thomas, de lo mucho que sentía que hubiera presenciado nuestra discusión. No supe cuánto tiempo había estado allí, pero posiblemente me hubiera escuchado confesarle a Thomas que estaba enamorada de otro hombre…, y eso también me preocupaba. Nunca había tenido oportunidad de hablarle de mis sentimientos hacia él y desconocía cuáles eran los suyos.

En cualquier caso, se había marchado ya y debía ponerme cuanto antes a trabajar en el modelo escogido. Acaricié con mis manos los tejidos, sin moverme de la silla, y a continuación me puse en pie para abrir las piezas y comprobar, para mi desdicha, que con esa cantidad de tela no había ocasión de error… Solo podría cortar una vez para confeccionar el vestido que don Alberto había diseñado.

Miré a mi alrededor y descubrí en uno de los rincones un busto sobre el que construir el modelo. Lo cogí y lo coloqué cerca de la mesa en la que estaría trabajando. Rebusqué en el mueble del que había extraído los tejidos y allí encontré papel suficiente para los patrones, también un lápiz, tijeras y el resto de material necesario. Respiré hondo y sin perder un momento me puse a dibujar tratando de sacar el patrón de corte.

Como era de esperar, no me salió a la primera ni a la segunda, ni siquiera a la tercera. Iba disponiendo del papel trazando el patrón una y otra vez. Perdí la noción del tiempo y me enfrasqué en un trabajo infinito, frustrante y agotador. Me enfadé conmigo misma, trataba de recordar las enseñanzas y consejos que me había repetido tantas veces mi abuela. En ese momento deseé haberle prestado más atención… Volví a intentarlo una vez más y volví a malgastar el papel. Creí que no sería capaz de sacarlo, así que aparqué durante un rato esa tarea y me centré en el cinturón. Solo debía crear una cinta ancha y después unirla con una pieza igual, para darle más cuerpo al fajín. Enseguida lo conseguí y volví a la carga con el vestido otra vez.

Poco a poco me fui acercando al boceto y seguí repitiendo el patrón hasta que por fin logré sacarlo. Satisfecha y con la euforia de tener una guía de corte por fin, extendí la tela abierta sobre la mesa y después de respirar hondo para obtener el valor suficiente, comencé a cortar sin detenerme.

Al acabar, solté las tijeras como si me quemaran y observé el resultado: ya no había marcha atrás. Respiraba ansiosa, era todo lo que se oía a esas horas en el taller…

Cuando estuve más tranquila tomé la pieza trasera y la coloqué en el busto prendida con unos alfileres. A continuación cogí la parte delantera y, tratando de ajustarme a la que ya tenía colocada, la situé con cuidado; aunque tan solo estuvieran sujetas con alfileres, por fin vi en el busto la forma tridimensional del boceto.

No pude evitar saltar de alegría. Sin ninguna referencia de luz natural, no sabía el tiempo que me había llevado conseguirlo, pero por fin lo tenía. Cogí el fajín y lo coloqué sobre el vestido para darme el gusto de confirmar que el modelo propuesto ya estaba ahí, solo pendiente de pasarle la máquina.

Cosí durante horas. Remataté cada uno de los cortes que tenía el vestido, con especial cuidado. Los párpados poco a poco se me vencían, pero logré mantenerme despierta. Al terminar la confección pensé que aquel fajín debería tener un toque de plancha, pero por más que busqué en el armario no encontré lo que precisaba.

Con el vestido rematado entre las manos, me dirigí al despacho de don Alberto. Debía hacer el camino de la otra vez a la inversa, primero abrí la trampilla y después descendí por las escaleras de la librería que ya estaban colocadas, como si estuvieran aguardándome.

Descendí con cuidado de no pisar el vestido ni mancharlo. Al llegar abajo, descubrí que el señor Márquez había dejado preparado un colgador nuevo para recibir los modelos y allí lo coloqué. Lo observé a unos metros con orgullo y satisfacción, aún no me podía creer que lo hubiese logrado.

Se había hecho de día, así que me di prisa en colocarlo todo perfectamente y marcharme cuanto antes. Entonces reparé en algo que estaba sobre la mesa. Era un nuevo boceto orientado hacia fuera del escritorio y sobre el que se encontraba una nota.

*Sabía que lo lograrías, Adele. Aquí tienes uno más.*

*Alberto Márquez*

Efectivamente, si estaba otra vez en aquel despacho, es porque había conseguido cumplir con mi objetivo, pero leer esa nota y saber que él no había dudado que lo lograría hacía que el esfuerzo hubiera merecido aún más la pena.

Una sonrisa se dibujó en mi rostro y me acompañó de vuelta a casa. Ya tenía un próximo encargo.

## CAPÍTULO 35

Así se estableció nuestra nueva rutina. Yo trabajaba por las noches confeccionando modelos para él, y a la entrega de cada uno, me encontraba siempre una nota de aliento con un nuevo boceto como próximo encargo.

Los primeros días resultaron apasionantes, ni siquiera yo misma esperaba poder llegar tan lejos. Era capaz de trabajar todo tipo de tejidos y poco a poco los vestidos propuestos se iban complicando. De modo que las entregas pasaron de ser diarias a semanales. Estaba feliz, acababa de descubrir una vocación que estaba dormida dentro de mí. Confeccioné modelos de noche, de cóctel y de diario, más o menos sofisticados, con algún bordado sencillo e incluso algo de pedrería. Me acostaba por las noches pensando en pequeños detalles que podría añadir para enriquecerlos y al poco tiempo comencé a dibujar yo también.

A lo largo de tres semanas saqué cerca de doce propuestas muy interesantes. Algunas imposibles de confeccionar en el taller, únicamente con mis propios recursos, pero me ilusioné con la idea de presentárselos algún día a don Alberto. Soñé con la posibilidad de que incluyera alguno dentro de su colección. Podía imaginármelo con todo lujo de detalles.

Tal y como la importante convocatoria de personalidades que se celebraría al día siguiente en torno a Silk, en uno de los hoteles más lujosos de Nueva York, para que don Alberto hablara de tendencias. Algún día podrían ser mis modelos los que lucieran en alguno de esos eventos que él organizaba coincidiendo con el estreno de cada temporada. No había tenido ocasión de acudir a ninguno y tampoco estaba invitada al del día siguiente, pero en mi fantasía todo tenía sentido.

Llevaba casi veinte días sin tener contacto físico con él, no le había vuelto a ver desde que empecé a trabajar en el taller y lo echaba de menos, por eso me pasaba el día recreando posibles encuentros. Por las noches soñaba que volvíamos a hacer el amor apasionadamente. Sus notas mantenían viva mi ilusión y mis sentimientos.

Al finalizar una de las jornadas en las que debía hacerle una nueva entrega, me planteé esperar un poco más dentro del despacho, con la excusa de mostrarle algunos de los bocetos que había dibujado y así tener ocasión de volver a estar juntos. Aunque solo fuera esa noche y luego volviera al taller... No quería forzar la relación, me gustaba que se sintiera cómodo. Solo así podría poco a poco desprenderse del resto de presiones que lo atormentaban, no quería ser yo una carga más.

Estaba nerviosa, mi corazón latía enérgicamente solo de pensarlo, tenía el pálpito de que esa noche lo volvería a ver. No había nada que lo indicara, pero de tanto desearlo esperaba que se convirtiera finalmente en realidad. Preparé todas las cosas para bajar, cerré el taller y caminé por el pasillo hasta llegar a la trampilla.

Había improvisado un pequeño perchero para poder dejar el vestido mientras manipulaba la tapa y accedía al interior del despacho, evitando así que la ropa sufriera cualquier percance. En cuanto recorrí el interior con la vista, pude confirmar que estaba despejado, sin rastro de don Alberto. Cogí de nuevo el vestido que había dejado colgado y descendí por las escaleras con sumo cuidado. Al llegar abajo lo colgué donde correspondía y ojeé ilusionada la nota que don Alberto me había dejado.

*¿Qué tal algo más sensual?*

*Alberto Márquez*

Sonreí cómplice al leerla y a continuación cogí el boceto que tendría que confeccionar. Se trataba de un vestido lencero de noche con algo de encaje en el pecho y una pequeña cola detrás. Lo dejé de nuevo en su sitio, sobre una pila de cosas que tenía don Alberto sobre la mesa, ya pensaría más tarde en ello, de momento no era capaz de concentrarme en nada más que en la posibilidad de verlo esa noche.

Decidí hacer tiempo hasta que lo sintiera llegar, pero después de unos segundos examinando el entorno del despacho volvió a mí la palabra que acaba de leer al poner el boceto sobre esa montaña de cosas: «CITAS», decía el cuaderno en el que apoyé el boceto.

Lo retiré con cuidado y me fijé en que, efectivamente, el libro que se encontraba debajo era un cuaderno suyo de notas. Lo cogí con un mal presentimiento y lo abrí temerosa por lo que pudiera encontrarme en su interior... ¿Era ese el cuaderno que registraba todas las citas de don Alberto con sus clientas?

No me había planteado en todo ese tiempo que mientras yo cosía, él hubiera estado manteniendo relaciones sexuales con otras mujeres en el atelier. Era estúpido por mi parte, pero había sido capaz de olvidar que Silk era mucho más que las supuestas sesiones de alta costura... Después de nuestra semana de pasión, contaba con que él me tuviera tan presente como lo tenía yo a él. Esas notas que acompañaban sus encargos lo confirmaban o por lo menos así lo creía yo.

Abrí el cuaderno temiendo descubrir algo que no quisiera saber. Allí dentro estaba el registro de todas las visitas que don Alberto había recibido en el atelier desde que se fundó. Cientos de nombres de mujeres organizados durante meses siguiendo el mismo patrón.

En cada fila se encontraba una primera inicial en mayúscula, seguida del apellido familiar también escrito en mayúsculas, un número que como máximo llegaba hasta tres y, por último, una anotación en algunos casos. Cuando la había, siempre decía lo mismo: «terciopelo».

En cuanto leí esa palabra, el cuerpo entero se me revolvió. El único terciopelo que había compartido con don Alberto era el que había cubierto mis ojos en algunos de nuestros encuentros. No quería pensar que significara nada parecido, pero era una anotación que se repetía con cierta asiduidad, y conforme pasaba las páginas confirmé que seguía presente durante todo el cuaderno.

Todas las páginas estaban manuscritas por don Alberto, anotaba personalmente cada una de sus citas. Lo primero que se me ocurrió para comprobar si mis miedos tenían fundamento fue pasar las hojas con rapidez hasta llegar al final y averiguar si ese mismo día tenía una cita prevista con una clienta a las diez. Allí estaba:

*A MONIQUE 3 terciopelo*

Un escalofrío me recorrió entera. Parecía haber olvidado lo que sucedía habitualmente en el atelier, y mientras yo estaba allí esperando ilusionada su llegada, seguramente él ya tuviera preparado el *showroom* para una nueva sesión privada. Sentí cómo un puñal se clavaba dentro de mí y unos segundos después sonó una especie de campanadas de un reloj que anunciaban las diez en punto.

Volví mi mirada a la puerta del despacho, que permanecía cerrada, e intenté saber si alguien había entrado en el atelier, pero no escuché nada. Me levanté temblorosa y me acerqué a la puerta, para comprobar si desde allí podía apreciar algo más, y me quedé quieta, a la espera de cualquier nueva señal.

Unos pasos de mujer parecían recorrer el pasillo, me llevé la mano a la boca intentando controlar un pequeño gemido que acababa de emitir al oírla pasar. El corazón cada vez me latía con más fuerza y la espera comenzaba a hacerse infinita. Dejé pasar unos cuantos minutos antes de salir del despacho, pero cuando no pude aguantar más, coloqué la mano en el pomo y me apoyé en él evitando hacer ruido para no ser descubierta. En cuanto la puerta se abrió, miré al suelo y valoré una vez más si cruzar o no esa línea que me podría confrontar con la realidad más cruda que de alguna forma esperaba encontrarme. Respiré profundo y salí de allí, ya nada me detendría.

Caminé sin detenerme hasta llegar a la puerta del *showroom*. Allí me quedé a la espera nuevamente de algún ruido que me diera la más mínima pista de lo que estaba sucediendo dentro. Todo parecía en calma, por un momento llegué a pensar que me estaba autosugestionando y que quizá aquellos pasos de mujer no hubieran sido reales, sino fruto de mi imaginación. Fui a darme la vuelta para marcharme, pero una espontánea risa de mujer me hizo reaccionar. Sin duda alguna, ahí dentro había alguien. Entonces comenzó a sonar la música soul que don Alberto coleccionaba.

Cerré los ojos mientras una profunda punzada en el pecho y en mi cabeza acompañaba a la proyección mental de todos nuestros encuentros. Negué con la cabeza como si de ese modo esa evocación fuera a desaparecer, al tiempo que volvía a respirar profundo para buscar el aliento necesario y abrir esa puerta... Justo cuando mi mano prácticamente la acariciaba, escuché un profundo sollozo de placer que provenía de aquella misma garganta femenina.

Me quedé paralizada con la mano en alto. Una lágrima inmensa recorrió mi rostro sin que pudiera reaccionar y, allí parada, volví a escuchar la voz ahogada de esa mujer, disfrutando del placer que don Alberto le proporcionaba. Cerré los ojos y lloré en silencio sin que nadie pudiera sentirme. En cuanto pude reaccionar, me marché de allí y me encerré en el despacho a llorar como nunca antes lo había hecho. Rota de amor y de dolor. Sintiéndome traicionada y estúpida por haber creído que podría cambiar las cosas, por pensar que conseguiría que él dejara de ser quien era y se enamorara de mí, como yo sentía que lo estaba de él.

Estuve un buen rato sentada en el suelo con mi espalda apoyada en la puerta, para que nadie pudiera entrar. No tenía fuerzas para huir ni siquiera por la trampilla. Estaba hundida, y cuando ya no pude llorar más, me levanté y empujé con violencia el cuaderno que hace un momento tenía entre mis manos. Alguna hoja voló de su interior y quedaron desperdigadas por el despacho, me dejé caer en la silla y volví a llorar. Apoyé mis codos en la mesa y me cubrí el rostro con las manos, después las coloqué en la sien tratando de atenuar el dolor de cabeza que sentía por el disgusto. Entonces vi frente a mí dos de las hojas que habían volado.

Aunque estaban descolocadas, en un vistazo rápido cargado de desprecio me pareció ver algo tan terrible como la imagen que había descubierto en el taller con todos aquellos vestidos rojos envolviendo las paredes.

Guiada por el instinto de esa apreciación visual, cogí ambas hojas y comencé a tachar los nombres que no iban acompañados por ninguna anotación al final. Así descubrí que si unía las iniciales de las citas tras las que aparecía la palabra *terciopelo*, se formaba el nombre de *ANA* de forma repetida.

| | | | |
|---|---|---|---|
| **A** | *ROW* | *3* | *terciopelo* |
| ~~*R*~~ | ~~*ABBOT*~~ | ~~*2*~~ | |
| ~~*P*~~ | ~~*MILLER*~~ | ~~*3*~~ | |
| **N** | *OLSON* | *3* | *terciopelo* |
| **A** | *NOLAN* | *3* | *terciopelo* |
| ~~*C*~~ | ~~*CROWN*~~ | ~~*1*~~ | |

| | | | |
|---|---|---|---|
| ~~J~~ | ~~APPLE~~ | ~~1~~ | |
| A | MÖET | 3 | terciopelo |
| N | PALAZZI | 3 | terciopelo |
| ~~P~~ | ~~OTT~~ | ~~2~~ | |
| A | STRAUSS | 3 | terciopelo |
| ~~F~~ | ~~MAYES~~ | ~~1~~ | |
| A | OTT | 3 | terciopelo |
| N | LERMAN | 3 | terciopelo |
| ~~H~~ | ~~AIGNER~~ | ~~2~~ | |
| A | SAVAGE | 3 | terciopelo |

...

Me mareé al comprobar la cantidad de veces que aparecía el nombre de Ana en tan solo dos hojas, no quería ni imaginarme cuántas otras veces más se compondría dentro de aquel cuaderno completo... Sentí que me faltaba el aire. Mis ilusiones se rompían en pedazos y mi apuesta por él también. Estando a su lado no había conseguido atenuar su obsesión, ni tampoco había logrado acercarme más a él. Nunca lograría conquistarlo, nunca lograría que me amara, nunca conseguiría ser ella... Nunca... A no ser que... lograra parecerlo.

Dejé de llorar inmediatamente. Me puse en pie y me marché de allí dejando todo bien colocado, para que no pudiera detectar que había pasado algo extraño allí dentro.

Coloqué el cuaderno en su sitio y me llevé el boceto y la nota que había dejado preparada sobre el escritorio. Subí las escaleras y, convencida de la decisión que acababa de tomar, me marché de nuevo al taller. Si quería conseguir lo que me había propuesto en ese instante..., debía dedicar una larga jornada a coser.

## CAPÍTULO 36

Llegué al hotel Wellington cinco minutos antes de la convocatoria. Calculé que sería el momento ideal para entrar, teniendo en cuenta que no contaba con una invitación. No tenía experiencia asistiendo a este tipo de encuentros sociales, por lo que desconocía si me la pedirían en la entrada.

El movimiento de gente era abundante, así que traté de colarme entre varias parejas que entraban muy formalmente y así pasar desapercibida como parte del grupo que en ese momento se les incorporaba. Todo el mundo parecía conocerse, se detenían, se saludaban…; yo intenté escabullirme intentando no llamar la atención por ser una mujer sin acompañante. Nadie más parecía asistir solo.

Todas las mujeres iban elegantemente vestidas y enjoyadas, el hotel lucía en todo su esplendor. En el vestíbulo principal una gran lámpara de cristal iluminaba a todos los invitados que iban llegando. Al frente, una chimenea le daba un aire cálido al encuentro, a pesar de estar apagada, y sobre ella un enorme espejo que llegaba casi hasta el techo hacía más grande la estancia. Me quedé frente a él y me vi reflejada.

Iba vestida de rojo, con el modelo exacto con el que don Alberto daba vida a su recuerdo. Desde esa distancia me pareció que había logrado lo que buscaba. Recordaba perfectamente la fotografía de aquella mujer y hasta había logrado peinarme como ella.

La gente pasaba por mi lado sin darse cuenta de que yo ya no era yo, sino otra: la mujer que había robado el corazón y el alma del gran magnate de la moda, o por lo menos así me sentía en la piel ajena que había usurpado esa noche.

Un grupo de chicas vestidas con el uniforme del hotel se acercaron a la entrada y empezaron a advertir de que el acto estaba a punto de comenzar. Todo el mundo reaccionó movilizándose con mayor apuro que antes y yo decidí irme al tocador para terminar de prepararme.

Nada más entrar, dos mujeres acabaron de retocarse frente al espejo y se marcharon dejándome a solas. Era un baño muy amplio, decorado en tonos dorados y verdes. La grifería y los lavabos estaban bañados en oro y junto a ellos, tres coquetos tocadores colocados en forma de U reclamaban la atención de cualquier mujer que se preciara.

Me senté en uno de ellos y me quede mirándome mientras escuchaba cómo el rumor de la gente se iba alejando. El traje había quedado perfectamente confeccionado, solo una cosa podía alejarme de la realidad que quería representar para don Alberto: la expresión de mi rostro. Era evidente que no éramos la misma mujer, aunque yo jugara a suplantarla, pero para acabar de rematar mi transformación, tenía preparado algo más. Tratando de ocultar mi verdadera identidad, extraje de mi pequeña cartera una banda negra de raso a modo de antifaz y me miré de nuevo para reafirmarme en lo que estaba a punto de hacer. Dudé una última vez antes de colocarme el tejido en el rostro, pero al escuchar los lejanos aplausos, entendiendo que todo acababa de empezar, oculté mi delatora expresión bajo aquel tejido sin perder más tiempo y lo anudé con una lazada en la parte trasera de mi cabeza.

Salí de allí decidida, ya no daría marcha atrás, deseaba tenerlo una vez más entre mis brazos y sentirme especial, alguien importante para él. Deseaba embrujarlo con mi seducción, tal y como él ya había hecho conmigo.

Todos los asistentes estaban sentados, escuchando a don Alberto. Era un gran salón rectangular el lugar en el que se celebrara el evento. Mi apariencia enigmática no llamaba la atención porque las miradas se mantenían enfocadas al frente, al lugar en el que se encontraba don Alberto haciendo un discurso ameno y divertido sobre las tendencias y el importante lugar que ocupaba la mujer en la sociedad. Era posible que allí se congregara más de uno que no compartiera sus opiniones, la clase alta era más bien retrógrada y clásica respecto al papel de la mujer; sin embargo, las risitas y los pequeños aplausos confirmaban que la intervención estaba resultando un éxito.

Don Alberto no hablaba desde ninguna tarima, aquel salón contaba con una balconada que le permitía dirigirse a los convocados desde cierta altura sin que pareciera algo artificial y preparado. Yo no fui capaz de concentrarme en lo que él estuviera diciendo, mi pensamiento fantaseaba con el número de mujeres presentes en aquella sala que habrían mantenido relaciones sexuales con don Alberto en los últimos tiempos. Cuántas de las que allí estaban acompañadas de sus maridos lo deseaban en ese mismo instante, tal y como lo hacía yo...

Bastaba con echar un vistazo al anfitrión para darse cuenta de que su carisma hacía víctimas a todos sus invitados por igual. Los caballeros aplaudían cada comentario ingenioso de don Alberto sintiéndose cómplices de su magnetismo y masculinidad, pero ignorando que sus mujeres no los incluían en sus fantasías eróticas, en las que solo un hombre era de verdad poderoso para ellas: don Alberto Márquez.

Volví la mirada hacia él y lo encontré más atractivo que nunca. Quizá sentirme vencedora entre todas ellas, que luchaban por ser protagonistas y hacerse con la atención del hombre más deseado, me provocaba un placer perverso que hasta el momento no había experimentado. Estaba pendiente de sus mínimos gestos, del movimiento de sus manos, de su boca sedienta que cada cierto tiempo se paraba a beber, cuando sentí por primera vez que me miraba.

Se hizo el silencio en la sala. Don Alberto interrumpió su discurso como si hubiera visto un fantasma. Como no me quitaba los ojos de encima, algunos rostros comenzaron a girarse buscando una explicación a esa dilatada mudez y temí haberme equivocado. Di un paso atrás y me escondí detrás de la columna en la que me había quedado apoyada. Me aterraba pensar que había perdido la oportunidad de acercarme a él. Cerré los ojos y traté de recuperar la calma; debía cambiar de actitud hacia una más discreta, o de lo contrario, se me podría ir todo de las manos. Enseguida don Alberto retomó su discurso pidiendo disculpas y recuperando el tono relajado que había conseguido transmitir a la sala. Respiré aliviada, pero decidí quedarme allí oculta hasta que terminara de hablar. Si se me presentaba una nueva oportunidad, debía ser la definitiva, la que me permitiera llegar hasta él.

Esperé a que los invitados terminaran de aplaudir, e incluso a que se saludaran entre ellos comentando la intervención. No debía apresurarme, sino encontrar el momento oportuno para reaparecer. Los camareros comenzaron a entrar con bandejas de champán y canapés para los invitados, una elegante música arropaba el cóctel que se servía como colofón. En una de las idas y venidas de bandejas, conseguí hacerme con una copa de champán y, mientras bebía e intentaba evitar cualquier protagonismo, traté de localizar a don Alberto para mantener la situación controlada.

Estaba con un grupo de gente disfrutando de la velada, se le veía relajado, incluso reía con una soltura que no le había visto antes; sin embargo, tras esas carcajadas, detecté que a ratos se quedaba pensativo dando vueltas a su copa y después recorría la estancia con mirada escrutadora, como si buscara algo que le faltaba. Ya había pasado más de una hora desde que se habían cruzado nuestras miradas y creí que era el momento de volver a intentarlo. Quizá aquello que buscaba con la mirada tuviera algo que ver conmigo…

Me hice con una nueva copa de champán que me diera el último impulso antes de salir a su encuentro y busqué una ventana en el gran salón que me permitiera comprobar que seguía estando preparada. Resoplé con energía y al verme reflejaba me reafirmé en el intento. Apoyé la copa vacía sobre un mueble antiguo de los que había repartidos por el gran salón y me dejé llevar.

Lo tenía en mi campo de visión, me encontraba tan solo a unos metros del grupo con el que estaba brindando. Entonces avancé concentrada, sin mirar a nadie más que a él, que en ese momento se encontraba de perfil respecto a mi posición. El cóctel aún seguía concurrido, lo que facilitó que me moviera con más libertad y pudiera ocultarme entre los invitados. Conforme me acercaba, el bombeo de mi corazón se iba intensificando y traté de controlarme para no echarme atrás. Solo tenía que dejarme ver y esperar su reacción.

Cada vez estaba más nerviosa y más cerca de él, por un momento pensé que me había visto, pero saludó a otra pareja y se rindió en atenciones, que lo distrajeron de nuevo. Solo tenía que dar unos cuantos pasos más y estaría junto a él, pero al oír su voz tan cerca de mí, sentí pánico y decidí dar media vuelta y volver a intentarlo un poco más tarde. Mi voluntad, sin embargo, no era capaz de controlar todo lo que sucedía en aquel salón, y un estruendo ocasionado por una copa de cristal que se acaba de romper provocó que todo el mundo volviera su mirada hacia el lugar exacto donde yo me encontraba. Yo misma me giré para comprobar que nada grave hubiera ocurrido, y cuando se restableció el orden y volví a mirar al frente, descubrí que don Alberto ya solo tenía ojos para mí. Enfrentada por fin a su inquisitiva mirada, temí su reacción e intenté alejarme. Caminé todo lo rápido que pude sin llamar la atención, pero la gente se iba cruzando a mi paso y complicando mi huida. Miré hacia atrás para comprobar que don Alberto no me seguía, pero lo que advertí fue todo lo contrario: ya avanzaba tras mi rastro. Por suerte, algunos invitados lo interceptaron para felicitarlo y darle la mano, y aunque él logró escabullirse con maestría, esto me permitió sacarle algo de ventaja.

Conseguí salir del salón y, asegurándome de que nadie me viera, recogí un poco el largo del vestido y traté de dar pasos más veloces que me permitirán salir de allí cuanto antes. Don Alberto, a cierta distancia aún, comenzó a correr detrás de mí.

—Espera... Espera un momento... —dijo.

Yo no me detuve. Cada vez apuraba más el paso, no sabía cómo salir de aquel callejón en el que yo misma me había metido. Continué huyendo por uno de los pasillos del hotel y cuando vi que alguien venía en sentido contrario, decidí subir la gran escalinata que llevaba a la planta superior. Fui tan veloz como los zapatos y el vestido me permitieron, y a mitad de recorrido, comencé a oír otros pasos que también subían por ella. Puse el pie en la planta de arriba y retomé la disimulada carrera que había iniciado al salir del salón. Conseguí avanzar un poco más y encontré una de las puertas que daban al pasillo entreabierta. No sabía qué me esperaba en el oscuro interior, pero sin pensarlo me metí allí confiando en haberlo despistado.

Traté de recuperar el aliento que me faltaba. Me encontraba en un hermoso salón de tamaño medio en el que dos ventanales enormes permitían que la luz de la clara noche entrara y dejara en una enigmática penumbra la solemne estancia. Por un momento sentí que estaba a salvo, no había cerrado la puerta para no llamar la atención; sin embargo, segundos después reconocí la figura recortada a contraluz de don Alberto Márquez, que acaba de colarse siguiendo mis pasos. No tuvo la menor duda de que me encontraba allí dentro, empujó la puerta tras él y caminó seguro hacia mí.

Posiblemente le llevara un tiempo acomodarse a la escasa luz, pero eso no lo frenó en su búsqueda. No tenía dónde esconderme, allí no había nada más que una esplendorosa alfombra, una enorme lámpara de araña y los cortinones que acompañaban los finos visillos de las ventanas. Su respiración era tan jadeante como la mía. Seguía dando pasos hacia mí, mientras yo permanecía en silencio. Creí que iría a pedirme alguna explicación, que trataría de desenmascararme nada más encontrarme frente a él, pero descubrí que mucho más grande que su interés por desvelar mi identidad era su deseo por que aquel espejismo fuera real. Yo ya no era Adele, sino Ana.

Se situó a escasos centímetros de mi rostro y seguimos jadeando mirándonos a los ojos, como si llevábamos años buscándonos. No sé si se detuvo el tiempo en ese instante o si se dilató mientras nos miramos sin movernos, solamente deseándonos. Don Alberto se acercó a mi boca y cerró los ojos, mientras una lágrima caía por su mejilla en silencio. Una lágrima de felicidad por haberme encontrado, por haberla encontrado...

Me besó con una ternura desconocida para mí. Sus labios abrazaban los míos. No buscaba nada más que el contacto dulce y sincero de esa boca que besaba. Se regocijó en el placer de sentir de nuevo a esa mujer, y después de ese beso eterno, me abrazó fuertemente contra él, como si no fuera a soltarme nunca. Comencé a moldear su pelo con mis manos, inspiré el aroma de su cuello y comencé a besar su oreja, su cara, de nuevo su boca, y comprobé que sus ojos seguían cerrados, seguramente muy lejos de allí, en algún lugar donde lo que estaba sucediendo podría ser real.

Continué recorriendo su cuello y después de besarlo entero, me cogió en brazos y me extendió con extremada delicadeza sobre la mullida alfombra como si fuera una hermosa cama. Comenzó a besarme una y otra vez, sin prisa, redescubriendo el sabor de mis labios y mi rostro como si fuera nuevo para él. Acarició mi pelo mientras me observaba y a continuación su mano me separó ligeramente del suelo y descendió con esa misma ternura por el centro de mi espalda, para desabrochar uno a uno los pequeños botones que ceñían la parte trasera del vestido.

Sentí que mi ropa se aflojaba y lo ayudé a desprenderme de mi vestido. La luz de la luna nos iluminaba y provocaba que nuestro encuentro fuera más romántico aún. Se puso de rodillas mientras yo permanecía tumbada y se quitó la chaqueta sin ningún apuro, como si el simple hecho de estar juntos ya fuera un premio para él. Me incorporé y desabroché su camisa, comencé a besar su pecho y mientras retiraba su camisa palpé sus hombros desnudos, que tanto anhelaba. Acaricié sus brazos como si estuviera dando forma a cada uno de sus músculos, y luego recorrí su cintura, y desde allí su vigorosa espalda, que empujé contra mí con mimo y delicadeza para que se tumbara sobre mi cuerpo.

Seguía manteniendo mi rostro oculto bajo el antifaz de seda, pero don Alberto se comportaba como si estuviéramos cuerpo a cuerpo, sin nada que nos distanciara. Me besó nuevamente la boca y después el escote, siempre con la misma suavidad del primer contacto. Mientras su boca cubría uno de mis pechos con miles de besos, sentí cómo se endurecían y su lengua rozaba sedosamente mi pezón. Emití un primer gemido de placer sin poder controlarme y él repitió la misma caricia en el otro pecho, después volvió a mi boca y mordió con sumo cuidado mi labio inferior mientras se pegaba contra mi cuerpo hasta que pude sentir su rígida entrepierna.

Traté de desabrochar sus pantalones mientras seguía tendido sobre mí. Me ayudó alejando su cuerpo del mío ligeramente y luego él mismo se los quitó, quedándose en ropa interior, tal y como yo me encontraba. Vi que se quedaba mirando mi rostro de nuevo y con una de sus manos sujetó mi cabeza por la nuca y me acercó a él. Estaba tan pendiente de su cuerpo, de sentirlo nuevamente, que no fui consciente de que sus hábiles dedos estaban deshaciendo el nudo que me ocultaba. Ya el raso se desprendía de mi rostro y caía sobre mi escote como un pañuelo helado. Mi secreto acababa de ser revelado.

—Adele... —dijo en un susurro y se cubrió la cara

con las manos evitando enfrentarse a ese golpe de realidad.

Me sentí deplorable al reconocer su decepción.

—Alberto... —dije tratando de acercarme a él.

—Déjame —dijo furioso y sentí que se le escapaba algo parecido al gemido de un animal herido.

Mi cuerpo comenzó a temblar. Don Alberto acababa de romperse. Tras unos segundos trató de mantener el tipo, se descubrió la cara, miró al frente y exhaló profundamente Se comportaba como si yo ya no estuviera allí. Se puso en pie y caminó nervioso de un lado a otro, quizá valorando qué hacer. En uno de sus paseos dio un puñetazo a la pared y dijo algo que no conseguí entender. Me sentí ridícula allí sentada en el suelo, esperando su reacción. Me levanté y me intenté acercar de nuevo a él, pero me evitó dirigiéndose a la ventana con el torso aún descubierto y perdió la mirada en el horizonte.

Cuando vi que se quedaba allí quieto y recobraba la calma, me acerqué despacio y puse las manos sobre su espalda.

—Solo quería que te librases de ese yugo para siempre...

Ni siquiera contestó.

—Quería darte la oportunidad de estar con ella una vez más —dije temerosa.

Como un animal fiero se volvió, me agarró por los brazos y me empujó contra el quicio de la ventana en el que hacía un momento él estaba apoyado.

—¿Te has vuelto loca?

Sentí la presión de sus manos. Me hacía daño. Me tomé un tiempo antes de contestar:

—Tú eres el que se ha vuelto loco —dije sin levantar la voz tratando de mantener la calma—. ¿No es esto lo que esperabas…?, ¿que tomase vida ese fantasma? —me atreví a preguntar.

Apretó aún más sus manos y por un momento pensé que iba a volcar su ira contra mí; sin embargo, relajó su cuerpo rendido y se dejó caer de rodillas. Lo abracé mientras resbalaba por mi cuerpo, totalmente roto, hasta quedarse abrazado a mi cintura. No pude evitar contener las lágrimas, sentía miedo y dolor al mismo tiempo por verlo así… Levanté su rostro con mis manos y lo miré a los ojos, con los míos inundados de lágrimas.

—No puedes seguir así, ¿me oyes?… Deja de castigarte por el amor de alguien que no va a volver —dije rota pero levantando la voz.

Su mirada se secó y cambió su expresión por una más seria y oscura. Se puso de pie y me hizo frente con el mismo tono de voz que yo acababa de emplear con él:

—¿No te das cuentas de que tú estás haciendo lo mismo…?

Me giró de nuevo para enfrentarme a mi propia imagen reflejada en el cristal de la ventana.

—¿Qué estás haciendo así peinada?, ¡dime!, ¿qué estás haciendo así, Adele? —Me azuzaba contra el cristal para que le respondiera—. ¿En quién te has convertido para intentar seducirme?

Lloré avergonzada mientras me miraba a los ojos. Sentía la presión de sus brazos.

—¡Para! —grité atemorizada.

Dejó de presionarme, pero me enfrentó a su mirada sin el cristal como intermediario.

—Dime, ¿qué quieres de mí y qué has venido a buscar con la piel de otra mujer?

—Que me ames como a ella... —Otra lágrima resbaló por mi mejilla.

Don Alberto la recogió con ternura en la parte posterior de su dedo índice mientras contenía su emoción.

—Eso nunca podrá ser..., porque tú no eres ella.

Y una lágrima suya fue ahora la que brotó de manera incontrolada.

—Entonces, ámame como a una cualquiera.

Se quedó quieto. En silencio, mientras ambos conteníamos el llanto.

—Déjame estar contigo una noche más y me marcharé para siempre —rogué por última vez antes de que tomara una decisión.

Siguió mirándome a los ojos. Valorando la posibilidad en silencio. Inerte unos segundos más, y después se abalanzó sobre mí, pero no para besarme, sino para alcanzar las pesadas cortinas. Cogió una entre sus manos y, como si quisiera descargar con ella la tensión que había ido acumulando por la acalorada discusión, la rasgó con fuerza y extrajo una tira que me mostró con la intención de anudarla a mis muñecas.

Era un terciopelo granate, no tan sutil como el que empleábamos en el atelier, pero suficientemente elegante. Rodeó mis manos para luego tersar el tejido con un nudo; pero antes de que pudiera hacerlo, sujeté el terciopelo y lo miré a los ojos para proponerle algo:

—No permitas que sea una noche más.

Y sin llegar a entender lo que quería decirle, relajó sus manos y permitió que yo me hiciera con el trozo de tela. Rodeé su cuerpo hasta ponerme justo detrás de él y oculté su mirada bajo el terciopelo, tal y como él había hecho tantas veces conmigo en el atelier. No parecía tenso…

Una vez terminé el nudo di un paso atrás y lo observé a distancia. Su cuerpo desnudo bajo la plateada luz lo convertía en un auténtico adonis. Respiraba sereno después del agitado enfrentamiento. Volví a dar un paso adelante, cerré los ojos, arrastré mi nariz y mi boca por su espalda, como si pudiera incorporar a mi ser la esencia y el olor que le pertenecían y así recordarlo siempre, aunque no estuviera a mi lado. Así, pegada a él, recorrí con mis manos su pecho y su abdomen hasta llegar a su entrepierna, que aún seguía protegida por su ropa interior. Presioné y froté su sexo bajo el tejido que lo recubría y sentí cómo crecía entre mis manos. A continuación volví a moverme lentamente, hasta situarme frente a él, y comencé a besar su cuerpo recorriendo las mismas zonas que hacía unos segundos acariciaban mis manos. Comencé por su pecho, deleitándome en la fuerza de su torso mientras me excitaba, descendí un poco más y lamí su terso abdomen, tal y como él me había enseñado a hacer recorriendo mi cuerpo con su lengua. Por último, me agaché y retiré la poca ropa que le quedaba, dejándolo totalmente desnudo frente a mí, sin poder verme, solo intuyendo mis movimientos.

Acaricié su entrepierna y moví mis manos con la experiencia que nuestros encuentros me habían otorgado. Don Alberto anudó sus manos en la espalda, tratando de controlarse y así dejarme hacer libremente. Su respiración cada vez era más profunda y su pecho se hinchaba lleno de placer. Me detuve a tiempo para evitar que transcurriera todo demasiado deprisa, y una vez que recuperó cierta calma, comencé a besar la cara interna de sus muslos y continué besándolo hasta introducir su sexo en mi boca. Era la primera vez que me atrevía a hacer algo así, pero imitando su comportamiento, cada vez que succionaba y lamía uno de mis pechos, me atreví a explorar su zona más íntima.

Me afané en darle placer, quería convertir aquel momento en algo inolvidable también para él. Yo no podría lograr ignorarlo nunca, y a lo que aspiraba, sabiendo que no podría sustituir la huella de aquella otra mujer, era a que se quedara con un recuerdo imborrable de nuestro último día juntos.

Percibí que se estremecía, y de algún modo yo con él. Su deseo pasó a ser más fuerte que su control y su cuerpo comenzó a moverse tenso hacia mí, acompañando mis movimientos. Cuando algo rozó mi espalda, en un acto reflejo miré al suelo para descubrir qué es lo que acababa de caer. Era el terciopelo de la cortina en el suelo. Sus ojos ya podían ver… Sin dejar de estimularlo con mis labios, vi cómo disfrutaba viéndome actuar.

Su mirada no me detuvo y continué un poco más, esperando que alcanzara el clímax de una manera distinta a nuestra práctica habitual. Sin embargo, después de disfrutar de un rato observándome, se retiró dando un paso hacia atrás y se arrodilló igual que yo lo estaba, para situarse justo frente a mí.

Al tenerme delante introdujo su lengua en mi boca y me besó con deseo y lascivia. Ya no quedaba nada del tierno amor del inicio… Presionó su cuerpo contra el mío, encaminó sus manos hacia mis glúteos, que apretó con deseo, y finalmente retiró mis bragas y el corpiño que aún me acompañaban. Sin más rodeos introdujo dos dedos en mi interior y al comprobar que estaba del todo mojada, me volteó para colocarme a cuatro patas y me dominó salvajemente, como si de una fiera se tratara.

Sus movimientos fueron rudos e indómitos, pude sentirlo tan dentro que con cada envite me descontrolaba cada vez más. Me erguí para tener su pecho contra mi espalda, y con su aliento en mi cuello y su bravo jadeo en mi oído, cogí sus manos y las coloqué sobre mis pechos para que no dejara de tocarme. Los agarró con pasión, haciendo la misma fuerza que empleaba para someterme; después sacó su lengua y me lamió como si quisiera comerme. Tras unos cuantos impulsos, retiró sus manos de mi pecho y las llevó hacia mi cabeza, donde revolvió mi pelo y deshizo el recogido que llevaba. Mi melena cabalgó salvaje al compás de nuestros cuerpos y, envuelta por la pasión, comencé a mover las caderas en forma circular, consiguiendo que don Alberto se convirtiera por primera vez en mi prisionero.

Comenzó a jadear pleno, cada vez con exhalaciones más largas, y en un momento álgido de placer, me dio un azote en una de las nalgas y deseé que me diera otro, como síntoma del descontrol que estaba siendo capaz de provocar en él. Yo misma gemí profundamente, y en respuesta, sus manos asieron con extremada fuerza mis caderas y empujó mi cuerpo hacia él, tratando de recuperar el dominio de la situación. Consiguió hacerlo, y con su postura algo inclinada hacia atrás, me inundó una nueva sensación inmensamente placentera en la parte frontal del interior de mi vientre. Entonces colocó sus manos en mis hombros y me invitó a inclinarme hacia delante, de modo que mi cabeza casi se apoyaba en el suelo mientras seguíamos unidos disfrutando del cálido e inolvidable encuentro.

Sentí que se acercaba el final y gemí sin prejuicio alguno para excitarlo aún más. Él alejó su pelvis de mí y comenzó a poseerme haciendo un mayor recorrido. A cada entrada, un jadeo de placer mayor, y con cada jadeo, una contracción intensa en mi interior, que ardía como fuego, consiguiendo provocar en ambos el gozo más eterno y sublime que habíamos experimentado hasta el momento. Así nos despedimos por última vez, envueltos en el éxtasis más absoluto, sintiéndome la mujer más dichosa y desgraciada del mundo, al saber que nunca más lo volvería a tener.

# EPÍLOGO

Hacía meses que había dejado todo atrás. Silk era parte del pasado ya. Don Alberto seguía siendo una herida en mi corazón, una pequeñita mancha que posiblemente me acompañaría siempre, pero me encontraba mejor. Los primeros días no habían sido fáciles, no fui capaz de reaccionar, no sabía hacia dónde encaminar mi vida.

Don Alberto había llegado a mi vida con el mismo enigma y misterio con el que ahora se marchaba, pero con la distancia y el paso de los días fui realmente consciente de que nunca habríamos podido construir nada sano…, no mientras estuviera preso de otra mujer.

Yo ya no era la chica inocente que había llegado a la ciudad, ni la cándida dependienta de los almacenes Goodman, ahora era una mujer madura que arrastraba sus propios miedos y experiencias y que necesitaba encontrar su lugar, después de alejarme del tormento que había vivido junto a don Alberto Márquez. Aunque me resultara duro, era lo mejor para mí, sentir que volvía a empezar.

Desde hacía un par de meses había conseguido colocarme en una pequeña mercería cerca de casa. Se trataba de un negocio familiar, lejos del glamur de los grandes almacenes y del atelier; sin embargo, la señora Peterson me trataba con el mismo cariño que lo hubiera hecho mi propia madre. Era una mujer mayor que no tenía a quién dejarle su negocio en herencia, se había quedado viuda hacía menos de un mes y, desde que su marido se puso peor, buscó a una persona que la ayudara en la tienda. Juntos habían sido capaces de regentarla durante más de treinta años y ahora contaba conmigo para no sentirse tan sola. Mi labor allí era atender a la clientela, hacer los pequeños pedidos de género que necesitábamos reponer y, sobre todo, darle apoyo. Tanto como el que ella, quizá sin saberlo, me daba a mí. En poco tiempo nos hicimos buenas amigas a pesar de la diferencia de edad que nos separaba, y ya era costumbre que antes de llegar a la tienda, yo me parase en el café de enfrente a por algo de desayuno para las dos.

Una mañana al salir del café con las manos ocupadas por las tazas, me pareció ver un coche negro de alta gama, aparcado justo enfrente de la mercería, que arrancaba y se perdía entre el denso tráfico. Me recordó a él…, no pude evitarlo.

Crucé de acera y abrí empujando con el trasero la puerta del local. No me dio tiempo a saludarla, enseguida se abalanzó sobre mí con una expresión de felicidad que nunca había visto en ella.

—Adele, un hombre elegantísimo ha traído esto para ti.

Me tendió un sobre cerrado y, mientras apoyaba las tazas en el mostrador, eché una última mirada hacia la calle. Era él…

Me liberé de todo lo que sostenía y cogí el sobre. Al girarlo descubrí el logo impreso de Silk. En cuanto leí esa palabra, algo que estaba dormido se reactivó dentro de mí.

—Ábrelo, por Dios —dijo la señora Peterson.

La miré valorando si preguntarle algún detalle más sobre el mensajero, pero finalmente preferí evitarlo. Llevaba demasiado tiempo tratando de olvidarlo… Su mirada expectante me obligó a no demorar demasiado el misterio, cogí unas tijeras que utilizábamos habitualmente para cortar cintas y lazos y las empleé como abrecartas intentando estropear lo menos posible el sobre y su contenido. Metí la mano dentro y extraje un tarjetón impreso en un papel satinado de alto gramaje, de diseño sencillo y elegante, cuya impresión decía lo siguiente:

SILK

*tiene el placer de invitarle a la presentación*
*de su exclusiva colección,*
*el próximo viernes*
*en el*

HOTEL PLAZA DE NUEVA YORK

A continuación, constaban todos los datos relacionados con la sede y la hora del acontecimiento. Lo leí repetidas veces, sin entender por qué me llegaba ahora una invitación como esa y cómo había podido encontrarme una vez más...

—¿Dijo algo más... la persona que lo trajo? —me atreví a preguntar.

—Me dijo que era algo importante. Para él y para ti.

Me quedé seria y pensativa, pasando la mano sobre el texto escrito como si fuera a encontrar algún rastro de su propio tacto...

—Cuéntame de qué se trata o me va a dar algo —dijo entusiasmada la señora Peterson, que desconocía la identidad de ese hombre que acababa de visitarla.

Me tomé unos segundos antes de contestar y después le extendí el tarjetón para que pudiera leerlo ella directamente. Fue corriendo en busca de sus gafas de aumento y en cuanto leyó las primeras palabras, se entusiasmó como si fuera ella la invitada. Mi reacción contrastaba tanto con la suya que enseguida se dio cuenta de que algo pasaba.

—Habitualmente en la vida las cosas ocurren por algo. Quizá no lo entiendas ahora, pero deberías acudir a esta invitación. Es la primera vez que un hombre así entra por esa puerta en treinta y cinco años. Posiblemente quiera decir algo...

Me quedé pensativa analizando sus palabras y a partir de ese instante comenzó la cuenta atrás hasta que llegó el gran día.

Era una presentación de tarde, me ocupé de ir vestida adecuadamente, quería estar bien, pero no en exceso arreglada. Si me encontraba con don Alberto no quería que pensara que me había ocupado demasiado de nuestro reencuentro. Sin embargo, la realidad era que la noche anterior no había pegado ojo, no era capaz de entender por qué me invitaba a una de sus presentaciones sabiendo que la última había resultado una despedida en toda regla.

Valoré la posibilidad de no asistir al cóctel, pero mi ausencia demostraría que la herida seguía abierta y no quería que eso ocurriese, ni siquiera por mí misma... No debía dar pasos atrás. Don Alberto ya era parte del pasado.

Llegué a la puerta principal del hotel y comprobé que había mucha gente entrando y saliendo. Llegaba tarde intencionadamente, no sabía si tendría lugar un discurso inicial, pero prefería evitarlo. Al entrar en el salón que acogía el evento de Silk, me di cuenta de que esta vez la propuesta era totalmente distinta a lo que yo conocía. No había ningún estrado elevado desde el que hablar, tampoco un lugar para sentarse, solo alcanzaba a ver a lo lejos unas cuantas urnas que protegían los modelos de la colección que Silk presentaba.

Al principio no fui capaz de valorar los vestidos, los invitados se agolpaban frente a cada uno de ellos y comentaban fascinados que Silk se superaba una vez más. Traté de abrirme paso y dirigirme al primer modelo que estaba colocado más próximo a la entrada. Avanzaba a la vez que escrutaba cada rincón de la sala en busca de su presencia, pero por más que rastreaba no hallé ninguna señal que me indicara que estaba allí.

Parecía que no iba a llegar nunca, los invitados se movían en masa y me mecían a su antojo hacia delante y hacia atrás. Por fin estuve a tan solo dos metros del primer modelo y la urna se fue despejando poco a poco hasta que reconocí algo entre las cabezas de la gente que se retiraba. Frente a mí, presentado como uno de los grandes diseños del atelier, se encontraba uno de los vestidos que yo misma había dibujado... Fui capaz de recordar el momento exacto en el que sucedió. Una de aquellas noches en las que soñaba con tenerlo a mi lado y que me abrazara me levanté sin poder pegar ojo y me puse a dibujar siguiendo el mismo patrón que don Alberto empleaba en sus propios bocetos.

Busqué con la mirada el modelo siguiente y después un tercero, ya no me importaba dar algún pequeño empujón para abrirme paso, necesitaba comprobar que no estaba soñando con todo aquello, que la colección que presentaba Silk estaba compuesta por mis propias creaciones, recreadas tal y como yo misma las había imaginado.

Mirase donde mirase, allí estaban los modelos que había diseñado para él. No podía entender en qué momento habían llegado a sus manos.

—Enhorabuena, Adele. —Era la voz templada y amable de Lei, que se situaba a mi lado—. A veces los sueños se hacen realidad…

—¿Dónde está? —le pregunté inquieta.

—Se ha marchado… Alguien lo vino a buscar y ha vuelto a España.

Una lágrima se desprendió de mis ojos de forma inesperada.

—¿De dónde ha salido todo esto? —pregunté casi sin voz tratando de encajar todas las piezas.

—Ordenó que los confeccionaran después de encontrar tus bocetos en su despacho.

Otra lágrima se desprendió y resbaló por mi mejilla. Era cierto, en mi marcha precipitada aquella noche en la que descubrí que no era nada para él, abandoné mis bocetos con la única preocupación de conseguir transformarme al día siguiente en otra mujer. Era incapaz de contener la emoción.

—Deberías sentirte orgullosa de lo que has conseguido.

Y al decirme esto, Lei me mostró con un gesto un panel en el que se definía el título de la colección:

*La Gran Mujer, por Adele Lavigne para Silk*

Emocionada e impactada me acerqué temerosa hasta allí, lo sentí como un acto de amor inmenso, quizá no del amor que en su día hubiera deseado que me profesara, pero una apuesta como esa, desde el atelier más importante de la Gran Manzana, me colocaría en un lugar privilegiado dentro de la industria de la moda.

Me quedé a solas un rato, tratando de dimensionar lo que me estaba pasando, y un rato después sentí el apoyo de una mano en mi hombro. Devolví el agradecimiento a Lei por acompañarme, colocando la mía sobre la suya, pero al entrar en contacto con ella fui consciente de que no era Lei la que se encontraba ya a mi lado.

Me giré al instante y descubrí la sincera sonrisa de Thomas.

—Cuánto tiempo... —dijo.

Traté de secarme las lágrimas que había dejado caer por la emoción y me recompuse como pude.

—Enhorabuena.

—Gracias —contesté.

—Así es que a esto te dedicabas durante tu misteriosa ausencia...

Lo miré a los ojos y recordé aquel tiempo en segundos. Suficientemente doloroso para ambos. Sonreí.

—Me alegro mucho de verte —le dije disfrutando de su presencia inesperada.

—Y yo de que me hayas invitado...

No lo había invitado. Posiblemente me hubiera enterado al mismo tiempo que él de la convocatoria. Busqué con la vista a Lei y la localicé en un rincón de la estancia mirándome sonriente. No tuve que hacer ningún otro gesto, ella asintió con la cabeza y entonces entendí que todo estaba perfectamente preparado. Miré a Thomas de nuevo y supe que tenía la oportunidad frente a mí de arreglar las cosas con él. Hacía tiempo que lo echaba de menos y no había tenido el valor de llamarlo.

—Creo que te debo una disculpa —dije.

Me miró como si contemplara a un ser inmaculado. El silencio se hizo más largo de lo esperado, pero no era momento para acobardarme, esperaría lo que hiciera falta hasta que se pronunciara... Acarició mi pelo y después respiró profundo.

—Yo creo que lo que me debes es una oportunidad.

Y sin dejar de mirarme a los ojos, se acercó poco a poco a mi boca y me besó con la misma ternura y pureza que lo hizo un día don Alberto, cuando creyó que mi boca era la de otra mujer...

No volví a tener noticias de don Alberto, supuse que habría saldado su deuda y por ello se permitió volver a España. Por lo visto, fue un amigo de su infancia quien le vino a buscar, se apellidaba Ruiz Lagasca, pero eso es todo lo que conseguí saber. Yo decidí apostar por el amor incondicional de Thomas, que me demostraba con creces cada día.

Pronto me convertí en una diseñadora de reconocido prestigio y solo pude sentirme orgullosa de todo lo vivido. Llegué a sentirme plena de nuevo, incluso feliz. Julia se convirtió en madrina de nuestro primer hijo y todo volvió a su sitio... El lugar en el que tuve ocasión de brillar.